序

目次

虚実妖怪百物語

序

砂塵《さじん》の中に男が立っている。

砂埃《すなぼこり》はまるで霧《きり》の如くに地表を覆《おお》っており、まるで紗幕《しやまく》に遮《さえぎ》られたかのようで、そう暗くもないというのに、男は景影《シルエット》にしか見えない。

服装も何も判《わか》らない。

ただ、長身であるということしか知れない。

瘦《や》せた、大きな男だった。

男の目が何を見ているのか、それも判らない。

戦争が終わって、まだ幾年も経《た》っていない。いまだこの国の政情は不安定である。

この、見渡す限り何もない不毛の地は、戦時下には逃げ惑う多くの難民が、民兵が、そして数多《あまた》の非合法な武器が行き来した道でもあった。

しかし、今はそれも絶えている。

稀《まれ》に見かける遊牧民の姿もない。

男が国境を越えて来たのかどうかは知れない。

忽然《こつぜん》と現れたというべきだろう。何故なら、ここ数日の間に、この男と思《おぼ》しき人物が、隣接する幾つかの国にその姿を現しているからである。

その動き方を見る限り、男にとって、国境はあまり意味のない、ただの地図上の線引きに過ぎないようだった。しかし現代に於《お》いて国境は、目に見えこそしないものの、たぶん最強の結界《シールド》である。越境できるのは極めて限られた者だけだろう。

その上、この地は筋金入りの紛争地域なのだ。

場所が場所であるから、まともなルートを辿《たど》って来られる土地では決してない。況《まし》て、国境を跨《また》いで自由自在に行き来するなど、常人に叶《かな》う芸当ではあるまい。

環境もまた過酷であった。男が立っているその場所は、たとえ許可を得て入国した者であったとしても、気軽に観光ツアーで来られるような地域ではないのである。もちろん、徒歩で来られるような処でもない。しかし、男の周囲には、男の姿以外、何もなかった。

そこに男が存在することは、あらゆる意味で不可能なことであった。

男は常に神の如く顕《あらわ》れ、そして鬼の如くに没《き》えるのだ。

そうとしか思えない。

大きく、風が吹いた。

颪は砂を巻き上げ、一瞬男の姿は見えなくなった。

凪《な》いだ。

男の輪郭が少しだけ明瞭《めいりょう》になった。

マントのようなものを纏《まと》い、長靴《ちょうか》を履《は》いている。

頭には軍帽《ぐんぼう》のようなものをきっちり被《かぶ》っている。

聳《そび》えるような巨軀《きょく》ではあったが、男の相貌《かお》は東洋人のそれである。尤《もっと》も、顔の半分は黒い革《かわ》のマスクで隠されている。しかし僅《わず》かに覗《のぞ》いた眼に、亜拉伯亜《アラビア》人や比耳西亜《ペルシア》人の面影はなかった。亜細亜《アジア》人——否、男はどうやら日本人なのである。

日本人だとしても、その衣装《コスチューム》は些《いささ》か時代錯誤なものであった。

それは、軍服なのだ。しかも第一次世界大戦当時の日本軍が着用していた意匠《デザイン》の軍服なのであった。階級は判らなかった。しかし装備から推し量るに将校のそれであることは間違いないようだった。

本物ならば、百年から昔の衣装である。

百年前の日本の軍人が、遥《はる》か遠く異国の砂漠に立っているのだ。

姿勢良く立った男は長い間微動だにしなかった。

やがて——。

何処《どこ》か死人めいた男の落ち窪《くぼ》んだ両の眼窩《がんか》に、鬼火の如き陰光《いんこう》が点《とも》った。

男が見据《みす》えているのは、この、現世の大地ではないのだ。数千年に亘《わた》り、無数の民や兵の血を吸い、幾度も業火に焼かれたこの魔所の、気が遠くなる程《ほど》の過去の姿を、男は見透《みす》かしている。

古い、あまりにも古い、文明の亡霊と、男は無言で交信している。

突然。
男は右腕を天に向け高く上げた。
「朽《く》ち果てし太古《いにしえ》の叡知《えいち》、忘れられし怨念《おんねん》よ――
吾《われ》に従え。」
そう叫んだ男の手に嵌《は》められた白手袋の甲には。
五芒《ごぼう》の星が染め付けられていた。

壱

大翁《たいおう》、憂慮の程を表明す

「何かどっかで聞いたような話ですよね――」

榎木津平太郎《えのきづへいたろう》の言葉は完全に無視された。

編集長は車窓を流れる調布《ちょうふ》の景色をただ眺《なが》めている。

聞こえなかったのか。

機嫌が悪いのかそうでもないのか、判断するのが難しい。噂に依《よ》ればこの人はその昔、もっとずっと怖い人だったのだそうだ。齢《とし》をとって丸くなったのか、大人の対応をした方が得だと考えているのか、それは判らない。

ある人――小説家の京極夏彦《きょうごくなつひこ》――の談に依るならば、単に飲み過ぎで色々面倒臭《メンドくさ》くなってるだけだというのだが。色々面倒臭いから飲んでいるだけという見方もあるらしいけれど。

いずれにしても面と向かって怒鳴られるようなことはない。ないのだけれど、どうも切れ長の眼が威圧的だったり、頬《ほお》が不満を表明していたり、そういう無言の攻撃が多いので困る。

機嫌の読み取り難《にく》い上司というのは殊《こと》の外扱《ほか》いづらいものである。というか、そもそも機嫌をとろうと思っての発言だったのだが。

「何なんですかね、これ」

「どれ」

すげえ低い声で返された。

「い、いや、シリア砂漠に現れた旧日本兵らしき怪人の話です。ほら、メソポタミア文明かなんかの遺跡が見つかったんすよね？」

「見つかったね。あるんじゃない、遺跡。あの辺は掘りゃ出る感じだよ」

「いや、ですから、現地の軍隊かなんかがパトロール中に人影を発見して、そしたら突如竜巻みたいなもんが発生してですね、立ち往生してる間にその怪人は立ち去ってしまい、その怪人が立ってた場所の砂漠がザックリえぐられてて、そこにあった訳でしょ？　未発見だった遺跡が。どうやったって一人や二人で掘れるもんじゃないらしいじゃないですか」

やけに説明的な物言いだが、説明なんだから仕方がない。

「偶然だろ」

取りつく島がない。

「いや、でも日本兵っすよ？」

「日本兵なんかいないから」

「いや、恰好《かっこう》です恰好。コスチューム」

「なら別にいるさ、そのくらい。コスプレだよ」

「イラクですよ？」

「イラクの人だってするかもしれんよコスプレ。知らんけどさ。したっていいだろ」

「いいですけど」

じゃあいいじゃんと打ち切られた。

「でも、日本兵すよ。陸軍将校」

蒸し返す。

「いるかもしれないだろうマニヤが。そうでなきゃ、馬鹿な日本人だよ」

「いますかそんな人。そのコスと、中近東関係ないすよ」

「いるんだよ日本人は何処にでも」

「そうですけども」

平太郎は手許《てもと》のスマートフォンから目を離し、編集長——郡司《ぐんじ》聡《さとし》の顔を窺《うかが》った。

やっぱり機嫌が読めない。

以前は〝邪悪な五月人形〟と呼ばれていたらしい。そういう解るような解らないような渾名《あだな》をつけるのは概《おおむ》ね京極なのだそうであるが、近くにいると気持ちは伝わる。切れ長の眼といい比率といい、まあ金太郎《きんたろう》的なのだが——怖い。

どうも尻《しり》の据わりが悪い。

もう一度蒸し返す。

「これって——加藤保憲《かとうやすのり》っぽくないですか？」

加藤保憲——。

それは、荒俣宏《あらまたひろし》の名著『帝都物語《ていとものがたり》』に登場する魔人の名である。

平太郎は中学一年の時に読んだ。合本の文庫だったと思う。六巻続け読みして、お蔭《かげ》で中間テストの結果が散々だった覚えがある。

公立中学の試験問題に、奇門遁甲《きもんとんこう》だの腹中蟲《ふくちゆうむし》だのは出ない。

映画もＤＶＤで見た。

一本目の監督が実相寺昭雄《じつそうじあきお》だったので驚いた。

『ウルトラセブン』の印象しかなかったからだ。

というか、そもそも平成生まれの平太郎の齢でセブンはないようにも思うのだが、平成セブンで嵌《は》まって、セブンＸも観て、旧作もレンタルで観ていたのである。

『帝都』をきっかけに、実相寺作品もかなり観た。背伸びして色々観たが、一番気に入ったのが『怪奇大作戦《かいきだいさくせん》』の「呪《のろ》いの壺《つぼ》」あたりだった訳で、当然実相寺作品以外も全話観て、『シルバー仮面《かめん》』なんかまで観て、鰡《とど》の詰まり昭和特撮に首まで浸かってしまった。

いったい何年生まれなんだか、もうさっぱり判らない青春時代の一コマだ。

中学高校の頃は、いい齢《とし》をして怪獣かい——と、能《よ》く謂《い》われたものである。一方、筋金入りの特撮ファンからはニワカ扱いされたりした。

いや、昭和特撮はニワカですが、生まれた時から観てはいますよ特撮。それにみんな最初はニワカだと思うのだが、どうなんだろう。平太郎なんかは後からやって来るお友達はみんな大歓迎なのだが。

ただまあ、平太郎が特撮一筋でなかったことは間違いない。いや、平太郎は、昭和特撮に溺《おぼ》れていた時分、夢枕《ゆめまくら》獏《ばく》の『陰陽師《おんみょうじ》』あたりが火付け役になった安倍晴明《あべのせいめい》ブームなんかにもご多分に漏れずしっかりハマったりもしていた訳である。

そちらはまあ、全世代的にブームだった訳だし、岡野《おかの》玲子《れいこ》の漫画なんかも含めると女子にもかなり人気があった訳だから、スキスキ言ってもそんなに目立たなかった。

でも、平たく考えてみれば、女子中学生が陰陽師好きって、そっちの方が変な気もするのだが、どうなのだろう。まあブームというのは恐ろしいものである。

ただ、怪獣と一緒にするかなあ——とは能《よ》く謂われた。

女子の多くは怪獣に興味が持てないようだった。鬼とか怨霊《おんりょう》とかは平気なくせに。まあ最近の特撮はイケメン流行《はや》りだが、怪獣が暴れる昭和特撮にはどちらかというと汗臭いオヤジが似合っていたりするので、その辺は仕方がない気もするけれど。

平太郎はどちらもストライクだったのである。

節操がないといえば節操がないのだが、まあ平太郎的にはあまり差がない。

今にして思えば、『帝都物語』が平太郎がその手のものにずぶずぶとハマって行く入り口になっているようにも思うのだ。

『帝都物語』から昭和特撮に移行するのは自然だ。『帝都物語』から陰陽師も、これは超自然だ。いや、スーパーナチュラルという意味ではない。チョー自然という意味だ。ともかく自然だと思う。少なくとも不自然だとは思わない。すべての道は『帝都』に通ず、である。

すべて根源は『帝都』なのだ平太郎の場合。

それまでは、寧《むし》ろアニメばっかり観ていたように思う。というかアニメは今でもたっぷりと観ている訳で。生まれてからこの齢まで観倒《みたお》しているのだから、好きなアニメを挙げろと謂われても、指を折って行くともう両手両足の指では収まらなくて、隣近所の手も借りなければならない程だ。

いや――平太郎は、自覚こそないのだが、どうもオタクであるらしい。

平太郎自身はそう思っていない。

オタクというのは対象が明確なものではないのか。

鉄道とかフィギュアとかアニメとかプロレスとかアイドルとか特撮とか、いずれ◯◯オタクと呼ばれる人達は、その◯◯の中に入るものに情熱を注いでいるのだろう。

平太郎には、その◯◯の中がない。

空欄なのではない。もやーっとしている。

特撮が好きなんだから映画も怪獣映画なんかは大好物なのだが、ゾンビだってパニック映画だってアクション映画だって好きだ。でもアニメも好きだ。じゃあアニメばっかり観ているのかといえばそんなことはなく、原作マンガも読む。別にアニメ化されていなくたって読む。ホラー系妖怪系オカルト系、似ているけどみんな違う。で、テレビの心霊特番なんかは喜んで観るし、怪談実話だか実話怪談だか――平太郎はどっちがどうなのか実は解らないのだが、そういうものはもう、貪《むさぼ》るように読む。

でも実話じゃない方もかなり好きで、幻想文学と呼ばれるような作品にも目がない。好きが高じて原書で読みたい衝動に駆られ、フランス語を勉強したりしたが挫折《ざせつ》した。ミステリに浮気したからだ。

ミステリは国産から入って翻訳物に移り気し、やっぱり原書で読みたくなったのだが、英語の成績はメタメタで、教科書すら読みこなせない者にややこしいトリックだのアリバイだのが理解できるはずもなく、挫折する前に頓挫《とんざ》した。

どっちにしても小説好きではあるんだろうからどっかの文学部にでも進学しろと高校の担任には言われたのだが、民俗学や文化人類学にも未練たらたらで、それは何故かと言えば、やっぱり妖怪やなんかにも興味があったからなのだ。でも民俗学は妖怪を研究する学問じゃないと叱《しか》られて、もたもたしているうちにどうしようもなくなって、結局は二流大学の社会学部経済学科に行くことになったくらいだ。

と。

それ程、人生を左右するような選択ができなくなるくらいに、平太郎の嗜好性《しこうせい》はもやもやなのである。そんなモワっとしたものが好きだからといってオタクを名乗ったりしたら、オタクの方々に失礼だろう。

まあ、一本筋が通っているとしたら、やっぱり根っこにある『帝都物語』なのだ。

そしてもうひとつ——ガキっぽいというところになるだろうか。

そこだけは自覚している。

平太郎はガキっぽいのである。

そんなだから、就職も失敗した。

大手出版社をいくつか受けたが、全部落とされた。

洟《はな》も引っかけられなかったというやつだ。

これで完全無欠の就職浪人、ここはバイトでもしながら無為で虚《むな》しい日々を送ってやろうと肚《はら》を括《くく》り、どうせ一級か二級下はゆとりなんだ就職できたって長くは保《も》たないから自分なんかは来年以降がチャンスなんだとまるで呪詛《じゅそ》のような無根拠なたわごとを呟《つぶや》きながらバイトを探し回った訳だが。

バイトすらなかった。

というか、お前は既にゆとりじゃないか――と言われた。

そんな自覚はなかったけれど。円周率はおよそ三じゃなかったですと言ったのだが、小数点二桁《ふたけた》以下を言えといわれても言えなかったのは事実だ。そうなるとゆとりのどこが悪いんだという気になるから身勝手なものである。脳にゆとりがある分、吸収率も高いデスよと主張したのに聞いてはもらえなかった。

収入ナシである。

でも郷里《いなか》に帰るという選択はなぜかなくて、このまま都会の片隅で怪しげな本やＤＶＤに囲まれて得体の知れないオタクとして孤独死するのかなどとひっそり思っていたら、大学時代に世話になった准教授《じゅんきょうじゅ》から、ヒマなら手伝えと声が掛かった。

何を手伝うのか研究助手かはたまた掃除洗濯かと問えば、大学の仕事ではなく友達が勤めている出版社の使い走りだという。

落とされた会社でバイトするのは厭《いや》だなどと贅沢《ぜいたく》なことをほざいていたら、幸いなことに手伝いを欲しているのは平太郎の受けていない会社だった。

角川書店《かどかわしよてん》だという。

しかも、『怪《かい》』編集部らしい。

『怪』といえば妖怪専門誌である。そのわりに妖怪が載っていないのだけれど、これは書いている人達が妖怪だということらしい。かの、水木《みずき》しげる大先生《おおせんせい》が執筆者筆頭である。

しかも、あの『帝都物語』の荒俣宏も書いている。

京極夏彦の小説は厚くて長くて重いので、敬遠していた。だからミステリに嵌まっていた高校時代にも平太郎はあんまり読んでいなかった。しかし、『怪』の連載を読んで知り、薄めのやつばっかり選んで大学時代にはかなり読んだ。

村上健司《むらかみけんじ》の『妖怪事典《ようかいじてん》』は、どういう訳だか二冊も買った。意味もなく、気の迷いのように買ってしまったのだ。これは便利なので結構読み込んだ。便利と言っても妖怪しか載っていないのだが。『妖怪《ようかい》ウォーカー』も『京都妖怪紀行《きようとようかいきこう》』も買った。結構いい読者だ。

多田克己《ただかつみ》の本は、一冊しか知らない。知らないだけだと思っていたらそうでもなくて、一冊しかなかったので驚いた。その一冊は持っているから、まあこれも良い読者である。

世界妖怪会議にも三回ばかり行った。

書架を眺めてみたら、『怪』は八冊あった。もっと買っていたつもりだったが、なくしたかしまい込んだかしたのだろう。ブックオフに売ってはいない。買ったつもりになっていただけで買っていなかった可能性はある。定期購読はしなかった。資金不足だったのだ。

そんなに良い読者ではなかったかもしれない。でも。

何にしても、水木しげるや荒俣宏に会えるかもしれないという、そこのところは平太郎なんかにとって何ものにも代え難《がた》い魅力だった訳である。何と言っても『ゲゲゲの鬼太郎《きたろう》』はスゴイと思う。国民的マンガだ。そして何より、平太郎の、このモワっとしたとりとめのない嗜好性の入り口になったのが『帝都物語』だったのであるから。

と、いう訳で。

平太郎はほいほい出向いた。

そしてムスッとした怖そうな親爺《おやじ》と、しらっとした細長いイケメン風の男と、ゴツッとした目付きの悪い宇宙猿人下僕風の男にじろじろ見回された揚げ句――。

平太郎は、『怪』編集部に雇われることになった。

まあ、これをきっかけにしてコネを作り、いずれ契約社員かなんかになって、それでのし上がって正社員まで――なんてスケベ心が平太郎になかった訳ではない。ないのだが、その調子も都合もいい欲望はあっさり瞬殺《しゅんさつ》されてしまった。

角川書店の場合、バイトから社員に昇格するようなケースは皆無なのだそうである。絶無なのだそうである。少ないのではなくない、のだ。ナッシングなのだ。

世の中そんなに甘いものじゃないのである。コネが通用するようなヌルい世の中は疾《と》うの昔に滅んでいるし、ずるずると下から上に昇って行けるような蜘蛛《くも》の糸は、とっくの昔に切れてしまっているのだ。

しかも、驚いたことに。

『怪』編集部というのは、なかったのだ。

部屋がないとかいうことではなく、部署として存在しないのである。編集長が一人いるだけなのだ。しかもその編集長は、別の部署の部長なのだ。兼任ではなく、趣味で勝手にやっているような感じである。いや、趣味じゃないのだろうけれど。

後は、水木、荒俣、京極各作家を担当している文芸編集者が不承《ふしょうぶ》不承《しょう》手伝っているだけなのである。といっても、それも今は一人だ。同一人物なのだ。寄稿してくれる他の作家の担当は、原稿の依頼と回収をするだけである。その他のページは編集長の命令で外部の編集プロダクションが作らされている。編集プロダクションが参加するまでは、何となくみんなで作っていたらしい。なんとなくって。みんなって。学級壁新聞か。現在は、姉妹誌である『コミック怪』の方の編集部は一応あるらしいのだが、本誌の方はないのだ。雑誌はあるのに編集部がないなんてイカれた話があるものだろうか。

いや。

伝統的にないのだと説明された。

そんなで、よく二十年近くも続いたもんだ。

で。

大きく話は戻る訳だが、『帝都物語』である。

映画で嶋田《しまだ》久作《きゅうさく》が演じた加藤保憲の姿に、イラクに現れた男の姿が重なった訳である。

あくまで平太郎の脳内では——という話なのだが。

ネットに上がった記事を読んだ時に平太郎が思い浮かべたのは、映画二作目である『帝都大《ていとたい》戦《せん》』の冒頭で、電柱の上に直立不動で突っ立っている禍々《まがまが》しい加藤の姿だったのであった。

で。

まあ——横でムスッとしている郡司編集長は、元々荒俣担当だったと聞いている。

つき合いもかなり長く、深いらしい。それだけに愉快な逸話珍妙な逸話辛辣《しんらつ》な逸話も数多くあると聞く。『帝都物語』が雑誌『小説王《しょうせつおう》』に発表された当時、平太郎はまだ生まれてもいない訳であるが、編集長は確実にその頃から荒俣宏を、そして『帝都物語』を知っているはずなのだ。

というような具合で、何となく無言で気まずい雰囲気を打開しようと、平太郎はこの話題を切り出した訳なのであるが——。

「加藤はトレンチコートだろ」

と言われた。

「は？」

何のことか判らなかった。

平太郎にとって、加藤保憲は憲兵隊《けんぺいたい》みたいな恰好をした軍人なのだ。原作ではそこそこ色んな恰好をしているのだが、やっぱりイメージは軍服だ。コートなんか着ていない。

暫《しばら》く考えて、それは何年か前に公開された『妖怪大戦争《ようかいだいせんそう》』という映画の話だと気づいた。

それは、大昔に作られた大映《だいえい》妖怪三部作の二作目である『妖怪大戦争』という映画のリメイク――正確には同じ題名の新作でありリメイクではないようなのだが――である。

大映妖怪三部作は、深夜テレビで放映されたのを録画しておいて、小学校の頃に観た。第一作は『妖怪百 物語《ようかいひやくものがたり》』、第三作は『東海道《とうかいどう》お化《ば》け道中《どうちゆう》』である。昭和ガメラと併映だったりするから相当に古い。大昔の映画だけに今の人の目から見ればヌイグルミや特撮なんかもショボいのだが、平太郎はその辺は瑕《きず》ではなく味だと思う。

そこがまあオタクと謂われる所以《ゆえん》なのだが。

旧作は日本に飛来したバビロニアの吸血妖怪ダイモンを日本の妖怪軍団が追い払うという荒《こう》唐無稽《とうむけい》な話だったが、新版は機械と妖怪が融合した機怪《きかい》とかいうものが敵で、その機怪のアジトでもあるヨモツモノという太古の邪霊を、お祭りと間違えて大集合した日本中の妖怪が麒麟《きりん》送子《そうし》の子供と一緒になってやっつけるという、いっそう荒唐無稽なものだった。

その新版『妖怪大戦争』に加藤保憲がスピンオフ出演しているのである。

監督は三池崇史《みいけたかし》、ノベライズは荒俣宏。コミカライズは水木しげる。妖怪キャスティングは京極夏彦。その三人の『怪』作家陣に、あの宮部《みやべ》みゆきが加わってチーム怪となりプロデュースにあたるという、まあ豪華な感じの作品だった。

豪華なだけに業火に襲われ、スタジオが火事で焼けたりもしたし、試写会を兼ねた妖怪会議の開催中に地震が起きたりもしたのだが——その時の加藤はたしかにトレンチコートのようなコスチュームだった。

演じていたのは豊川悦司《とよかわえつし》で、平太郎は所作のキレが良くてカッコええと思ったものである。

——そっちじゃなくて。

「いや、昔の方です。『帝都物語』の映画の方」

そう言うと、ああ、とだけ言われた。

「反応薄いですね」

「イラクの遺跡の話なんかどうでもいいから」

「それ『エクソシスト』っぽいですね」

サントラの一曲目の邦題が、『イラクの遺跡』である。

「そういえば、旧作の『妖怪大戦争』もバビロニアの遺跡かなんかが盗掘されて、それでもって甦《よみがえ》るんですよね、吸血ダイモン——」

うるさいなあと編集長は言った。

「連れて来なきゃ良かったかな」

「それはないですよ。僕は、もう三箇月『怪』やってますけど、まだ一度も水木先生にお目にかかったことないんですよ」

「別に『怪』やってるって、まだ何にもしてないじゃんか」

「そうですが」

荷物を運んだり、宅配便を発送したり、『怪』が関わっている『お化け大學校《だいがっこう》』のイベントで椅子を並べたり、編集プロダクションにCDRを届けたり、掃除したり、打ち合わせに無意味に混じってその後の食事に交ぜてもらったりした程度だ。

平太郎は肉体労働ばっかりだ。

執筆者で会ったのは京極夏彦と村上健司、多田克己の三人だけである。

京極夏彦は怖そうな人だと聞いていたが、別にそんなことはなく、まあ見た目はやたらに不機嫌そうなのだが、意外に気さくな感じだった。ただ真顔で冗談を言うし、笑いながらキビシイことを言うし、ボケるくせに一切楽観的なことは言わないし、ツッコミは激しいし、色々見透かされているようで、そういう意味では怖い。

多田克己はもっと怖い。本気で何を考えているのか判らないからだ。時に話していることも判らない。色々物を識《し》っているのだと思うのだけれど、聞いている平太郎の頭が悪いのか、話の繫《つな》がりがハイパー過ぎてリアクションがとれない。はあ、とかへえ、とか答えるだけだ。時に無視せざるを得ない。その所為《せい》なのかどうなのか、多田克己という人はいつもムスッとしている。愛想がない。怒っている――のかどうかも判らない。でも京極さんや村上さんなんかといる時の多田さんは楽しそうにケラケラ――というか、キキキキキという感じで幼児みたいに笑っているから、別に気難しいという訳でもないらしい。というより、あの人達には話が通じているのだろう。恐ろしいことである。

一番平太郎に気を使ってくれたのは村上健司で、この人は怖い感じはしない。平太郎の如きバイトの世話なんかも焼いてくれる。

アニキである。

しかし、平太郎はずっと村上健司という人は坊主頭だと思い込んでいたわけで、会うと長髪だったのでやたらと驚いた。何でも、例の『妖怪大戦争』の時、エキストラ出演するのにリアル河童《かっぱ》ヘッドになろうと毛を伸ばし、一度皿の部分を剃《そ》って落ち武者というか宣教師のトンスラみたいになったものの、それからまた伸ばして、そのまんまであるらしい。

というか。

――河童ヘッドって。

まあ、みんな悪人ではないのだが、確実に変な人達ではある。多田、京極、村上の三人は妖怪馬鹿というユニットらしい。正確にはもう一人いるんだという話だが、平太郎はその呼び名の元になったという『妖怪馬鹿《ようかいばか》』という本を読んでいないので、それこそよく判らない。存在を知って買おうと思ったらもう売っていなかったのだ。復刊された時も買いそびれ、注文するのも何だなあと思っていたら店頭は疎《おろ》かネットでも見かけなくなってしまったのだ。

妖怪馬鹿というのは、四六時中妖怪のことばかり考えている人に与えられる称号――であるらしい。

とは言うものの、横から見ている分には三人とも妖怪の話なんか一切しないから、ただの馬鹿にしか見えない。

なんてことを言うと編集長に殴られそうだが、その編集長からして、連中と一緒にいると馬鹿にしか見えないから困ったものである。

会社では偉いのに。

というか、仕事してる時はこんなに取りつく島のない人なのに。

「まあ、水木さんに会えると思えば誰だって浮き足立つとは思うけどね」

編集長は言った。

「僕もね、最初はそうだったけどさ」

今日は軽口はダメよ、と平太郎は睨《にら》まれた。

「岡田《おかだ》が荒俣さんとこ行かなきゃいけなくて、及川《おいかわ》もマンガ家さんと打ち合わせで、梅沢《うめざわ》さんも記念館の仕事で境 港《さかいみなと》行ってて誰もいないから、仕方なく連れて来たんだからさ。何があるのか判らんから」

岡田というのは水木荒俣京極共通の担当編集者で、及川というのは『コミック怪』の編集者で、梅沢というのは編集プロダクションの人である。

岡田さんは面接の時にいたイケメン風の人で、髪の毛サラサラで色白細身でモテそうなんだけど、どこか脱色した爬虫《はちゆう》類っぽい人だ。仕事はできそうだ。

同じく面接の時にいたのが及川さんで、こちらは色黒でずんぐりしていて髪の毛もゴワゴワのグルグルを短く刈り込んでいて、まるでアフガニスタンの傭兵《ようへい》みたいだ。何故アフガニスタンで何処が傭兵なのか判らないけれど。岡田さんと同じ種類の動物には見えない。

及川さんは目付きは悪いが笑うと情けなく、とことん体力のない弱男子である。シュレックにそっくりで、そこに目を瞑《つぶ》ると仙台四郎《せんだいしろう》っぽい。そう思っていたら、名前はホントに史朗《しろう》であるという。しかも故郷は仙台だというので平太郎はマジで苦笑した。

梅沢さんは、どう観ても象にしか見えない。でっかいのである。太いのである。力士のように巨大なのだ。デカいけど細かくて世話好きでイイ人だが、下品なのだ。

その辺が『怪』界隈《かいわい》の制作サイドの人達で、この人達もまあ仕事はきちんとそれなりにするものの、仕事が終われば馬鹿にしか見えない――かもしれない。

他にも社内協力者はいるのだけれど、そちらは普通の人達で、その辺が協力者と主犯の差なのだ。要するに今のところ、平太郎が見知っている『怪』関連の人達は、おかしい人ばかりということになる。

で。

水木プロから、緊急の呼び出しがあったのだ。

米寿祝賀会があって、奥様原案のドラマ『ゲゲゲの女房《にょうぼう》』が大ヒットして、文化功労者として顕彰《けんしょう》され、金婚式を迎えられて、海外の賞も受賞されて、全集刊行が決定して――と、そりゃあもうここ数年おめでた続きの水木大先生だが、今日はそういう話ではないらしい。

「なん――ですかね」

「それが判ったらこんな心配せんでしょう」

編集長はバカだなお前もという顔で平太郎を見た。

心配なのだろう。

水木先生周《まわ》りの人達は、本当に水木先生のことが好きだ。そこだけはどうであろうと一致している。

そうこうしているうちに、タクシーは水木プロに到着した。

そこはなんか、マンガのコマで観たことのある風景だった。デジャヴではなく本当に観たことがある。昭和初期のおのぼりさんのようにきょろきょろと挙動不審に見回して、どういう訳だか抜き足差し足になって建物に入り、エレベータに乗って——気が付くとやっぱり見覚えのある応接セットに通されていた。こちらもマンガに登場する。写真で見たこともあるし、テレビでも観た。うーむ。トレッキーの人達がUSSエンタープライズNCC-1701のブリッジのセットに入ることができたならこんな気分かなあなどと、平太郎はほとんど一般人に通じない感想を持ったものである。

もちろん黙っていた。

出されたお茶を飲もうか飲むまいか迷っていると奥の方から人が二人出て来た。

やっぱり見たことのある人だった。

って、マンガと現実、混じってませんか。

この人は——エッちゃんだ。さるとびではない。水木マンガに能《よ》く登場する、エツコさんである。つまり水木先生の次女で、エッセイストの水木悦子《えつこ》さんなのである。

もう一人は長女で水木プロ社長のナオコさんだ。平太郎の心拍数は上がる。

編集長が立ち上がって挨拶《あいさつ》したので、それを横目で見て平太郎もまったく同じようにした。古典落語の『本膳《ほんぜん》』の要領である。つまり、編集長がしくじれば平太郎もしくじることになる。でも、ぼっちでしくじるよりいい。

「お父ちゃん、最近ちょっと気になること言うんですよ」

悦子さんはそう言った。

平太郎は黙って編集長の横に座っているだけだ。

編集長が黙って座っているからである。そもそも、何だか知らないけど悪い予感がするから一緒に来いと言われただけなのだ。雑用の分際でコメントなど挟《はさ》めようはずもない。何より平太郎は緊張していたので、編集長の一挙手一投足を気にしながらも、結局テーブルやら飾ってある目玉親父グッズなんかを眺めていたのである。もの凄《すご》い数である。目目目目目目目目目目目目目目目目目目目目目だ。親父親父親父親父親父親父親父だ。何人分の目玉なんだか。

「これ見てくださいヨ」

悦子さんが画用紙のようなものを編集長に差し出した。

「これ――貼ってたんですか?　いつものように?」

平太郎はこっそり覗《のぞ》き見る。

赤いマジックで、伸び伸びと大きな文字が書かれている。

――鬼が妖怪をコロス!

そう読めた。

編集長はやさぐれた五月人形みたいな顔になった。鍾馗様《しょうき》ではなく、やっぱり金太郎の方である。京極は正しかった。

「まあ、水木さんは昔っから鬼があんまり好きじゃなかったですけどねえ。いつだったか妖怪会議でも言ってたじゃないですか。オニはあーんまりオモシロクないとかって」

最後のところはやや口調が変わる。

囁《ささや》くような、独特のイントネーションだ。これは水木先生のモノマネなのだ。水木先生を直接知る人の多くは、どうしても水木語録を語る時に水木先生の口真似になってしまうようなのだ。似ていようが似ていまいが、どうしたって普通には話さないのだ。そういうお約束があるのかと思う程に、みんな揃ってそうなのである。法制化されてるみたいだ。

「鬼は、形も類型化しててあんまり変わったのがいないし、性格も残忍なだけだし、水木さん好みじゃないですからね。そんなのが幅を利かせると、妖怪が目立たなくなるから気をつけろとか」

慥《たし》かに、これだけお化けのフィギュアがあるのに鬼っぽいのはそんなにいない。

「そういうことなんじゃないですか?」

編集長はそう言った。

「そうならいいんですけどね」

ナオコさんがお菓子を勧めてくれた。

もう喰《く》います。全部喰います。

「母もちょっと心配していて」

「元気がないんすか？」

「元気がないっていうより、怒ってる感じなんですよね。ねえ」

「そうそう」

悦子さんも首肯《うなず》く。

「怒ってるよね」

「怒ってる？　いや、水木さんが怒るって余程のことじゃないですか？　水木先生は、仕事にはそりゃ厳しいですけど――人前では滅多に怒ったりしませんよね？　まあ、態度の悪い編集とかには怒るんでしょうけど、最近は上手《じょうず》にはぐらかすじゃないですか」

昔はよく怒ってましたけどねえとナオコさんは言った。

「最近は怒る理由もそんなにない感じで、忙しいんですけど、あんまり苛々《いらいら》はしてないはずなんですけど」

「まあ、そうでしょうね」

編集長がお茶に手を伸ばした、その時。

「イカンですよ！」

という声が聞こえた。

吃驚《びっくり》して振り向くと。

水木しげる大《おお》先生が立っていた。

平太郎は二度見してもう一度驚いた。驚くしかあるまい。本物である。実物である。本人である。

――ナマ水木しげるだ。

平太郎はさらに一層、マックスに緊張した。

「あんた、のんびりしてる場合じゃナイです。これは妖怪の危機です！」

「はあ？」

水木先生はそう言うと、すたすた近寄って来てテーブルの上の平太郎のお茶をごくごく飲んだ。飲む寸前だったのだが。

「イカンじゃないですか、このままじゃ」

「何がその、イカンのでしょう――？」

編集長がおずおずと尋《き》いた。平太郎は、歴史に名を残すであろう偉人が目の前にいるというだけで、もうフリーズしたようになっている。

「ええと、何か失礼なことでも」

「感じないんです！」

水木先生はそう言いながら編集長の真向かいに座った。平太郎は既《すで》に緊張が極限に達しており、直視できない状態に陥《おちい》っている。

「あんた、どうですか。アラマタなんかはどう」

「どう――と言いますと？」

妖怪ですよ妖怪ッと言うと、大先生は自らの膝《ひざ》をピシャリと叩《たた》いた。

「いや、お話がよく解らんのですが」

「解らん！　それがイカンのです。『怪《くわい》』が売れないワケです！　どう、ヤッパリ駄目？　カドカワはどう？」

いかんですねえと編集長は苦笑いをした。

「イカン！　イカンじゃすまないデスよあんた。そんなじゃ、ギロチンじゃないですか。あんた、『怪《くわい》』ももう長いようだけどねえ、あんたの感度は一向に上がらんねえ」

「すいません」

編集長が頭を下げたので平太郎も倣《なら》った。

「水木サンは、もう九十年以上も感じているンです。生まれつき感度が高いンだなあ。そのお蔭で、餓死せずにねえ、幸福を掴《つか》んだワケですよ。幸福をねえ。戦争中は多少感度が落ちるかと思ったけども、南方のね、あのジャングルの闇と、太鼓《たいこ》の音なんかが助けてくれて、お蔭でより鋭くなったワケだ」

ここが、と水木先生は今度は自《おの》が額《ひたい》を指差した。

平太郎は予《あらかじ》め水木先生の一人称は水木サンなのだと聞かされていたのだが、本当だったことを知ってやや感動した。

「暖かいとね、脳が膨《ふく》らむんだな」

「脳が！」

「それで感度が高まるワケです。その、目に見えないモノを感ずる、妖怪力《りょく》というンかな、それが研ぎ澄まされるワケだ。それであんた、ジャングルってのはこう、暗いですよ。明かりも何にもないからネ。草とか樹とか石とか、あとは動物だなァ。野豚《のぶた》とか。こう、お化けみたいにデカいのがいるワケですよ、南方には」

「お父ちゃん、話がズレてないですか？」

悦子さんが耳許でそう言うと、水木先生はいっそう厳しい顔になって、ズレてないッ、と答えた。

「大事な話だ」

「いや、大事ですよ」

編集長は神妙に答える。調子を合わせている訳ではないようだった。

何か察したのである。

「現在の日本で暮らしてると、そういう妖怪感度みたいなものが落ちているということですよね？　我々の」

そりゃああんた前からだと言って、水木先生は後ろに反《そ》っくり返った。

「前から感度は低いデスよ。と、いうかネ、どんどん落ちてるワケですよ。時代と共にネ」

「はあ。そうだと思いますけど」

「電気がイカンのですよ」

「はあ」

「行灯《あんどん》やなんかの明かりは良かったけれどもネ。良くてランプだねえ」

電気はイカン、と先生は繰り返した。それから、電気が妖怪の数を減らしたんですよと言って、先生はテーブルを叩いた。

「どッこもかしこも明るいでしょう。だからそういうワケの解らんものが見え難《にく》いんだナ。実際にあるモノしか見ないんだなあ。ナイものを観る感性が衰えてしまったワケですよ。感ずる者が減ってしまったからね、妖怪も減ってしまったんだ。激減デスよ！」

激減、と言って先生はまたテーブルを叩いた。

「しかし、それでも水木サンみたいなね、妖怪に選ばれた者というか、妖怪に使役されてる者は、感じてしまうンだなぁ」

「ま、大いに感じられたんだと思いますが。お蔭で僕らも沢山の妖怪を知ることができた訳ですから。水木さんが感じて、捕まえて絵にしてくれてなかったらですね、それこそ妖怪文化は滅んでましたよ。日本にもまだまだこんな風景があるんだ、こんな妖怪がいるんだと、僕らはそれで知った訳ですから。なあ」

「は、はい」

平太郎はいきなり振られて一オクターブくらい高い声で返事をした。

これも調子を合わせたワケではない。平太郎も編集長の言う通りだと思ったのである。よく解らない色々な文化を、妖怪というキーワードを使って明確に知らしめてくれたのは、水木しげるその人である。

「み、水木先生が、か、感じとってくださったからコソ、ですね」

「そこです！」

水木先生は平太郎の言葉を力強く遮《さえぎ》り、編集長を指差した。

「感じないいンだ」

「は？」

「感じないンです！」

「僕がですか？」

編集長は眼を円《まる》くして自分を指差した。

「あんたは駄目デスよ。戦争中に水木サンを散々殴った上官と、あんたの先祖は同じ在所の出身だそうじゃないですか」

「よ、能《よ》くご存じですね」

それは――いったいどの地域なんだ。

「それじゃあ感じないだろナぁ。益々《ますます》感じなくなる感じデスよ。あんた貧乏でゆとりがないのと違いますか？」

「まあ、ええ。それは――そうですけど」

「出版界はみんな駄目？　これ？」

水木先生は下を指差した。

「まあ、良くないですねえ」

　フハッと先生は鼻から息を出した。

「景気の所為《せい》？　それともオモチロクない？」

「いや、その、まあねえ」

　編集長も歯切れが悪くなろうというものだ。

「オモチロクないとイカンですよ。そうでなきゃあんた、売れんでしょう。売れないと、余裕がなくなるんだナぁ。そうすると、益々感じなくなるです」

「益々？」

「その点、水木サンはもう九十過ぎだからねえ。九十過ぎて働かされてる者もあんまり居らんのだろうけども、金塊も摑んだし、余裕があるからネ。若い時分とは違うねえ。僅かな気配でもね、感じ得るワケですよあんた。天才的なんだナ。幽《かす》かなもんでも」

　パッ！

「と摑めるンだナ」

　パッのところで平太郎は少し飛び上がった。

　水木先生の妖怪選定眼というか審美眼は、超一流であるらしい。それは水木一門の一致した見解であるようだ。妖怪的にイイ形、妖怪的にイケる場所、妖怪が見えるような構図、そうしたものを先生は一発で見抜かれるのだそうだ。普通なら見逃す。というか、コレですココですと言われても常人には判らないという。

　判らないだろう。

平太郎も判らないと思う。

で、まあ一般の人は水木先生がそれを絵にして、それを観て初めておおコレですよコレ、となるのだそうだ。それがつまり、目に見えないものを捕まえているということなのだろう。

水木サンは達人ですよと水木先生は言った。

「それがあんた、最近はどうデス。掴みたくても掴めないワケだ。ないものはあんた、掴めないデスよ。空気を掴んでるようなもんデスよ。こんな馬鹿な話はナイです」

危機ですよ！　と言うと、水木先生は更に大きく前に乗り出した。

「目に見えないモノが、ニッポンから消えてるンですよあんた！」

「き、消えた？　それはその、水木さん自身が感じなくなった、ということですか？」

「減少しているワケです！」

「ええと、それは」

「感じる者が減ってるのは、これは昔からデスよ。これは仕方がないことなんだナ。文明はあんた、人を鈍感にするンだなぁ。土人と暮らすと判ります」

因《ちな》みに、土人というのは現在では差別的表現のひとつに数えられ、公《おおやけ》には使ってはいけない言葉となっているのだが、水木先生的には最上級の敬愛を込めた尊称であるらしい。

「だから江戸よりも平安の方が感じる者は多かったんじゃないかと思うしね、縄文なんかはあんた、きっとお化けだらけですよ。神武《じんむ》天皇《てんのう》の頃に、どんなお化けがいたのかね、これは、考えるだけで眠れない程オモチロいですよ、あんた。しかし」

そうじゃナイんですッと先生はまた膝を叩いた。

「仮令《たとえ》人が感じなくたって、目に見えないモノはいたんです。それが、いなくなってるワケです。水木サンの感度が落ちたのじゃなく、いないワケですよ！　水木サン程感度が高い人間が感じないワケです。すなわち、いなくなったんだ」

「で、電気ですか？」

「そうじゃないですよ。電気は、感じさせなくするんだな。感じなきゃ、そこにいても判らんデスよ。でも、感じなくたって、いるところにはいるんデス。いや」

いたんです、と先生は強調した。

「それが——いなくなったと？」

おかしいでしょう、と悦子さんが言った。

「こんな調子なんですよ」

先生は、こんどは握り拳《こぶし》で膝を打った。

「おかしくないッ」

「これはあんた、由々《ゆゆ》しき問題ですよ。こんなことはあのバカバカしい戦争中にもなかったことデス！　いいですか、戦争は、何よりもくだらない、最低の行ないデスよ。その戦争中だって、目に見えないものはいたッ！」

水木先生は拳で強くテーブルを叩いた。

お茶が、茶托《ちゃたく》の上でがちゃんと音を立てて跳ねた。

つまり、こういうことだろう。

目に見えないものというのが何なのか、平太郎なんかには判る訳もないのだが、それが量として把握できるものだと仮定するなら。

それは太古から現在まで一定量この世の中に有り続けたもの、ということになるのだろう。

絶対量は不変なのだけれど、それを感知できる人間は、時代とともに減ってきた。感じる者が減ったから少なくなったように思われていたけれど、それは勘違いで、実は量自体に変化はなかった。水木先生のような人にはちゃんと感じられていたというのがその証拠である。

それが。

その絶対量が減ってきた——と。

「このままではあんた、ニッポンはおかしくなりますよ。人間ってのはあんた、お化けがいなくちゃ」

生きてはいけんのですよと水木先生は吠《ほ》えた。

貳

鸚鵡《おうむ》石《いし》、小《こ》童《わらわ》を顕現《けんげん》す

レオ☆若葉《わかば》は走っていた。

何度も転びそうになった。というか二回転んだ。

こんな歩き難《にく》い、木の根だの石だので凸凹凸凹《でこぼこ》している道をレオは歩いたことなどない。そこを走っているのだから転んだって仕方がない。

というかこれは道じゃないし。

「待ってくださいよう」

と、まあ無駄な叫びを上げてみる。それで待って貰《もら》えるなら苦労はない。苦労はないが、苦労なんかない方がいい。

レオは駆け出しのライターだ。

駆け出しだから駆けているという訳ではない。

というか、これでは駆け続けライターだ。それって使い捨てライターみたいで凄《すご》く厭《いや》だ。危険だから販売禁止だ。百円ライターってもっと厭だ。駆け出しだからってギャラはもうちょっとくれてもいいだろう。

――なんて。

くだらないことばかり考えているからロクな仕事が来ないんだろうなあとレオは思う。思った途端にまた転んだ。

「痛たたたたた。転びましたよう」

「うるせえなあ」

すぐ目の前で村上健司がレオを睨《にら》んでいた。というか蔑《さげす》んでいた。

「何してんだよまったく」

「転んでます。転びナウ」

村上は、レオが尊敬するところの先輩ライターである。いや、お世辞ではなく本気で尊敬しているのだが、そう言うとバカじゃないのと言われる。

「バカじゃないの」

言ってないのに言われた。

「バカですよ。でもバカだから転んだ訳でもないのです。それ以前に気遣《きづか》ってくださいよう」

「バカじゃないの？」

冷たい。

「あのさ、レオさ。どうして走るんだよ」

「追いつこうと思っただけであります。逸《はぐ》れたら迷って餓死してしまうじゃないですか」

「バカじゃないの」

三度目だ。

「並んで歩けばいいじゃんか。俺は走ってねーだろ」

「足が速いのと違いますか」

「普通だよ。余所見《よそみ》したり立ち止まったり踊ったりしてるから離れるんだろ。でもって走って追いつくならいいけど転んでるじゃないかよ」

「踊りは踊ってないです。オドラズの森です」

「踊ってたじゃん」

「あれは、信州《しんしゆう》の山々に敬意を表した舞いです。登っちゃうぞの舞いであります」

「バカじゃないのかホントに。あのさ、俺はさ、連れて来たの後悔してるよ。大後悔時代に突入だよ。ここで帰ってくれるならお礼に縁切ってもいいよ」

「お礼になってないですし、帰れったって道が判りませんから、やっぱり餓死しますよ？」

「そんなに腹減ってるのかよ。ちゃんと昼に蕎麦《そばく》喰ったじゃないか。大笊《おおざる》三枚喰ったろ？」

「もう四時間前の過去であります」

「ならここに座ってろよ。一人で行ってくるよ。迷惑だよ。取材にならないよ。三脚返してくれよ」

「厭ですよ。これを持つのがボクの使命です」

「あのな、荷物持ちますって言って一番軽いの選んだろうが。いいよ、いつも一人で持ってるんだから」

「そうは行きませんよ。村上さんに同行して、立派な妖怪ライターになるです」

「そんなジャンルはねーよ」

「あるじゃないですか」

レオは妖怪が好きだ。妖怪で身を立てたいと思っているのだ。そう言うと、

「バカじゃないの」

と言われる。

「妖怪はね、飯の種にはならないって。妖怪で儲《もう》かってる人なんか、水木さんくらいだよ。水木さんはお化けの総本山みたいなもんだから別格だけど、その水木さんだってマンガで真っ当に稼いでるんだよ。しかも、もンの凄い努力して、もンの凄く苦労して、長い時間かけてやっと摑《つか》んだ栄光じゃないかよ」

「はあ、朝ドラで観ました」

「荒俣さんだって妖怪で稼いでないだろ。色んな仕事いっぱいしてるじゃん。テレビだって出てるし、本だって書いてるし、そりゃあ働いてるじゃん。京極さんだって小説で飯喰ってるんであって、妖怪で喰ってる訳じゃないから。寧《むし》ろ妖怪のために泣く泣く小説書いてるんじゃないか？　俺だってカツカツでライターやってるだけだよ。みんな、ただ妖怪が好きだってだけだよ」

「た、多田さんは？」

多田ちゃんはまた別、と村上は言う。

多田と村上は、それはもう長い長い腐れ縁であると聞く。

「あれは、妖怪じゃなくて妖怪研究家で喰ってるの」

「喰ってるじゃないですか」

「妖怪で喰ってるんじゃなくて、妖怪研究家で喰ってるんだって。耳ついてるのかよお前」

意味が判りませんとレオは言った。

「あのな、多田ちゃんはあんなだけど、まああんなでもさ、妖怪研究家という商売を開発したというか、発明したんだよ。あんなだけどさ。一人しかいないんだよ世界に。宇宙に。あんなのは。大学の先生とか学芸員とか、そういう立派な人がね、それぞれの立場から妖怪的なものを研究しているのとは違うの。あれはああいう商売なんだよ。真似できないよあんなの」

「まあ、真似はしません」

色んな意味でできないと思う。

だからさ、と村上は呆《あき》れたように言う。

「妖怪が好きだってだけで生活なんかできる訳ないじゃんよ。逆だよ。寧《むし》ろ、金かかるんだって、妖怪は。みんな、それぞれの仕事を懸命にやってだな、何とかかんとか生きてんだよ。そこにさ、工夫して妖怪を混ぜようとしてる訳だよ、好きだから。この取材だってさ、貰える取材費よりかかる経費の方が高いくらいだよ。実際赤字だよ。原稿料でトントンだよ」

「ひい」

怖い話である。

「でもね、仕事でなくたってこういうとこ来るんだよ。来ちゃうんだよ好きだからサ。好きで来るなら趣味だからさ、まるまる自己負担だろ。トントンどころかまるまるマイナスですよ家計的には」

「ひいい」

「だから、色々頭使って頭下げて何とか仕事にするんじゃんよ。こういう仕事がその辺にぼろぼろ転がっててだな、ほいほい入って来るなら苦労はないって。妖怪を仕事にしようと思ったら、まず本業で信用されなくちゃ駄目なんだって。妖怪なんか関係なくても何とかやっていけるようになって、漸《ようや》く妖怪がちょこっと乗せられるの。そういうもんなんだから」

「あらあ」

レオは本気で駆け出しなので、『怪』以外の仕事は本当に数えられる程しかしていない。

俺にくっついて来るヒマがあるなら営業しろよと村上は言った。

「すぐ齢《とし》とるぞ。しんどくなるぞ。身体の節々が痛くなって歩けなくなるぞ。俺なんかこないだ膝《ひざ》が痛くて医者に行ったら、経年劣化だと言われたぞ。だから、ここに座って考えろよ」

「厭ですよう」

なら立てよと村上は怒ったように言った。

レオは座りっぱなしで見上げていたのだ。

手を貸してくださいと言ったら厭だよと言われた。まあ、村上は凄い荷物を持っているから無理っぽいのだが。

「大体な、待てっつうから待ってやったのに、転ぶんじゃないよ。戻って来ちゃったじゃんかよ。俺の人生の大切な時間を返せよ」

「待ってくれてましたか」

「待ってなきゃもう着いてるよ」

「まだ着いてないですか。終着駅が想像できませんよ？　さっきから山ですし、見えるのも山ですよ？　それにしたって山ですよ」

「山に来たんだから山だよ」

「どうしてこんな山なんです？　人間来ませんよ？」

「昔は村があったんだよ」

「廃村ですか！　それは心霊スポット的なものでしょうか？　スポット惨状スポット解決ってな具合ですかね？」

「うるさいなあ」

やっぱり距離が開く。

「廃村イコール心霊ってのがまず駄目じゃないか。レオさ、そういうことほざくと京極さんに叱られるよ？」

「京極さんは叱りますか」

知らないけど怒ったらきっと怖いぞと村上は前を向いたまま言った。

「あんまり怒ったとこ見ませんけど」

「だから怒ったら、ってことだよ。つうかうるさいなあ本気で。俺はね、基本的に取材は一人がいいの。旅行も一人旅が好きなの。見知らぬ土地とかを彷徨《さまよ》って妖怪っぽい場所に行き会ったり知らない伝説なんかと出会ったりするのが嬉しいんだって。こればっかりはやめられないんだよ。だからレオみたいなのがいると折角《せっかく》の雰囲気が台なしなんだよ。今からでも一人旅にしてえよ」

「えー。だっていつも大勢で旅行してますよ？　妖怪推進委員会《ようかいすいしんいいんかい》とかでバスなんか借りて変なとこ巡ったりお馬鹿な人達とキャンプ行ったり温泉行ったりしてますよ？　ボクだけ呼んで貰えませんよ？」

「それは打ち上げとか忘年会とかだろ。そういうのとは別だよ。化け大イヴェントとかで一生懸命働いた人の慰労とかだから」

「慰労してください」

「お前働いてないだろ？　慰める労がねえじゃんかよ。ちょろちょろして軟便のネタ拾ってるだけじゃんかよ」

「軟便？」

軟《やわ》らか妖怪便り《だよ》だよと村上は吐き捨てるように言った。

それはレオが唯一持っている『怪』の連載ページのことである。連載といっても、ページ合わせの埋め草っぽい感じだから、ページ数が決まるのも最後である。

「よく連載持てたよなあ」

「はあ、お情けを頂戴《ちょうだい》したんですよ。餓死しそうだったもんですから」

「また餓死か。よっぽど腹っぺらしなんだな」

お便所が好きなもんでとレオは意味不明の抗弁をした。

「すぐ出てしまいます」

「もう。頼むからさ、ほんのちょっとでいいから黙っててくれよ。何かあったって見逃しちゃうじゃないかよ」

「何かあったらって山ですよ？　木とか草とか石とかしかないですよ？　それってウンコ見逃して踏んじゃうとかいう話？」

「お前がしなきゃウンコなんかないよ。したのかよこっそり。あのな、草はともかく、木や石なんだよ。大事なのは」

「大事ですかねえ。それは温暖化とか」

自然保護の話じゃねーと村上先輩は言った。

「俺はさ、環境保護団体の視察に来てるんじゃないからさ。伝説巡りなんだって。伝説ってのは、ないだろ何にも？　昔あったと言われてるコトなんだから」

「はあ。お話は見えませんねえ」

その見えないモノを探してる訳だろ、と言って村上はやっとレオの方に顔を向けた。

「なら謂《い》い伝えのある土地に行くしかないだろ。昔話と違って、場所は必ず何処なのか判ってるんだし」

「判ってますか？」

　判ってるから伝説なんだよと言うと、村上はまた前を向いた。

「証拠があるんだよ、伝説にはさぁ。祠《ほこら》とか、石とか松とか、何かあるんだよ謂い伝えが。いや、あったの、か。もうなくなってるものも多いから。忘れられてたりするしな。でも何にもなくたって、土地だけはあるから。まあ、山が切り崩されてなくなっちゃったとか、ダムに沈んだとかいうこともあるけどさ」

「それはアトランティス的な話？」

「解っててボケるのは面白くないから」

「あー」

「必ずあるはずなのに、どこにあるのか判らないんだって。地図とかに載ってるもんじゃないんだから」

「標識もない？」

「ないよそんなの。観光地っぽいとこなら立て札とか伝説地図みたいのがあるけど、ほとんどはないよ。長野県《ながのけん》は樹木とか石の伝説がいっぱいあるんだけど、かなりの量はもう忘れられてるから。町の方のはモノがなくなってたりするし、山の方だと場所が判んなくなってたりするし、仕方ないけどさ。生活に関係ないし」

「関係ないすか」

　石だからなあと村上は言った。

「袂石《たもといし》みたいにでっかいのは動かしようもないけどもさ、小振りなのはただの石だから。何するにも邪魔だったりすんだろ」

「最近は漬物石《つけもの》すらありませんですね」

「お墓とか石碑とか石像とか、そういうもんはまあ、移動したりなんかして残すこともあるけど、自然石はさあ。名前ついてるってだけだろ」

普通の石には普通は名前がない。

というか、名前がなければどんな石も普通の石に違いはない。

村上の言う通り、石は石である。

「で、その廃村に石がありますか」

「あるかもしれないんだよ。記述はあるけど該当する場所がなくて、地図で見たってそれらしい村もなかったんだよ。町村合併とかするから名前が変わることは多いけど、消えちゃうことはない訳で、ない住所ってのは誤記か、嘘かだろ。で、調べたら」

「廃村!」

「まあ廃村だよ。明治時代にはもう廃村になってたの。それじゃあ昭和初期の地図にさえ載ってないからな。で、道路になったとか、そういうこともないみたいだから、なら残ってるかもしれないだろ」

「村がですか?　もうないでしょ」

「村はないって。石だって」

石なんだ。

「建物なんかは壊れるから放っておけばなくなっちゃうだろうけど、石なんかはさ、逆に勝手になくなったりしないだろ、手をつけなきゃ。風化はするだろうけど、石は百年やそこらで磨り減ったりしないから」

まあ石だから。

「で、何石ですか。孤独とか、親子瀧《おやこだき》とかですか」

「それ、つげ義春《よしはる》だろ。『無能の人《むのうのひと》』だろ」

父ちゃん迎えに来たよと、レオはつげファン以外には通じ難《にく》いギャグを放った。

「そういう石じゃないから。その村外れに鸚鵡石《おうむいし》があるって記述があるの」

「オームですか？　電気抵抗ですか？　法則ですか？　腐海の虫ですか？　水中クンバカ？」

バカじゃないの、とは言われなかった。

ただ無視された。

「鸚鵡だよ鳥の」

「ははあ、鳥ですか。その昔、前を通る人を取って喰う化けオウムがいて、偉いお坊さんに石にされちゃったという話ですか？　笑気《しょうき》ガスとか出しますか？」

「そんな話はねーよ。化け鸚鵡なんて聞いたことないよ世界的にねーよ。調べたことないけどども。それに、殺生石《せっしょうせき》と混ぜてるだろ。だとしたって出るガスは亜硫酸《ありゅうさん》ガスとかだろ」

そうでしたそうでしたとレオは戯《おど》けた。

そういう態度がいっそう嫌われる原因になっているのだということに気づけよいい加減、という話である。

「でも、じゃあオウムみたいに飛びますか？　それは羽搏《はばた》いてますか？　石としてバタバタと世界に」

「いやだからそういう話じゃないから。おい、どうして勝手に作るんだよ。伝説作るなよ。お前、捏造《ねつぞう》とかしたら怒るぞ。創作と捏造は違うからな」

「しませんよ。ボクは徹頭徹尾勘違《かんちが》うだけです勘違えるために生きてます」

「日本語壊れてるよレオ。あのな、鸚鵡返しの鸚鵡だよ」

「佐々木小次郎《ささきこじろう》！」

「バカじゃないの」

やっと言われた。

言われないと落ち着かない体質になっている。

「そうやっていちいち話の腰折るんじゃないよ。というかそれ何だっけ？　カッパじゃなくてトンビじゃなくて、燕《つばめ》だよバカ」

すぐに判らなかった俺もバカだよと村上は言った。

「カッパ返しってどんな技だよ」

「開発しましょう」

「しねえよバカ。もう、お前と一緒にいるとバカバカバカバカ言っちゃうから、俺が酷《ひど》い人間になったような気がしてくるじゃないかよ。おいらはこんな人間じゃないんだよ」

「はあ。まあ軟便ライターの名に免じて勘弁してくださいです。すると、その石はオタケさんオハよーってな具合な石ですか？」

「解ってるじゃんか。そうだよ」

「そうなの！　合ってた！」

「山と言えば山、川と言えば川と答える、鳥みたいな形の石があんの」

「ブタと言えばブタ、オナラと言えばオナラと言いますか？」

「言うんじゃないの知らんけど。どうでもいいじゃんか。サルでもオシリでも何でも好きなこと言えよあったら。あったらだけど。谺《こだま》みたいなもんなんだから何だっていいんだよ」

「コダマですか。清《きよし》ですか。アタックちゃーんす。はい墨田区《すみだく》のカネタさん、ブー。残念でした。立ってください」

「帰れよ」

「いやコダマが」

「許せるのはヤッホーくらいまでだぞ。俺の堪忍袋《かんにんぶくろ》の緒《お》にはかなり亀裂が走ってるよバカ」

「字が違いますか」

「いや、上伊那《かみいな》の方にある鸚鵡石はコダマ石とも謂うし、それは児玉石《こだまいし》と書くこともあるみたいだから違ってる訳でもないよ」

「合ってましたか」

「名前の話だよ。あとは全部合ってねえよ。他の場所ではそういう呼び方もするし、アタックチャンスの人と同じ表記もするってことだよ」

えーと言ってレオは止まった。

「何だよ」

「気がついちゃいましたが、他の場所って何なんですか。そんな石は何個もないですよ。オウムの形してて物真似すんでしょ？　いや、ないない。もしあったとしたってこの世に一個ですよ。世界に一つだけの石ですよ。そもそも石は喋《しゃべ》りませんよ大抵フツー。喋る石なんか、あっても一個」

「そんなこと言うなら一個もないだろ。喋る石なんかないよ。その石があるとこではそういう不思議なことがある、と謂われているってことだよ。同じように人の口真似が聞こえる石ってのは上伊那だけでも四つもあるし、千曲市《ちくまし》にも下水内郡《しもみのちぐん》にもあるの」

「それはいっぱいですよ。長野はオウム石の名産地ですか」

「鸚鵡石と呼ばれてる石は青森《あおもり》にもあるし愛知《あいち》にも兵庫《ひょうご》にもあるよ。たしか岡山《おかやま》にもあったよ。だから珍しいものじゃないの」

「なーんだ」

じゃあ探すだけ無駄ですねと言ったら言い切る前にになら帰れってと言われた。

「何故に」

「珍しいから探す訳じゃないから」

そこで村上はオッと声を上げた。

「何か」

「いや、これはお地蔵さんか何かだろ」

苔《こけ》だらけの塊《かたまり》にしか見えない。

「石かどうかすら判りません」

そんなことねーだろと言って、村上は肩に掛けていた巨大なバッグを下ろし、その上に手に持っていた荷物を載せた。その他にリュックも背負っているのだから大変である。

村上は屈《かが》んで、苔の塊をじっくりと眺め始めた。

「村上さん、オモシロイですか？」

「レオさ、お前ホントに妖怪好きなの？」

「ええまあ。お便所とかバッタとか好きなものは色々ありますが、中でも好きです。妖怪ならこの感じ解んないかなあ、と村上は顔を上げ情けなさそうに眉尻《まゆじり》を下げた。

「はあ。でも、それも石だし、探してるのも石なんでしょ。ヌリカベがいるとか株切《かぶき》り小僧《こぞう》がいるとかいうなら走って行きますけど。まあ小走りですが」

「なる程な。そっちか」

「どっち？」

「キャラが好きなんじゃん？」

「キャラ！」

「そうだろ」

「そういう訳でもないすけどね。株切り小僧はお茶くれるから。喉《のど》が渇いたなーと。ヌリカベの場合、前に進めなくなるのでもう歩かないで済みます」

村上はまた苔に顔を向け、ついに摑んで引き起こした。土だの腐った葉っぱだのがずるっと付いて来た。

「あー。塞《さえ》の神っぽいな」

村上は手で土を払った。

「あ。何か顔っぽいですよ」

こうなってたんだよと言って、村上はぐいとそれを起こして、向きを変えて立てた。

「ほら」

「あら。ホントですね。これが神様ですか？」

「道祖神《どうそじん》とかそういうのだと思うよ。石仏マニアじゃないから判らないけどさ。裏に字っぽいものも彫ってあるし、まあ人工物には違いないでしょ」

「字！」

レオは覗《のぞ》き込む。

「判りません！」

「だから判らないんだって」

「うー。これはオウム系の形じゃないですね？」

「違うけどさ。どうよ、これ」

「どうよって？」

「何か感じない？」

「いや、その、変態じゃないですからうっふーん。って、バカじゃないのって言ってください！」

信州山中に風が吹き渡った。

「いや、お前変態だよ」

「そうでした。すいません。というより、村上さんの本意が知りたいですよ。ボクわ」

「今、わって平仮名で言ったろう。レオの文章、あれ校正の人困るんじゃないか？　あってるんだか間違ってるんだかワザとなのか判らないよ。そうじゃなくてさ、こういう苔生《む》した石像がぽつんと山の中にあったりするの見てさ、何とも思わない？」

「うーむ」

レオは見詰める。

「まあ、その、水木大《おお》先生の絵に似てる気もします」

「そこだよな。俺達は見過ごしちゃってる訳だよ。日常の風景の中にもこういうもんはちゃんとあって、それを切り取ると、妖怪っぽい訳じゃんか」

「はあ。そうかも」

「水木さんは、きっとそれを一瞬で見つけちゃうんだろうね。水木さんの目にはちゃんと見えるのよ、日常の中の妖怪っぽいアングルが。俺なんかは中々見っけられないからさ、こうやってあちこちうろついて歩いてさ、雰囲気ごとつうか、シチュエーションごとそっちに持って行くしかない訳。気持ちごとつうかさ。これ、妖怪なんだと思うよ。だって妖怪なんか現実にはいないいんだから」

「まあほぼいませんね。マンガやアニメでしか会えませんね」

会えるのはキャラだろと村上は言った。

「あららそうでした」

「でも、いるんだよな、実際に。この風景で、こう、何か来ないかよ、グッとさあ」

妖怪好きだろと村上は言った。

「はあ、グッとというか、キュンとというか」

「それそれ」

村上は石仏的なものの頭らしきところをぽんぽんと叩《たた》いてから立ち上がった。

「こういう、無駄がいい訳よ。こんな山奥にこんな石があったって、多分誰の役にも立たんだろ?」

立ちませんまるで立ちませんとレオは言った。

「まるで、出版界におけるボクのようにまったく役に立ちません――って、言ってる自分が悲しいです」

「だからさ」

村上は色々なアングルから何枚か写真を撮り、それから荷物を手にした。

「お化けってのは、そういう無駄でできてるんだってことじゃん。無駄なんだよ、お化け。お化けそのものってのは、まあ出会えないよな。出会いたいけど、出会えませんよ。でもお化け涌《わ》きそうな雰囲気ってのは確実にあるじゃん。そのものじゃないけど」

「妖怪の周辺でありますか」

「それ『怪ラヂヲ』の副題だろ」

それは以前、村上が京極や郡司編集長とパーソナリティを務めていたラジオ番組の名前である。毎週毎週菓子パンやら時代劇やらおじいさんやらウンスンカルタやら、およそ取り上げても意味のなさ気《げ》な話題ばかりを語り倒し、結局妖怪に就いては最後まで語らなかったという伝説の番組だ。

「まあ、あれは離れ過ぎだったと俺も思うけどサ。京極さんがいいっていうんだよ。どこまで本気だか判んないんだよな——でも、まあ、そうなんだって。妖怪の魅力って、キャラそのものじゃないのよ。寺とか神社とかお墓とか、まあそういうのは判り易いけど、そのものズバリ過ぎるとまた違うのよ。こういう、役に立たなさ加減つーかさ。駄目加減つーかさ。そういうのは大事だよ。妖怪の場合は」

だからレオも『怪』に必要なんじゃないのかと村上は言って、またスタスタと歩き出した。

「それは褒めてますか？　慰めてますか？　馬鹿にしてますか？」

「褒めてないし慰めてないけど馬鹿にはしてるよ」

「えー」

村上はスタスタと進む。

レオは遅れてはならじと追い掛ける。

正直言って、疲れている。バスを降りてから舗装された道を一時間、山に分け入ってからは二時間近く経つのである。

「ボクは無駄で駄目で役立たずですかあ？」

「だから、無駄で駄目で役立たずも必要だって言ってるんじゃないかよ。軟便はジャンルもないし。ファンもいないし。でも、いいんじゃないの？」

「認めてくれたってぐわいですか」

認めてねーよと村上は睨んだ。

「だからもっとちゃんとやれって。厳しいんだよこの世界はさ。俺がページ乗っ取るぞ。ああいうくだらないの書きたいんだよホントは」

やめてくださいとレオは泣いた。

「おまんまの喰い上げですよ。おまんまはお便所より好きですから、喰い続けたい所存でありますす。なので是非とも修行をしたいです。インドの山奥で修行します。長野ですけど。弟子になります」

村上はやれやれという顔をした。

「弟子取る程偉くねーよバカ。頼むから取材の邪魔だけはしないでくれよ」

「って、何処行きますか。もう石はあったんじゃ」

「あれは鸚鵡石じゃねーだろ」

「ああ、そうですが。あれがそうだということにはできませんか」

「あのな、ライターは嘘書いちゃいけないの。間違ったらアウトなの。うっかりしてて後から間違いが見つかることだってあるんだからさ。勘違いや見落としだって、時に命取りになるんだよ。まあ気をつけててもあるんだけどさ、そういうことも。だからヒヤヒヤだよ。署名原稿でテキトーなこと書けないだろうよ」

「厳しいですねー。でもこんなとこ誰も確認しに来ないと思いますよ」

「そんなことないから。不特定多数に情報出すのがどんだけ怖いことか、ちゃんと理解しろよな。無駄でも駄目でもそこだけは死守だよ死守。真面目にやらなくちゃ、馬鹿も面白くないんだよ」

「はい。肝臓《かんぞう》に命じます。レバーに命令です」

「何だよ、肝《きも》に銘じるってことなのか？　それからな、こんなんでへばってるけどさ、本当のフィールドワークってこんなもんじゃないからな。文化人類学の調査なんか何箇月も何年もかかったりするし、もっと執拗《しつこ》く細かく調べるしさ。地元の人と同化して情報収集したりするんだよ。そりゃ大変な仕事なんだよ。俺なんかのは単なる取材だから。行くだけ、精々行って尋《き》くだけだろ」

「行く場所にも依《よ》りませんか？」

「ここなんか楽なもんだって。ライターなんて体力勝負だから。ライターに限らんけど。人跡未踏の秘境の取材だってギャラが良ければ行くんだよ。標高低いし途中まで車で登れるし、大した山じゃないじゃないかよ、ここなんかさあ。とにかく、さっきのとこに塞の神みたいなものがあったということは、そこが何かの境界だってことだろうよ。あそこからこっち側が村なんじゃゃないか？」


「山です」

山である。

山村は山にあるんだよと村上は言った。

「まだ町村制が導入される前になくなってるみたいだからさ、正確には廃村というのはおかしいんだよな。だから集落——って、あるじゃん」

村上は何かを示した。レオにはそれが何だか判らなかった。

「何すか？」

「多分、家の土台的なものじゃないか？」

「はいはい、何々的というのは、ボクの得意とするところであります！　それはつまり、家の土台らしきモノってことですね！」

「やり難《にく》いなあ」

村上はあちこち見回している。

「相当どうでもよくなってる感じだけど、平地っぽいし、ここが村だよ。畑やなんかはもうまるで判らないけどな。ほら、あれなんか家っぽい」

廃墟《はいきょ》ですらない。

「ボクわ、何か廃屋的なものがある感じでいたんですが、これは休めませんね。心霊もいそうにないですがお弁当も食べられません」

「弁当なんかないだろ。だからさっさと取材しないと帰り道が暗くなっちゃうんだよ。そんな広い村じゃないからさあ、ええと――」

村上はずんずん進む。

村じゃないですよやっぱ山ですよと言いながらレオも続いた。

「せめて旧村とか元村とか村の跡とか村遺跡とか言いましょうよ村上さん」

「何でそんなとこにばっかり拘泥《こだわ》るんだよ。いいじゃないかよ二人しかいないんだから」

「ライターは言葉遣いには気をつけ、礼です」

「お前、絶対女子に嫌われるだろ」

「きゃあぁ」

村上に見破られ、レオは悲鳴をあげた。

悲鳴は山間に谺した。

「こ、コダマってます」

「その日本語がおかしいって言ってるんだよ。でもそうだな、あっちの方だよな」

村上が示した方向に少し歩くと、いきなり坂がきつくなり、やがて視界が拓《ひら》けた。

「うわ。何かこの、崖《がけ》的な感じですか？」

「谷だよ。この下の方に川でもあるっぽいけどな。木が邪魔で見えないな。地図でも判らないなあ。大きな川じゃないね。つまり大した谷でもないんだな」

たしかに、急に下っている。

対岸というか、向こう側はやはり山で、木が繁茂している。だが、こちら側の斜面は山肌が露《あらわ》になっており、石というか岩がごろごろと見えていた。

「ああん？」

村上は眼鏡の奥の眼を細め、顎《あご》を突き出して谷間を見渡した。

「凄い景観だなあ。ここだけ四国の山奥っぽいよ」

カメラを構える。

「写真ですね？　写真。ボクも写真覚えた方がイイですか？　仕事来ますか？」

「カメラマンじゃないんだからさ。俺は元々好きだったんだよ。普通はカメラマンが同行するんだよ」

「でも、多田さんもカメラ提《さ》げてますよ。いつも一番いい場所で撮ってますよ。ナイスなポジションで激写してますよ。こないだはぶっけて歪《ゆが》んだフィルターをドライバーと金槌《かなづち》で鍛冶屋《かじや》みたいに破壊してるとこ目撃しました」

あれはどうなのかとレオでさえ思った。

「多田ちゃんは趣味だろ。つうか個人的な記録なんだろうけど、場所取りだけは異様に上手《じょうず》なんだよ。でも焼いたのなんか一回くらいしか見たことないよ。多田ちゃん、最近はやっとデジカメにしたみたいだけど、ずっとフィルムだったからなあ。現像してるのかなあれ」

かなりシャッターを押している。

実際、小振りだが奇景ではあるだろう。箱庭っぽい感じが、却《かえ》って妖怪的な感じだ。

「お」

村上の動きが止まった。

「何です？　オナラ？」

「おならは来る途中でいっぱいしたって。それよりさあ、見ろよ。あれ、ちょっと鳥っぽいよな。ほら、あそこの出っ張り」

「そうですか？　ここでぶっ放せば、屁《へ》糞になるかと思ったんですけどね。ぶっぶっぶっぶって。素敵。あら」

たしかに鸚哥《インコ》というか鸚鵡というか、そんな形に見えなくもない。

村上は地面を確認する。

「ああ、道があったんだな。そうか、あの岩の前通って、こうぐにゃっと曲がって下まで降りるんだよ。つうか降りてたんだよその昔」

「えー。道ですかア？」

「だってほら。筋っぽいのがついてるじゃん。ついてるじゃーん」

村上はそう言うと、レオから三脚を奪い取り、荷物を置いたまま下に降り始めた。

「行くンですかあ」

「行かないでどうするんだよ」

落っこちそう、という程に危険な感じではない。

ただ転んだら転がり落ちそうではあった。こちら側は樹木や草がほとんどないので、転げ落ちたら相当に痛いだろう。いや、怪我はする。

骨折ですよ！　とレオは叫んだ。

「はあ？」

「あ、いや、ショートカットし過ぎました。足滑らせたりしたら怪我しますですよ。一歩間違えば骨折ですよ！」

なんて言っているうちに、村上は変な岩の近くまで到達してしまっている。すげえイイわこ
こ、という声が聞こえる。

レオは仕方がなく、おっかな吃驚《びっくり》に、そろりそろり足を踏み出した。村上の巨大な荷物は置きっぱなしである。まあ重いし、盗まれることもあるまい。人っ子一人いないのだ。犬も猫もいない。猿がいたって重くて持てない。

まあ、道といえば道だった。ただ、道と思い込まなければ決して道とは思えない。歩き難《にく》いという程でもないが、特に歩きたいという道ではない。というか普通はこんなとこは歩かないと思う。

「ほら、こっから見るとモロに鸚鵡だ」

村上はそんなことを言っている。

「お、オウムって、そんな昔っから日本にいる鳥ですか？　なんか、最近の帰国子女っぽいですよ？　時代劇に出演してない気がしますよ」

「そんなことないよ。江戸時代より前に輸入されてたとか読んだ記憶があるぞ。江戸時代にも見世物とかにもなってるし、将軍家が飼ってたとか聞いたから」

「ひゃあ。暴れん坊飼い主ですね」

何だよそれはと言いながら、村上は足場の悪い岩場に三脚をセットし始めた。

岩が張り出ていて、少しだけ平らな踊り場のようになっている。

「だ、大丈夫ですかあ？」

「手持ちでもいいんだけどさ。岩の後ろっ側の窩《あな》みたいなとこに、祠があんだよな」

レオは体を返して見上げた。

上から見下ろすよりちゃんと鸚鵡に見える。

後ろの方に、汚い鳥の巣箱のようなものがあった。

「あれが祠ですかあ？」

まあそう言われれば、という感じだ。

「祠だったよ。いま近くで写真撮ったんだよ。よく残ってたよな。人家の方はなくなっちゃってるだろ。岩が抉《えぐ》れてて、雨曝《あまざら》しになってないのが良かったんだ」

「うー」

レオは体を捻《ひね》って鸚鵡石を観てみた。

村上の言う通り、何だか凄い。

何がどうということはないのだが、どこかイイ感じである。

でもって。

徹底的に無意味だ。

誰も来ない場所に百年以上放置されている祠。

村上が来なければ、まあこの後も何年何百年と誰にも知られることはなかったのだろう。

でも、ずっとここにあるのだ。あり続けるのだ。

ただ、あるだけ。

何の意味があるのか。

その無意味と出会ってしまった訳で。

レオはちょっと、村上の気持ちが解った気がした。

もし。

あの、苔の生えた石の処で引き返していたならば、この無意味と邂逅《かいこう》することはなかったということになる。そうすると、この無意味は無意味ですらない訳である。存在していないに等しいことになる。存在していることが誰にも知られないのだから、そうなるだろう。それでもこの祠はここにあり続ける訳だ。何だろう、この人間を無視した感。

「止めどなく妖怪っぽいです」

だろ、と村上は言った。

「このアングルで全部入れれば、鸚鵡だって判るし、ええと」

もうちょっと引きが欲しいなと言って、村上は谷の方に下がった。

「危ないです」

「危ないです」

「二回も言うなよ」

「二回も言うなよ」

「真似すんなよ」

「真似すんなよ」

「って真似してません」

「って真似してません」

「誰の声なんだよ！」

「ボクじゃないですよ」

閑寂《しん》とした。

ちょろちょろと小川の流れる音がした。

「こ、谺？」

「こ、谺？」

「ひゃあああああ」

「うるさいよ。って、そうか一度に二人の真似は無理なんだな。というか、誰？」

村上はファインダーを覗き込んだままで、そう言った。誰って。

「ボクですよ」

「お前じゃないよ」

レオが祠に顔を向けると。

小さな女の子がそこにいた。

参

狂気と妖気、混濁《こんだく》す

その頃、小説家の黒史郎《くろしろう》は困惑していた。

困惑していたというより、大丈夫かなあ、と思っていたという方が正しいかもしれない。困惑というより心配だ。何を心配しているのかといえば、今、黒の目の前で熱弁を揮《ふる》っているこの女の人の行く末と、それから自分自身の身の安全と、その両方である。こういうスタンスは嫌いではないのだが、こう激しいと戸惑ってしまう。

「ついて来てます」

まただ。

「はあ」

そう答える。

黒はこういう時につい笑ってしまう癖《へき》がある。

別に相手を馬鹿にしているという訳ではない。

そんな失礼なことはしない。断じてしない。まず馬鹿にできない。多分黒の場合、仮令《たとえ》相手がどんなタイプの人間であろうとも、そんな風には思わない。

基本的に黒は人間が好きなのだろう。

だから他人を軽蔑《けいべつ》したり嘲笑《ちょうしょう》したりすることはない。身分や性格や能力に拘《かかわ》らず、尊敬もするし同情もするし手も貸すし、まあ偶《たま》には引いてしまうこともあるのだが、見下すようなことはない。

そんなだから誰とでも概《おおむ》ね良好な関係を保つことができる。

少しだけ臆病《おくびょう》なところもプラスに働いている。相手を批判したり非難したりできる程、自分は上等なもんじゃないなどと思っていたりもする。だから上から目線が——というより、上から目線的に受け取られることが、黒は苦手なのである。

だから気心の知れた仲間内でのウケ狙い行動以外、誤解されるような態度は執《と》らないように心掛けている。

でも。

自分を含めた状況を相対的に眺めるなら。

やはり、ちょっと可笑《おか》しいぞと思うことはある。いいや、凄《すご》くある。自分という存在込みでイカレているなと思うような時、黒はそこのところを笑ってしまうのだ。

つまり、半分は自嘲《じちょう》なのである。

今もそうなのだ。

時刻は夕方。

場所は鶴見《つるみ》のファミレス。

テーブルの上にはクリームソーダとコーヒーと伝票とメニュー。まあ、ここまではいい。ある。ありだ。

で、その席に自分が座っている。

これもいいだろう。勤め人ではないのだし、そういう場所で案を練ったりゲラを読んだりする作家は、まあいるだろう。自由業なんだから時間は関係ない。

でも、黒は携帯用のゲーム機と、子供が使うような雑記帳と、ボールペンを持っているだけだ。ボールペンは、好きなのだ。

で。

問題は向かい側の席である。

真剣な顔の女性が、黒の鼻先に瞳《ひとみ》の焦点を合わせて座っている。その視線の軸はブレることがない。もうピタっと黒の鼻の頭にロックオンされている。

それがまず可笑しいだろう。

これが恋愛の悩み相談とか、借金返済の談判とか、遺産相続の揉《も》め事とか、その手の場面であったとするなら、まあそんなに面白くはないのだろう。あることである。

でも、そんなもんではないのである。

女は二十代後半、法律事務所に勤務している。賢い人なのだ。社会的にもきちんとした人なのだ。黒の身の周りにウヨウヨといる困った人達なんかより、ずっとちゃんとした社会生活を送っている人なのだ。

名を、鴨下沙季《かもしたさき》という。

鴨下は高校時代にふとしたことからミクロネシアの文化に興味を持ち、それが高じて——というかこじれて、ミクロネシアの神話伝説、環太平洋《かんたいへいよう》の民間信仰、世界の妖怪へと落下して行き、遂《つい》には世界妖怪会議に顔を出すまでになったという、褒められない一面も持っている。

まあ趣味であるからこれはいい。

いいということにする。

世界妖怪会議というのは、水木しげるが旗揚げした世界妖怪協会なる団体が主催するイベントである。平成八年から十三年間、各地で開催された。

黒もかなりの率で参加している。会議といってもパネラーが蜿々《えんえん》お化けっぽい話をするというだけで、議題もぼんやりしているし結論も出ない。ただ、年に一回ナマで水木しげるが観られて、しかも有り難《がた》い講話が聞けることは確かで、まあお化け好きにしてみれば特典付きのお祭りのようなものだったのだ。

黒は、妖怪が好きだ。

まあ、オカルトも怪談もSFもサイコも都市伝説もホラーも好きだし、キン肉マンもゾンビもスカ映画もクソゲーもダメ心霊映像も好きな訳だが、まあ妖怪はそのどれにも微妙に関わっているので、妖怪好きであることは間違いない。というか黒は駄目なものは大概好きで、妖怪も大概駄目っぽいから、黒としては好きなもののリストから妖怪はほぼ外せない。

鴨下と知り合ったのも妖怪会議だった。

慥《たし》か東京で開かれた時だったはずだ。ただ、東京開催は一回ではない。多分何回か行われているのだが、どの回だったかまでは黒の記憶にない。まあ、いつも同じような内容なので、混じってしまうのである。

妖怪会議で知り合って、以降親交を深めた友人知人というのは、意外に多い。

会議が始まった当時というのは、丁度インターネットが一般的になりつつあった頃である。

ネットを通じて同好の士が知り合うということは殊の外多い。知り合うといってもリアルに会ってコンタクトをとるようになるという訳ではない。全国に散らばって得手勝手に好きなことをしていた人々が、似たような嗜好性《しこうせい》の珍しい人々を発見することが割と簡単にできるようになった、というだけのことである。

妖怪なんてものは、どれだけブームになったってみそっかすである。趣味としても恥ずかしい趣味で、自慢できるようなものでは決してなかった。でも、好きな人はもうどうしたって嫌いにはなれない訳で、こっそりと、胸の奥に秘めて、まるで戦時下の平和主義者のように暮らすしかなかったのである。

水木しげる大先生でさえそうだったと言っている。

そんな時期に妖怪会議はスタートしている。

地方開催が基本だったので、そう自由に参加できるものではなかったのだが、それでも行きたいという人はいた。回を重ねるごとにその傾向は強まり、つまり全国から困った趣味の人がリアルに集まるというお祭りになって行った訳である。

要するに、結構な規模のオフ会も兼ねていた訳だ。

そんな訳で、黒も相当な数のお化け好きと出会った。黒は小説家として商業デビューする以前からサイトを持っており、そこで創作を発表したりしていた訳で——出会った中にはその読者だという人もいた。

有り難《がた》い話である。

鴨下もその一人だった。

鴨下とは、カボ・マンダラットという、それはもうマイナーな妖怪が好きだという話で盛り上がった。黒は水木しげるの妖怪図鑑で知ったのだが、鴨下はミクロネシア関係の文献で知ったということだった。

それから、たぶん十年近く経つ。もっとかもしれない。

現在は年に一二度メールのやりとりをする程度の間柄である。デビューが決まった時と、結婚した時にお祝いを貰《もら》った。

で。

何だか切羽詰まっていたのだ。どうしても相談したいというのだ。

黒にしてみれば、相談に乗ってやれることなど何もない。

キン消しの種類くらいなら教えてあげることができるが。

鴨下は川崎《かわさき》在住である。近いから一度伺いたい、直接会って話を聞いて欲しいなどと言う。

どうも様子が尋常ではない。

これは——と、黒は察した。

もしや、心霊体験的なことではないのか、と。

黒は、『幽《ゆう》』という怪談専門誌が主催する『幽』怪談文学賞を受賞したのを契機に小説家としてデビューしている。

『幽』の界隈《かいわい》には、あの平山夢明《ひらやまゆめあき》や福澤徹三《ふくざわてつぞう》、加門七海《かもんななみ》、そして『新耳袋《しんみみぶくろ》』の木原浩勝《きはらひろかつ》や中山市朗《なかやまいちろう》なんかがうようよといる。その他大勢、のきなみその手の人達である。

どの手の人かというならば——そう、怪談実話の匠《たくみ》達である。

実話というのは、まあ本当にあった話、ということである。本当にあった話というのは、まあ誰かの体験談ということだ。どうしてそうなったのかとか、それが真実であるかどうかというのは、これまた別な話なのであって、体験した人がそう感じたり思ったりしたのなら、まあそれはどうであれ事実ではある。

そう感じたという事実である。

それは嘘じゃない。

その辺を物語にする。それが実話である。

まあ人間というのはあやふやでぐにゃぐにゃなものだし、壊れやすいものでもあるから、体験談といっても怪しい話も多い訳で、それは真実かどうか疑わしいという意味ではなくて、まあ、その辺も含めて文字通りアヤシイという意味なのだが。

アヤシイと、怖くなる。

怖くなる話は怪談である。

まあ、自分の体験談だってそのまんまを他人に伝えるのは難しい。中々解って貰えるものではない。伝えるためには言葉にして、話したり書いたりしなければならない訳で、上手に伝えようとすればする程にズレてしまったりするものである。

だから、要はココというポイントだけを伝えるようにした方が良かったりする。そのために手を加えた方が効率的なのだ。事実を改変するのではなく、伝えるべきところを明確にするために演出する訳である。

この匙加減《さじかげん》は難しい。その辺はテレビのドキュメンタリー番組に似ている。

ドキュメンタリーなんだから、ヤラセはいかんだろう。しかし、ヤラセなんかしなくたって編集はするのだ。そのまんま流すなんてことはできないのだ。カットしたり並べ替えたり、そういうことはする。音楽もナレーションもテロップも載せる。実際にはべたーっとした画面であっても、感動的な音楽とナレーションで泣かすことはできるだろう。

それは、嘘じゃあないのだ。盛り上げてはいるが、作ってはいない。

映っている画《え》はべたーっとしていたとしても、実際その場では感動的でエキサイティングなシーンだったのかもしれない訳で。

いや、そうでなかったとしても、ドキュメンタリーの作り手だけは感動しちゃったのかもしれない。ならば、その感動を伝えようと演出したに過ぎないということになる。

そういうのは、まあツクリではあってもヤラセではないだろう。

しかし、実際にその場にいた人がそれを観て全然違うよと思ったならば——それはまあ、やや問題なのかもしれないとは思う。みんなだあだあ泣いていたのに爆笑オンパレードな感じに仕上げて放送したりしたら——作り手にとってはそれこそが真実だったのだとしても——それはやっぱり違うんだろうと思う。

まあ、カメラは一方向からしか映せない。何カメ用意しようが何もかも完全にフォローすることはできない。カメラに映っていないところで何が起きているのかは伝えられないのだ。その場にいた人にはまるまる見えていても、である。だから、どれだけそのまんま、盛らず削らず演出もせずに流したとしても、それはやはり真実では決してない訳で、実録映像と雖《いえど》も、その場で起きたことそのものではないのだ。

況《まし》て、語りや文章となると尚更である。言葉は欠けが多いし、また曖昧《あいまい》なものなのだ。現実を描写したとして、言葉になっている部分より言葉にされていない部分のほうが遥《はる》かに多いことになる。そのうえ、言葉は必ずしも一つのものごとを指し示す訳ではないから、聞き手読み手によって大きく変わる。送り手側に慎重さがあっても、受け取る側が勝手に隙間を埋めてしまうことも多いから、映像なんかより変質してしまう危険性も大きい訳である。

怪談的な体験は、だからどこが怖いのか、体験者が何を怖がったのか、そのツボをきちんと見極めないと、もうどうしようもなくなる。グッダグダになる。

伝えられない。

幽霊が祟《たた》ればいいというものではない。

怪談実話の書き手として知られている人達は、その辺りの見定め方が上手なのである。

いや、想像に過ぎないのだけれど。

黒自身は、怪談実話を書いている訳ではない。

もちろん、自分の体験も伝聞も色々大きく影響してはいるが、基本作品は創作である。

まあ、その辺の境界はやっぱり曖昧で、黒自身深く考えると解らなくなる。要は軸足をどっちに置くかということなのだろうとは思うのだが。

ただ黒は、件《くだん》の平山夢明が監修するＦＫＢなる企画の参加メンバーではある。

それは、その手の怪談の老舗《しにせ》ブランドである『「超《ちょう》」怖《こわ》い話《はなし》』シリーズ執筆者の一人、松村《まつむら》進吉《しんきち》と、『幽』怪談実話コンテストで注目された黒木《くろき》あるじ、そして黒の三人を平山夢明がプロデュースするという、何とも奇妙な企画である。

これは、基本実話だ。

ＦＫＢは、不思議、怖い、不気味の略だそうなのだが、まあ平山夢明の場合はどこまで真剣なのかよく解らない。作品の仕上がりには厳しいが、その辺はどうでもいい感じである。

そこで黒は、少し困ったというか、何か大変だというか、どこか色々捩《ねじ》れちゃったような人の話を書いてみることにした。

怪談かどうかはともかく、実話ではある。

今までに三冊仕上げたが、これは難しい。どんなに変でもまんま書けば変がまんま伝わる訳ではないし、変えれば変えたで変が変わってしまう。色々と苦心するところである。

だからまあ、結局はどう書くかということになるのだけれども、しかし——ならまるまる創作でも変わりないじゃん——という簡単な話でもないのである。創作するならするで、そんなに妙ちきりんなことはそうそう思い付かない訳で。現実の歪《ゆが》みは時に個人の想像力を凌駕《りょうが》しているのである。だからやっぱり取材は要るのだ。怪談実話の深みに嵌《は》まっちゃった人々と交流を持ってみるとよく解ることなのだが、先に名前を挙げたような名人達は、それはもう一所懸命に取材をするのである。捌《さば》き方というか、手法はそれぞれ違うようなのだけれども、体験者の話を丹念に聞くというところだけは一致しているのだ。

黒も、人からそういう話を聞くことは大好きである。変だからだ。黒の場合は取材というつもりもないのだけれど、そういう人の話を聞く機会は多い。変なのが好きだからである。で。

まあ、そういう話ばかり聞いているからその手のことに詳しいと思うのか、或《あ》いは何かどこかで勘違いをしているのか——。

相談を持ち掛けてくる者がいるのだ。

他の怪談作家にも、よくあることらしい。

要するに、心霊体験的な告白をしたいから聞いて欲しい、自分が信じられないくらいの体験だからジャッジして欲しい、これってよくあることなのか教えて欲しい、どうしても黙ってられないから恐怖のお裾分《すそわ》けをしたい、祟られてるから祓《はら》って欲しい、呪われてるから救って欲しい、何でもいいから力になっておくれよ怖いから——という相談だ。

そうしたアクティブな相談を受けた場合——中には恰好《かっこう》の取材対象が向こうから飛び込んで来たゾと喜んでしまうような人もいるようなのだが——黒の場合は、まあ、どちらかというと困ることが多い。

基本的に話は聞けても力にはなれないからだ。

力になれるような人というのは、また別の種類の人である。犯罪なら警察、心霊ならお祓い系だろう。小説家なんか、煤払《すすはら》いもしないような人が多い訳で。

まあ気休めに話を聞いて欲しいというのなら、それはそれでいいのだけれど、真剣な人は真剣なのだ。

そこが困る。

霊の所為《せい》で病気になったと思い込んでいる人がいたとして、果たしてどうやったら治るんでしょうかなどと相談されたとしても、病院に行ってくださいとしか言えない。そんなのは、しない方がいいくらいのアドヴァイスである。

真剣だから適当なことも言えない。

更に加えて。

中には真剣に、ちょっと具合の悪いようなお方もいらっしゃる訳である。体というより、心の方が。これはこれで困るのだ。というか、黒の場合はわりに多いのである。病んだ方からのコンタクトが。

で。

鴨下はそういう意味では安心だろうと、最初黒はそう思ったのだ。常識人である。法律家である。賢い普通の社会人である。

でも、どんな人でも歯車が狂っちゃうことはあるのである。

どこでどう歯車が狂うのか、それは誰にも判らない。

それに、常識人程非常識なことには弱いものなのだ。法律家だって祟られることはあるだろう。祟りは裁判所命令では収まらないし、呪いは法で裁けまい。記念写真にオーブが写っているだけで、ノイローゼになってしまうようなことだってあるだろう。

しかし鴨下とは旧知の仲でもあるし、それならそれで、まあ何とか対処するしかなかろうと思い、黒史郎は面会に踏み切った訳であるが——。

「百キロ婆《ババア》って歩くんでしょうか」

これが最初の言葉だった。

黒は笑いそうになったが、冗談ではないようだったので止《や》めた。堪《こら》えた。

黒が都市伝説好きであり、あれこれ蒐集《しゅうしゅう》していることを鴨下は知っている。

いや、黒は『100ＫＢ《キロババア》を追《お》いかけろ』という単行本まで上梓《じょうし》している人間なのだから、まあ相談相手としては申し分はなかろう。

ないが。

「その、百キロ爺《ジジイ》はいないんでしょうか」

で、黒は到頭《とうとう》笑ってしまった。

笑ってしまったのだが、鴨下の頬はぴくりとも動かない。どうも真剣さに変わりはない。だからすぐに自戒して真面目に話を聞いた。

最初は、ストーカーだと思ったらしい。

「夜道をずっとつけてくる気がするんです。歩いてるのは私一人のはずなのに、跫《あしおと》がもうひとつするんですよ」

それは妖怪べとべとさんです、と言いそうになって黒は我慢した。

「気の所為じゃないんですよ。毎日なんです。走れば走る、止まれば止まる。あんまり気味が悪いので、同僚について来て貰ったんですけど、二人だと出ないんですよ。でも、一人になると出るんです」

べとべとさんなら先へお越し、と言うだけで済むのになあとふたたび黒は思ったが、やっぱり黙っていた。妖怪ぴしゃがつくかもしれないし。

「で、この間、上司に少し離れて見てて貰ったんですよ。気の所為や勘違いなら、まあそれでいい訳で。そしたら、やっぱり跫が聞こえて、我慢して家まで戻って、そしたらば上司がすぐに来てくれて」

何かが後ろを歩いていたことだけは間違いない、と上司は証言したという。ただ、それが何かは判らないと上司は言ったのだそうだ。

――ただ、人っぽい。

そう言ったらしい。

ぽい、ってことは、人じゃないのか。

「どうしてもハッキリ見えないんだそうです。黒っぽい感じで、歩いている動作は判る。それから女性ではないというんです。でも、どういう訳か服装とか年齢とか、特徴とか、そういうことは判らないみたいで」

それ以降、オフィスから帰る際は同僚が交代で家の前まで送ってくれるということになったのだそうだ。

ある日、遅くなったので今日は車で送ると上司が言い出した。

色んな意味で、車は一番安全だ。鴨下さんは安心して車に乗った。

——のだが。

乗った途端に、上司が青くなった。

その、人っぽいものが。

ついて来るという。

スピードを上げても上げても同じ速度でついて来るのだという。

「私は怖かったので見てないんですよ。でも上司はもう、青くなっちゃって。で、振り切ろうとするんですけど、どうしてもついて来るって。街中だと信号もあるし、スピードも出せないから。方向は違うんですけど近くのインターから高速に乗ったんです」

「高速に！」

「はい。で、百キロ近く出して」

「マジ百キロですか」

ついて来たようですと鴨下は言った。

「百キロ——爺ですねえ」

黒はそう答えるしかなかった。

「ええ。でも、そういう話って、大抵お婆さんじゃないですか。だから、男の場合はあるのかなって。それに」

「歩いてますよねえ」

「歩いてるんですよ」

「うーん」

そんな話は聞いたことがない。まあ、人間じゃないだろう。でも、ただの都市伝説とも思えない。普通に平ったく考えるなら、まあ変わった幽霊、とでもするしかないだろう。

「その百キロ爺、今日は？」

「ついて来てます」

「はあ」

ここで、黒はまた笑いそうになってしまったのである。こんな場所で、真顔で百キロ爺の話をしている自分達二人は、まあ、世間的にはやや滑稽《こっけい》ではないのかと——そう思ってしまった訳である。

「それで、あの——水木先生の描くカボ・マンダラットなんですけど」

「は？　カボ？」

　突然話が変わってしまった。

「ああ、あのエビっぽい？」

「ええ。黒くって、水から出てるやつ。あれって何か元があるんでしょうか？」

「さあ。それは判りませんね。記事の出典は大体判りますけど、絵はオリジナルじゃないですかね」

「そうなんでしょうか」

　鴨下は下を向いた。

「どうかしましたかカボが」

　あれじゃないかと思うんですよ——と、鴨下は小声で言った。

「ちょっと待ってくださいよ」

　黒は少々慌てた。

「カボ・マンダラットは、水木さんの絵だとかなり怪物っぽいですけども、実際の現地の伝承では女神ですよね？　まあ、でっかい貝殻に棲《す》んでいる、椰子《やし》の木みたいに太い脚のヤドカリだとか謂《い》いますけど、性別は女ですよ。しかも、象皮病《ぞうひびょう》か何かを司《つかさど》る神様ですよ？」

　そうやって属性を列記してみると、まあ何とも無茶苦茶な感じがしてしまう。そもそも姿形が想像できない。それをまあ、サクッと形にしてしまうのだから、仮令《たとえ》原典と整合性が取れていなかったとしても水木さんは凄いと思う。

鴨下は承知していますと答えた。

「ええ。ですから、そっちではなくて、あくまで水木先生の絵の方なんですけど」

「あれは、まあいい絵ですよ」

黒も大好きだ。だが。

「あれがついて来ますか？　というか、あれ大きいですよね？　いや、対象物描かれてなかったっけな。というか、あれ下半身どうなってるんですかね？　走りますかね？」

「そうですよね」

鴨下はいっそう下を向いた。

「まあ、ついて来るのは別物かもしれません。でも覗《のぞ》いてるのはあれだと思うんですけど」

「覗き？」

「ええ。このところずっと覗いてるんです。大きさは、小柄な人くらいです。だから、それがついて来てるのかなと思ったんですけども」

「はー」

何だか、ちょっぴり理解の範疇《はんちゅう》を越えてしまった感じだ。

「今もきっと見てるはずです。私は怖くて見られませんけども」

黒はファミレスの大きな窓を見渡した。

窓の上の方に。

それはいた。

それは、ガラスに貼り付いていた。

大きさは――能《よ》く判らない。そんなに大きくはないだろう。

でも、犬や猫よりは大きいと思う。

いや、もっと大きいかもしれない。

小柄な大人くらいはあるだろうか。

そもそもファミリーレストランの全面ガラス窓の上の方に頭を下にしてヤモリみたいに引っ付いている人間というのを黒史郎はいまだ嘗《かつ》て観《み》たことがなかったので、能く判らないというしかないのである。スケール感がとっ外《ぱず》れている。実際に黒自身があの恰好になったなら、あんなものかもしれない。

口を開けた。

鴨下はその黒の表情を、やはり微動だにしない頑《かたく》なな視線で見詰めて、恐る恐る、

「居ますか?」

と尋《き》いた。

この場合、素直に居ますねえと答えるべきか。居る居るホントでしたねえとはしゃぐべきなのか。それともパニックでも起こすべきなのか。

黒は結局暫《しばら》くそれを眺《なが》めて、はあ、と感心したような声を発した。

こうあからさまに居ると、怖くも何ともない。

「あれ――ですよね?」

「ええ。たぶん」

「あれはですねえ。ええと、まあ慥《たし》かに似てないこともないけども、カボじゃないですね」

「違いますか！」

「違いますねえ」

ファミレスでこんな話を真顔でしている自分はもう狂っているんじゃないかと心の隅で思いながら、でも鴨下さんにしてみれば相当深刻な話なんだろうなと再度思い直して、黒は思案の末、雑記帳にボールペンでそれを写生することにした。

直接見るのは怖いのだろう。

と、いうか他の客には見えてないのだろうか。

――見ないか。

改めて見たりしないだろう。窓を見たとしても、上の方なんか見ない。それより往来を歩いている人達の方が能く見えるのじゃないか。

――いや、見ないか。

混んでいるかどうか確認する時以外、ファミレスの窓なんか覗きはしないだろう。見たとしても店内を見るのだ。軒下の辺りなんか見ない。

――いやあ。

見えてないのかもしれない。

あんなもの、いないだろ普通。

少なくとも動物じゃない。全体は黒い。少し斑《まだら》があって、腹は白い。蛇というか、怪獣的な蛇腹《じゃばら》である。手だか脚だか判らないが、爪は鋭い鉤爪《かぎづめ》で、半開きになった口の中には尖《とが》った歯がにょきにょき生えていて、頭の周りには落ち武者的に白い毛髪——髦《たてがみ》かもしれないが——が逆立って生えている。眼は円《まる》く剝《む》かれている。その辺りはまあ、カボ・マンダラットに似ていなくもない。

でも。

——カボは手がハサミだし。

黒はボールペンをがしがしと使って、窓にへばり付いているそれを写し取った。どこかで見たような絵になった。

当然である。

「これ——ですか?」

「はあ。ええ、まあこんな感じです。怖くてまともに見てないんですけど」

「これはですね」

いゝ、いゝ、しょうけらですねと黒は言った。

「ショウ——何ですって?」

「和ものですね。ミクロネシア関係ないですね。これはですね——まあ、妖怪でしょうねえ、と——言うしかなかろう。

「日本の妖怪なんですか」

「そうですね。絶対見たことありますよ鴨下さん。鳥山石燕《とりやませきえん》か、水木さんの絵で。もっとパチもんくさいのにも出てますからね」

「それは――悪いものですか？」

「悪い――かなあ」

別に、悪いものではないように思う。

しょうけらは、どうやら庚申信仰《こうしん》に関わりのあるお化けであるらしい。

人の体内にあって、庚申の日に宿主の犯した悪事を天帝《てんてい》に報《しら》せる三尸虫《さんしちゅう》という幻虫に類するものか、或《あ》るいはその虫自体と考えられている。

まあ、密告屋である。この密告屋は眠ると抜けて出るらしいので、悪事をバラされたくない人達は庚申の日は眠らない。互いに眠らないように見張る。

それが、まあ庚申講なんだそうである。

その告げ口する虫とこのしょうけらがどうして同じものになってしまうのか、まあ黒は能《よ》く知らない。いや、一応知ってはいるのだが、専門外だ。それに、あれこれ細かい話が錯綜《さくそう》するだけで、これといった定説がある訳でもない。ある――訳もないのだが。

説というよりも、どれも妄想なのである。お化けに関する論考は概ね妄想八割方になっちゃうもんなのだ。何たって、妄想に関して論考する訳であるからこれは仕方がないのである。だから、そういうお化け蘊蓄《うんちく》はそんなに喜ばれないし、実際あんまり面白くないから、知っていたって黒は語らない。

と――いうか、しょうけらを知っている人なら大抵知っていることだったりするし、しょうけらを知らない人には説明する意味もないことだから、説明する機会に恵まれない、というだけかもしれない。

そもそもあれは虫に見えない。

しょうけらは精螻蛄と書くこともあるようで、そうならオケラだから虫なのかもしれないけれど、あんなドルゲ魔人みたいなものが虫だと言われたってそうですかと納得する人はいないだろう。

いや――お化け友達が集まっても、妖怪の話はほとんどしない。

黒には、村上健司やら京極夏彦やら多田克己やら妖怪的にはやたら濃い、濃縮お化けエキス純正培養みたいな友人が沢山いるのだけれど、その連中とは一度として妖怪談義をしたことがない。する意味もないという感じなのか、すると却《かえ》って照れ臭いという感じなのか、話をする前にくだらない話で時間いっぱいになってしまう感じというか、いつだって幼稚園児並みの下ネタやら馬鹿話しかしないのである。

まあ、お化け話で盛り上がるとしても、それはお化けをサカナにしてくだらないことをしたり言ったりして盛り上がっているというだけなのであって、お化け自体を真面目に語り合うようなことは、ほぼ皆無である。

真面目なものではないのだ。お化けというのは。

だからこういう局面というのは、極めて異常事態と言うことができるだろう。

何しろ、真顔の立派な社会人が、真剣にしょうけらのことを尋いていて、その背後に本物のしょうけらが――。

って。

――本物というのがなあ。

担《かつ》がれているのではないかと、そこで黒は思い至った。あんなものがいる訳がない。世に謂うドッキリではないのか。妖怪仲間にはくだらない悪戯《いたずら》が好きな連中が多いから、例えば黒が真面目に語り出した途端にヘルメットにプラカード姿の誰かが現れて、その背後からビデオカメラを構えた誰かが現れて――。

――違うなあ。

作り物には見えない。

下手な特撮よりずっとリアルだ。生物感もある。妖怪関係の連中は貧乏なので、あんなものは作れないと思う。いや、貧乏なくせにくだらないことに金を掛ける奴らでもあるのだが、それにしたって、この一回のためにあれを作るというのはないと思う。

「まあ悪いこともないですけど、鬼太郎に出たなら悪役ですよ」

そう答えた。

「出たんですか？　鬼太郎に」

「ボンボンに連載してた最新版に出てたと思いますねえ。アニメの第五部は――全部観てないのでわかりませんが」

「はあ」

空気がよりヲタクっぽくなっただけだ。これが京極だったら、それは正確には水木プロ作品でコミックスの三巻に収録されていて作中の設定では極悪妖怪でというような細かいことを微に入り細を穿《うが》って語るのだろうが、それは面倒臭いというか――いや、実物を前にしてしまうとあまり意味があることとは思えない。

それはマンガの話だし。

極悪妖怪とか言うと怯《おび》えちゃうだろうし。

何たって、実際そこにいるのだから。

「ただ、まあ、うーん」

困った。

「齧《かじ》るとか食べるとか吞《の》むとか、祟るとか呪うとかそういうことはないです」

「ないですか?」

「ないですねえ。妖怪ですからねえ」

食べたり殺したりするのは主に図鑑系だ。

油断してると食べられてしまう――とかいう無根拠な一文を最後に付け加えるのが、子供向け妖怪図鑑の常套《じょうとう》なのである。何でもかんでも喰《く》わせなくていいとも思うが、その嘘臭さがまたイイ味なのだ。

黒はそういうパチ臭さが大好きなのだ。

どの図鑑とは言わないが——いや、大抵の図鑑にはそりゃまあ適当なことがつらつらと書いてある訳だけれど、大体、原典を当たるとそんなことは書いてないもんなのだ。

それで怒る人もいる。

まあ、嘘なんだから怒って然《しか》りという話なのではあるが。

でも、それでいいのだと思う。いや、黒の周りの妖怪仲間はほとんどがそう思っているだろう。それは嘘じゃないのだ。ツクリではあるけれど、嘘ではない。何故なら、そういうもんは元々ツクリなのであって、実物がないんだから嘘もホントもないもんなのだ。

その辺、怪談実話とはまるで違うのである。

色んな時代の大勢の妄想が、長い時間を掛けて切磋琢磨《せっさたくま》し、もりもりごりごりと作り上げたものが妖怪なのである。佐藤有文《さとうありふみ》や中岡俊哉《なかおかとしや》が嘘っぱちを書き加えたところで、妄想のダンゴが多少膨《ふく》れる程度なのである。鳥山石燕を始めとする昔の人達や、最近では水木大《おお》先生なんかが、その妄想ダンゴに相応《ふさわ》しい姿形を与えてくれている訳で、それがまたピッタリ来るものだから、元からそうじゃないかと思えたりもする訳だけれども。

元がないのである。そもそも嘘も実《まこと》もないのだ。

ないんだから、らしければいいのである。

——いや。

元があるなあ。

黒はもう一度窓の外を見る。

——あれが本物なら、本気であんな形なんだよな。

そんな訳ないだろと、黒は心中でノリツッコミ的な行為をしてから、鴨下の顔を繁々《しげしげ》と見詰めた。

普段はあんまり他人の顔は見ない。失礼な気がするからである。

やっぱり激マジだ。

「あれは——覗くだけですよ」

「そうなんですか。でも、どうにもならないんでしょうか」

「どうにもって——因《ちな》みに、後ろからついて来るのはきっと別のヤツじゃないすかね」

「まだ他の霊が？」

「いや——霊じゃないですよ」

いるし。

「妖怪は霊じゃないんですか」

「さあ、まあ、結構違うと思いますよ。やー、そうでもないか。ま、親戚《しんせき》くらいの感じですかね。カボだって日本じゃ妖怪ですけど現地じゃ神様だし、まあ——おんなじといえばおんなじなんですけど、お祓《はら》いとかが効くようなものでもないと思いますけども」

お祓い効かないんですかと鴨下は『怪談新耳袋』のサブタイトルのようなことを言った。

「いや——まあ判らないんですけど、その後ろからついて来る奴の方はですね」

——きっとべとべとさんだ。

黒は何だか解らないけれども確信した。

ぴしゃがつくなら、ぴしゃぴしゃという音がするはずだし、送《おく》り雀《すずめ》だったらちゅんちゅんいうだろう。足音だけならきっとべとべとさんだ。

「ええと、べとべとさん先へお越しと言えば、追い越して行くと思います」

「はあ」

「その程度ですよ妖怪は。何度も言いますけど、祟ったり呪ったりしませんよ。妖怪っていうのは頭悪いんですよ」

——あ。

何かしょうけらがこっちを見ている気がする。

「こ、こんなですよ。べとべとさん」

黒はボールペンを握って、しょうけらの横にべとべとさんを描いた。

記憶を頼りに描いたので、実際よりも気持ち悪いものが描けた。何だかクトゥルーの邪神っぽい。触手を生やしたい感じだ。

と、いうよりも。

コイツは元々見えない妖怪なのだ。

つまり、形なんかないのである。音と気配だけなんだから。コイツが音を出している訳じゃなくて、音と雰囲気を形にしたらこんな感じ、というもんなのだ。

水木絵のべとべとさんだって一種類じゃない。

京極によれば、水木べとべとさんは四種類確認できるそうだ。

フライドチキンに脚を生やしたようなヤツ、羽根を毟《むし》った鳥の胴体に眼と口をつけたみたいなヤツ、栗饅頭《くりまんじゅう》みたいなヤツ——これには亜種が複数あるらしい——そして有名な、半透明ででっかい口を開けた、まん丸のヤツである。

黒は二番目が気に入っているので、それをアレンジした訳だが。

「まあ、見えないんですけどね。こんな感じですよ」

怖いですと言われた。

「僕の絵はみんなこんなですよ。気持ち悪いのは僕の画風の所為《せい》ですよ。どっちにしたって見えないんですから関係ないですけどね」

「これ——なんでしょうか？　上司が見たのも」

「普通見えないですからね。見えたなら、見た人の判断というか解釈というか——」

——ちょっと待てよ。

「鴨下さん、日本の妖怪のことはあんまり知らないですよね？」

「黒さんも知ってる通り、私はミクロネシア専門なので——後はケルト系とかですから、どっちかというと妖精でしょうね。水木先生の本も、『妖精なんでも入門』が最初で、図鑑とかはあんまり——まあ、鬼太郎は子供の頃観てましたから、一反木綿《いったんもめん》とかは知ってます」

「こいつ——べとべとさんは知りませんでしたか」

「いや、名前は知ってました。『ゲゲゲの女房』とかにも出て来ませんでしたっけ？」

「女房は僕、全部観てないんです」

「テレビのはもっと可愛らしい感じだったけど」

そっちが本家ですと黒は言った。

「僕の絵が気持ち悪いんです。でも、こっちの方は写生なので――」

もう一度見比べる。かなり近い。

「まあ――こんな感じですよ。で、鴨下さん、しょうけらの方は知らなかったんですね？」

「はあ。勉強不足で」

「勉強しなくていいです。全然知らなかった？　カボマンよりは有名だと思いますけど」

「ええ。ミクロネシアの精霊や神霊がマイナーなのは充分に知ってます。私はその、世界の妖怪――っていうんですか？　そっちの方が――そう、私は黒さんに教えて貰った本を、古本屋さんを探して、あの」

「水木さんの『東西妖怪図絵』ですか？」

「ええ。あれをみつけて。ホントにカボ・マンダラットが絵になってるのを観て、それはもう驚いたんですから。ですからあれに載ってる妖怪は知ってます。エムプウサイとか」

「ハールシンキとか？」

「ケースマンテルとか。でも和ものは全然。あの本に載ってるのは、赤頭《あかあたま》とか石妖《せきよう》とかですよね？」

――またマイナーな。

そう思ったのだが口にしなかった。

黒が教えた『東西妖怪図絵』は名著だ。

もう三十年以上前に出た本だから、今は新刊では買えない。水木しげる御大の描く日本の妖怪画と海外の妖怪画がたっぷり堪能《たんのう》できる大型本である。

黒史郎の水木デビューは小学館《しょうがくかん》の入門百科『妖怪《ようかい》クイズ百科《ひゃっか》じてん』である。正確にはその前から水木キャラには触れているのだと思うが、印象としてはそうなのである。それは東西の細かい妖怪キャラがごちゃごちゃ出て来て愚にもつかないクイズを出すという夢のように素敵な本で、今でも大好きだ。ただまあ、子供向けではある。

一方、『東西妖怪図絵』は判型もでかい上、見開きで一体か二体、妖怪画がどーんと載っていて、説明も短くて、まさに画集の体である。大人の香りがぷんぷんする、妖怪の本なのに格調高い。日本の妖怪五十、海外の妖怪五十、計百体が載っていたはずだ。

但し、日本の妖怪に関しては必ずしもメジャーなものが選ばれている訳ではなく、他の図鑑的なものと重複しないように取り計らったのか、割に地味な連中しか採用されていない。

ところが海外のお化けに関しては、当時は類書も少なかったからか、実に興味深いヤツらがぶりぶり取り上げられている。購入当時は、まさに痒《かゆ》いところに手が届くセレクトという感じで興奮したものである。

しょうけらは、日本妖怪の中ではどちらかというとメジャーマイナーくらいの位置にいる奴だから、載っていないのである。

「この形、ホントに観たことはないですか？」

「ない――ですね」

しょうけらの絵は幾つか遺《のこ》されているが、一番有名なのは鳥山石燕の『画図《がず》百鬼夜行《ひやっきやこう》』のものだ。水木絵もデザインは全く同じである。で、今窓にへばり付いているあれも、全く同じ形に見える。

――ということは。

ええと。

想像で描かれたものではない、ということか？

それとも、想像とソックリのヤツがいたのか？

「いやいや」

口に出してしまった。

「何ですか？」

「いやいや。何かをしょうけらに見間違えたとかいう話じゃないですもんね？　しょうけらを知らないんだし、知らなきゃ見間違えるはずもない。でも、カボマンに似てると思ったくらいですから、まあアレを見ているんですよ、鴨下さんは。アレありきってことじゃないすか。すると、僕に見えてるアレと、鴨下さんが感じてるモノと、江戸時代の絵は同じモノってことですよねえ」

それは――どうなのか。

「何か変でしょうか。いえ、まあ何もかも変なんですけども」

「いや、先《ま》ず僕が見てる訳ですからねえ」

──狂ったかなあ。

黒は眼を擦《こす》った。

何度見ても──いる。

特大フィギュアにしては生々しい。生き物だとしたら異獣としか言いようがない。あんなものは動物図鑑に載っていない。ヘンな生き物特集みたいなコンビニ本は最近能《よ》く見かけるけれど、それにも取り上げられていない。あれを撮影してネットにアップしたら大変なアクセス数になるだろう。ただ、コメントは捏造《ねつぞう》偽造ツクリ合成の大合唱になるだろうけれど。何より実体のある妖怪なんて間違っている。妖怪はUMAじゃないのだ。いや、そこに存在するんだからUMAなのか。

──捕まえられるのか？

いやあ。

どうやって。捕虫網には入らないだろう。投網か。ファミレスの駐車場で投網を投げるのか店に向かって。保健所の人でも喚《よ》ぶべきなのか。

「で、この」

鴨下は黒が描いた絵を指差す。

「しょうけらというのは、追い払ったりできないのですか？」

「はあ。そーうですねえ。しょうけら除《よ》けの呪文《じゅもん》はありましたかねえ」

黒は、やや上の空になっている。

シシ虫がどうしたとかいう呪文があるにはあったと思う。でもそれは、この形のしょうけらとは無関係のはずだ。虫が告げ口に行かないための呪文だったのではないか。勝手に覗くななどという呪文はない。

というより民間には——。

こんなもの——いや、あんなものは伝わっていないのだ。

黒はもう一度見る。

一度店を出て直接じっとりと眺めてみようか。触《さわ》れるのだろうか。こんだけ見えてるんだから触れるかもしれない。触ったらどんな気分だろうかしら。妖怪好きは身の周りに掃いて捨てる程沢山いるのだが、妖怪に生タッチした奴はいないだろう。心霊系と違って目撃さえもしないからなあ。水木先生だって触っちゃいないだろう。何たって大先生は、目に見えないものはいる、と仰《おっしゃ》ってる訳で、そこにいるのは、目に見えるものだもの。見えているもの。

ふふふふふ。

ああ、日々好んでサイコな人達と深く交流を持っていたお蔭《かげ》で、自分もすっかり橋を渡ってしまったのだろうなあ。一度渡るともう戻れない橋だもの。何だか妻と子に申し訳ない気がするかもだ。

黒は頭を振った。

じ、自分は何を考えているか。

——そうじゃないよ。

「鴨下さん」

座り直す。

違うのだ。そういうことではないのだ。

取《と》り敢《あ》えずはあれが妖怪だと規定した上で、対処法を考慮するべきだろう。

「鴨下さんあの、能《よ》く聞いてください。べとべとさんは、呪文で遣《や》り過ごせますね。車に乗ってても、きっと同じだと思います」

べとべとさんなら呪文さえ唱えれば追い越して行くだろう。

すると——最近のべとべとさんは百キロ以上で走り去らなくてはならないことになる。お疲れさんである。スピード違反ということには——ならないだろう。

「で、しょうけらの方ですが、「気持ち悪いとは思いますけど、害はないですね。アレは、多分内気な変態と同じようなもんで、じっと見ているだけですよ」

ここまで絵と同じなのだから、性質も同じだと考えていいのではないか。

確証はないのだが、襲って来るというなら疾《と》うに襲っているだろう。

「今のところ祟りとか障《さわ》りとかもないですよね？　ご家族が病気になっちゃったとか、体調が悪いとか」

気味が悪いだけですと鴨下は答えた。

「なら」

少し我慢してくださいと黒は言った。

「が、我慢するんですか？」

「ええ。あれは人間じゃないですから、私生活的なものを盗撮してネットに流したり、恐喝したりしませんから。さっきも言いましたが、罵ったりもしません。そういう実害はないはずです。ですから、ちょっとだけ我慢してください。で、あれは鴨下さんが行く先々にこうやってついて来る訳ですね？」

「ええ。そのようです」

――よし。

「じゃあ。日を改めて専門家に見せましょう」

「霊媒とかお坊さんとか――ですか？」

「違いますよ。幽霊じゃないんですから。それに、その手の商売をしてる連中は結構な確率でインチキですからね、効きませんよ」

「じゃあ――警察関係ですか？」

「変態なら警察ですね。でも、変態はあんなスパイダーマン的な恰好でガラスに貼り付いていられないと思いますねえ。何かそういう器具なんかを開発したんならハイテクな変態でしょうけど、そんなもの作れたらもっと別な変態行為をすると思いますねえ」

「はあ」

「で、僕や鴨下さんがオカシいなら病院に行くべきなんですけども、それも違います。僕は普段から変ですが、イカレてはないです」

と、思う。思おう。

「鴨下さんもまともです」

「じゃあ——誰に見せるんです？」

「妖怪の専門家ですよ」

「民俗学者とか？」

「いいえ。民間には伝わってないものですから、民俗じゃないですね。そのものズバリ、妖怪の専門家です。僕が連絡してみますから、都合のいい日を教えてください」

黒史郎はそう言ってノートを閉じた。

肆

妖怪研究家、黄昏《たそがれ》に咆哮《ほうこう》す

「多田ちゃんの原稿取って来てよ――」

象が口を利いた。

「僕がですか？」

平太郎は立ったままで返事をした。象さんと会話しているぞ、自分は。

「ナニ寝惚《ねぼ》けてんだよぅ」

「あ」

ちょっと桃源郷《とうげんきょう》に遊んでいたらしい。雑然とした狭い部屋――なのだが、妙に整然としてもいる。足の踏み場もないはずなのに、意外とゆったりしていて、寛《くつろ》ぐことさえ可能だ。主《ぬし》の性質が反映しているのだろう。

書棚に溢《あふ》れた本の分類はざっくりしたもので、例えば順番が違っていたり高さが揃っていなかったり、雑誌類とムックが混じっていたりもするのだが、決してぞんざいではない。使っている資料は積んであるが使い終わったらきちんと収納されるようだ。

だらしなくはないのだ。

いや、寧《むし》ろ几帳《きちょうめん》面だろう。

『怪』の編集長のデスク周りなんか、もう阿鼻《あび》叫《きょうかん》喚無間地獄のド真ん中に亜空間が口を開けていてその中にぱらいいそに行きそびれたハナレの連中が十万人くらい蠢《うごめ》いているみたいな、そりゃもう和洋折衷《わようせっちゅう》古今未曾有《こんみぞう》の有り様である。ああいうのをだらしないというのだ。

ハナレの件《くだり》は諸星大二郎《もろほしだいじろう》の『生命《せいめい》の木《き》』を読んで戴《いただ》きたい。映画化された『奇談《きだん》』の方も平太郎は好きなのだ。賛否はあるが、あの、いんへるののシーンが映像化されただけで満足なのだ。

そんなことはまるで関係ない。

まあ、ここがいんへるのでないことだけは確実である。ぱらいいそでもないだろうが。

このオフィスの主は、大雑把でも几帳面なのだ。

身体はデカいが神経は繊細なのだ。

繊細だけれども鬼畜でもある。仕事とギャンブルには厳しい。麻雀《マージャン》をさせると、笑顔の鬼みたいになるらしい。残酷な程に勝負強いのだ。

「聞いてんのかよ平ちゃん」

「あ」

また桃源郷に。

しっかりしろよお前サアと、象――いや、梅沢一孔《かずのり》は言った。

デカい。

若い頃に相撲部屋がスカウトに来たのだが稽古《けいこ》が面倒臭いので断ったとか、三食カツ丼を一週間続けても平気だとか、キャンディーズの解散コンサートにも長嶋茂雄《ながしましげお》の引退試合にも力石徹《りきいしとおる》の葬式にも出席していたとか、いずれもデカいので記録映像で存在が確認できるとか、いいや中津川《なかつがわ》フォークジャンボリーの記録写真にも写っているらしいとか、それ以外にもあれやこれや、口に出せないような逸話や信じ難《がた》い伝説が数限りなくある人物だ。

この人が、『怪』の編集作業を請け負っている外部の編集プロダクション・フォルスタッフのトップである。

トップといってもフォルスタッフは大きな会社ではない。社員だって数える程しかいない。プロダクション内で『怪』の仕事を手伝っているのはホンダさんという小柄な女性一人だけで、後の社員はせっせと真っ当な他社の仕事をしている。

ホンダさんは一見するととても華奢《きゃしゃ》な感じの温順《おとな》しい人なのだが、実は山伏《やまぶし》の修行を積んでいて、今も空《あ》いた時間はお山に籠《こも》って荒行を続けているという噂である。梅沢が参加する以前から角川のバイトとして『怪』編集に携わっていたようで、『怪』歴は梅沢よりも長いという強者《つわもの》らしい。

聞けば元来梅沢は水木大《おお》先生が大好きで、某社で水木関係の仕事を企画担当し、それが縁で水木プロに出入りすることになり、やがて世界妖怪会議の物販担当に抜擢《ばってき》されて諸国巡業の旅に加わり、そのうち編集の手腕を買われて正式に『怪』編集に関わることになった——のだそうである。

はっきり聞いた訳ではないから多少違うかもしれないが、大体そんなところだと思う。京極夏彦や村上健司ともども今度刊行される『水木しげる漫画大全集』編集委員会のメンバーにも抜擢されたという。中々ハードワークだと思うのだが、どんな過酷な状況下においても――。

そんなに痩《や》せない。

やはり大きい。

ドクターストップがかかってカツ丼が禁止されてしまってから何キロも痩せたのだと本人は言うし、村上や京極は小さくなった小振りになったというのだが、付き合いの浅い平太郎辺りには判らない。元の体重を考慮するに十キロ以内は誤差の内である。

と、いう訳で、この人は謂《い》わば『怪』チームの影の主要メンバーなのである。指は太いが仕事は丁寧で、腹は出ているが面倒見は良い。

性格は、まあ――。

「ぼやっとしてると屁《へ》ェぶっかけるぞォ」

下品ではある。

こちらもカツ丼禁止以降やや勢いが弱まったのだと村上や京極は言うのだが、品がないことに関してはこれでも充分過ぎると思う。

平太郎はすいませんと頭を下げた。

「いいから座んなよ。落ち着かねえじゃないかよ」

「あ。座ります。ここでいいですか。でもってこれが次号のグラビアの写真データです」

「はい。ごくろうさん。ちょっと確認するわ。鳥井《とりい》くんこれ」

「はい」

小さい。

受け取ったのはこの事務所の外注スタッフである鳥井龍一《りゅういち》である。

元は社員だったらしいが、今は個人で営業している。やはり水木しげるが大好きで、全集の仕事も手伝うことになっているようだ。

鳥井は、実は平太郎より齢《とし》はずっと上らしい。だが、とてもそうは見えない。梅沢と正反対に小さいのである。背が低いのではなく、全体に小さくて繊細《せんさい》なのだ。その所為《せい》で実際の身長より小振りに見える。というかこの事務所の人達は皆華奢な気がする。梅沢との対比でそう見える訳ではないと思う。何かでバランスでもとっているのか。

物静かで控え目な物腰が、鳥井を更に小振りに見せている。

生真面目《きまじめ》一本槍《やり》に見えるのだけれど、それでいてお笑いが大好きらしい。

先日――妖怪周りのある女性が彼を評して日本猿の赤ちゃんのようだと言った。甚《はなは》だ失礼な話ではあるのだが、決して悪口ではない。本人の前で言っているから陰口でもない。それでも失礼だとは思うが、そういう失礼な連中ばかりなのだ。

それからこっち、平太郎は鳥井が子猿に見えて仕方がない。色も白いし眼も大きいし、そうだと思ったらそう見えるもんなのだ。これはもう、先輩格の鳥井に対して失礼なだけの話でしかないのだが、それでも母猿のお腹にしがみ付いてみて欲しいと――。

「またぁ」

「あ」

梅沢が呆《あき》れたような顔を向けている。

ポーズがちょっと疲れたパンダっぽい。

「何ボーッとしてんだよ平ちゃんさ。及川もそうだけどさ、角川ってさ、どうして妄想癖のある奴ばっか雇うのかなあ」

「も、妄想癖ですか？」

「そうだろが。心ここに在らずじゃんかよ。真面目にやってくれよ」

データ、ちゃんと開きますと鳥井が言った。

「開く？　どれ。あー、何だよこれぇ。これ選ぶの大変じゃないか？　数多いよこれ」

「あ、編集長が一応全部渡せって」

「一応が多いんだよ。まぁ、いいけどさぁ」

梅沢はデッカい体を億劫《おっくう》そうに捻《ひね》って、パソコンから排出されたディスクを鳥井から受け取ると、盤面に記録内容を書き込んだ。

「で、その」

「で、じゃないだろ。郡司さんには断り入れてあるから行って来てよ。俺は水木プロに行かなくちゃならないし、ホンダちゃんは大学の先生んとこに原稿貰《もら》いに行ってるし、鳥井も急ぎの修正が入っちゃったりさ、色々あんだよ」

「はあ。で」

「で、じゃねえって。浅草《あさくさ》行って多田ちゃんから原稿貰って来てって言ってんだよ」

「あ、浅草？　どうして浅草ですか？」

多田の家は浅草ではないと思う。

「何かさあ、今日は生徒さん達連れて、浅草の妖怪スポット巡りしてるらしいよ。あんなとこスポットとかあんのかなと思うけどサぁ。祭りの時とかならともかくさ。仲見世《なかみせ》冷やかして雷おこし喰《く》ってるだけじゃねえのかなあ」

「はあ」

間に合わないんだよと梅沢は言った。

「締切りは一昨日《おととい》なんだよ。あの人さ、最近は心入れ替えて締切り守るかなぁと思ってたんだけどさ、ちょっと油断するとこれだよな」

「これですか？」

「これだよ。ったくさァ、催促の電話したって出ねえしさァ、今朝ンなってできたって言うからさァ。じゃあ取りに行くって言ったら嫌だってンだよ。何が嫌なのか解んないよなあ」

「はあ」

「なら持って来いって言ったらそれも駄目だって言うんだよ。原稿できたって渡してくれないんじゃやできてないのとおんなじだからさァ。ホントはまだ書いてないいんじゃないのかって言ったら、怒んだよ」

「怒りますか」

「怒る。ブーブー怒る。というか、怒りたいのはこっちだからさァ。困るんだよ。あの人、手書きだろ。他の人より時間が掛かるんだよな。打ち込まなきゃいけないだろ。ほら、一文字一文字は読み易いんだけど原稿用紙に並ぶと読みづれえんだ、また。あの字は」

丁寧だか雑だか判らないだろと梅沢は言う。

知らないので答えようがない。

「とにかく渡せって言ったらさァ、出掛けるって言いくさるんだよあのセンセイはさ。じゃあどっかで渡してくれってことになったんだけど、そもそも何処に行くんだか能《よ》く判んなくってさァ。で、いいから原稿だけは持って出ろと言って、生徒さんに行く先尋《き》いてみたんだよ」

「生徒さんに！」

「ほら、生徒は確乎《しっか》りしてるから」

梅沢が文句を言い捲《まく》っている相手は、妖怪研究家の多田克己である。多田はずっとカルチャーセンターか何かで妖怪講座を開いていて、生徒さんというのはその講座の参加者のことである。もうかなり長く続けているから、常連になっている生徒さんも多いらしい。

定期講座の他に、史跡巡り的なイヴェントというかレクリエーションを頻繁にやっているようである。

「で、僕ですか？」

「他にいないだろう」

「浅草の何処にいますか?」

知らねえよと梅沢は言い放った。

「いやあ、それは」

「だって判らないんだからさ」

「判らないって、広くないですか浅草」

狭い狭いと梅沢は適当なことを言った。

「俺、ほら、水木先生のとこに行ってさ、絵借りてこなきゃいけないんだよ。先生、何か最近怒ってるっていうじゃないか」

「はあ」

怒っているというより、心配していると言った方がいいかもしれない。水木大先生は日本の行く先に何か深い懸念を持たれていて、それを憂えている——そんな感じだった。

「鬼が妖怪を殺す——とか、そんなようなことを仰《おっしゃ》ってました」

聞いた聞いたと梅沢は言った。

「郡司さんが心配してたなァ。まあ大丈夫だとは思うけどもさ。先生、巫山戯《ふざけ》てた訳じゃないんだろ?」

「いやあ」

平太郎程度の若造に、大水木しげるの本心なんかが計れるはずもない。初めてお会いしたのだし、見るなり緊張して固まっていたのだから。

「鬼ねえ。いったいどういう意味かねえ。まあ怒るってのは丈夫な証拠だけどもねえ。何かお考えがあるんだろうなあ」

「目に見えないモノの絶対量が減ってるとか」

「減ってるか！」

うーん、と唸《うな》って梅沢は腕を組んだ。

組み難《にく》そうである。腹が邪魔だ。

「何だろうなあ。金でも何でも、減るってのは厭《いや》だなあ。仕事が減るのも預金が減るのも厭だよなあ。腹が減るのが一番厭だなあ。俺のカツ丼係数も減ってるけどさ。体重だけはあんまし減らない」

減りませんねえと言うとうるせえよと言われた。

「水木先生は妖怪度数が下がると元気なくなっちゃうからなあ。でも、身体の方は大丈夫なんだろ？」

「はあ。テーブル叩《たた》かれてました」

これか、と言って梅沢は水木御大の真似をした。

大袈裟《おおげさ》だが、そのままである。

「それです」

「なら元気は元気なんだ。それなら安心だけども、まあ、多田ちゃんの原稿もないと困るんだけど、水木さんの方が俺には大事だから」

「はあ」

「行ってみるよ」

「浅草にですか？」

「違うって。水木先生の処だよ。聞いてねえのかよ平ちゃん」

「いやあ」

「いやあじゃねえよ。先生の様子も気になるしさ。行くよ。ならもうそろそろ出なくっちゃ遅くなっちゃうからさ。だから、平ちゃん頼むよ多田ちゃんの方」

「いやその、頼まれても――」

梅沢は大きな体を揺さぶって立ち上がった。

「あの、ですから」

「いや、便所だから」

梅沢は言うだけ言ってトイレに向かった。ここのトイレは狭いから、デカい梅沢は入れないのではないかと平太郎は常々心配していたのだが、どうやら大丈夫なようである。

とはいえ、梅沢は広くて快適だというだけでわざわざ近所にある某社のトイレを愛用しているとも聞く。勝手に侵入して便所を使っているのかと平太郎は案じたのだが、仕事で行った時に思う存分するのだそうだ。それまで我慢するのかと尋ねてみたら、大便はいつでも自由自在に出せるんだと言われた。そう言われてても。というか返答になってない気もする。

いずれにしてもここのトイレは狭いのだ。

やっぱり窮屈なのだろうなあと思ってトイレの扉を眺めていると、背中を軽く突《つつ》かれた。

「榎木津さん、これ」

背後から鳥井が何かを差し出していた。

「は？」

「多田さんの携帯の番号です。でも、出るかどうかは判りません。念のため、同行している生徒さんの携帯番号も書いてあります。この間、古典遊戯研究会《こてんゆうぎけんきゅうかい》で榎木津さんも会ってる人です、知ってますよね」

メモの名前には覚えがあった。

でも顔は朧《おぼろ》げである。

「何となく」

「先方は榎木津さんのことは覚えてますから。僕が、電話あるかもしれないって言っておきました」

「そ、そらどうも――で」

「ええとですね」

鳥井は手帳を開いた。

「今日は安政《あんせい》の頃に書かれた『俳諧浅草名所一覧《はいかいあさくさめいしょいちらん》』とかいう本の、浅草八景《はっけい》を巡るとかいう話で」

「金沢《かなざわ》八景じゃなく」

そんな遠くは行きませんと鳥井は半笑いで答えた。

「浅草にも八景あるんですか？」

「有名かどうかは知りませんけど——というより、知らないんですけどね、私も。あるみたいです」

鳥井は一覧表のようなものをくれた。

首尾《しゅび》の松の夜雨《やう》
駒形帰帆《こまがたきはん》
浅草寺晩鐘《せんそうじばんしょう》
千束《せんぞく》の落雁《らくがん》
大川橋《おおかわばし》の夕照《せきしょう》
真土山《まつちやま》の秋月《しゅうげつ》
日本堤《にほんづつみ》の暮雪《ぼせつ》
浅茅原《あさじがはら》の晴嵐《せいらん》

「ははあ。何処が何処だか」

「まあ、駒形に行っても帆掛け舟はないですし、千束に雁《かり》が飛んでるかどうかも判りませんよね」

「あ、落雁って和菓子じゃなく？」

雁だ雁と、便所から出て来た巨体が言った。

「それ、近江《おうみ》八景とおんなじだよな。真似したんじゃないかなあ。真似だよ」

「真似ですか」

「堅田落雁《かたたのらくがん》だろ。広重《ひろしげ》の絵見たことないか？」

　きっぱりと——ない。

「見ておけよう。三井晩鐘《みいのばんしょう》、瀬田夕照《せたのせきしょう》だろ。あっちの方が格調高いから近江が本家なんじゃやねえか？　浅草は語呂《ごろ》が悪ィよ」

「そうですかねえ。というか、僕としてはそんなことはどうでも良くてですね、多田さんがその八箇所のうちの何処にいるかって話なんですけども。僕は、何処に行けばいいですか？」

「そうだなあ。だって先《ま》ず、首尾の松なんて、もうねえだろ？」

　私、知りませんと鳥井が言った。

　平太郎においてをや、である。それが、地名なのか建物なのか、あるとかないとかいうモノだということとすら理解できていない為体《ていたらく》である。

「蔵前《くらまえ》にあった松の木だよ。隅田川《すみだがわ》にこうにょきっと屹立《きつりつ》していてだね、新吉原《しんよしわら》に通う舟の目印になってた訳だよ。助平が大勢舟に乗って、ぎっこぎっこ漕《こ》いだんだろうなあ。するとにょきっと屹立」

　品がない。

「いや、それいつの話ですか」

　江戸時代だろと梅沢は答えた。

「梅沢さんそんな頃から知ってるんですか？」

「どんな頃だよ馬鹿。だから、もうねえよな」

秋の月も夕方の雪もこの季節にはないですと鳥井が続ける。

「だから、きっとただその場所に行くだけなんでしょうけど——真土山には聖天宮《しょうてんぐう》があるようですし、観る処はそこそこあるんじゃないですか」

「ですからその観る処つうのは何処《どこ》なんでしょう。というか、それ、妖怪に関係あるんですか？」

「ねーよ」

梅沢は速攻で返した。

「ないんだ」

「いや、あると言えばあるけどもね。何だって関係あるよ妖怪には。関係ないものの方が少ないよ。屁だって便所だってパンツだって関係あるよ。ただ、行って妖怪感じるかと言えば、それは人それぞれなんだろうけどなァ。多田ちゃんと行くと、アレ自体が妖怪っぽいから、もしかしたらいいのかもな」

「はあ」

慥《たし》かに、多田克己は妖怪っぽいかもしれない。平太郎はまだちょっとあの人を怖いと感じているのだが。

機嫌の良し悪しが判らないのである。

「浅草寺じゃねえかなあ」

梅沢は適当なことを言う。

「浅草行ったら浅草寺でしょう」

「まあ、観光ならそうでしょうけど」

「花屋敷《はなやしき》にはいないと思うね。去年、多田ちゃんはあそこの乗り物軒並み乗ったから、当分腹いっぱいだ」

「それ、浅草花やしきですよね。遊園地も妖怪と関係あるんですか？」

「だからねえって。でも、まああるか」

「晩鐘って、夜の釣り鐘のことですよね？」

鳥井は真面目である。ありがたいことだ。

「ミレーですね？」

平太郎は不真面目だ。いや、そういうつもりはないのであるが。

「まあミレーだよ。だから釣り鐘というか、鐘の音のことなんだろうけどなあ。なら、今から行けば、そうだなあ——そのくらいのタイミングになるかなあ。ならきっと浅草寺の鐘の近くとかにいるよ。で、その後何か喰うってコースかな。生徒さん達もいるし高価なもんは喰えないから、牛鍋《ぎゅうなべ》的なものじゃなくて居酒屋だと思うよ」

「ああ、それなら僕も雑《ま》じれます」

雑じるんじゃねえよと巨体は不満そうに言った。

「雑じっちゃ駄目でしょう。いったい何のために行くんだよぅ。原稿受け取ったらトンボ返りだろ。当ッたり前だろう。日付変わる前に一旦《いったん》でも仮ででもいいから入稿したいんだよ。俺が帰ってからチェックするんだからさ。それまでに届けてくれよ」

私待ってますと鳥井が言った。

「いつまででも待ってます」

「待ってますか――」

「待ってます」

「飛んで帰って来いよ。場合に依《よ》ってはタクシー使ってもいいよ。不便なとこにいるかもしれないしさ」

「はあ」

「いいか、必ず原稿貰って来てよ」

「ホントに持ってるんですか？」

「持ってるはずだ」

梅沢は仁王立ちになった。どことなく威張ってるように見えなくもない。

「多田ちゃんは俺の催促には応《こた》える」

「ならとっとと持って来てるんじゃないですか？」

「いや、意表を突いた形で応えるの。多田ちゃん甘く見たらイカンよ。通常の人間がやるようなことはしないんだよあの男。でも通常と違うことなら大丈夫なんだから」

梅沢はまるでアイヌの英雄シャクシャインみたいな威風堂々とした姿勢でへへへと笑ってから、じゃあ行ってくるわと、頭陀袋《ずだぶくろ》をひっ摑《つか》んで出て行った。

「あの鳥井さん、タクシー代って領収書貰えばいいんでしょうか。宛名はここ？」

「角川の方で清算してくれと言ってました」

「そう――ですか」

――じゃあ。

貰えないかもしれない。

編集長はケチなのだ。

平太郎は渋々、正に渋々フォルスタッフを出た。

陽が長くなった。

神保町《じんぼうちょう》の街はまだ充分に明るい。

その昔、この近くに大叔父《おじ》の持ちビルとやらがあったらしいが、今はどうなっているのか判らない。売っちゃったなら結構儲《もう》かっただろうなどと要らぬことを考えながら、平太郎は駅に向かった。

どの駅が最適なのか判らないから、取《と》り敢《あ》えず一番近い駅にした。

結局地下鉄を乗り間違えたり、降りる駅を間違えたり、右往左往したりしているうちに、かなり時間がかかってしまった。普通に移動したらこんなにかからないだろうに。

階段を上って地上に出ると、景色はすっかり夕方のそれになっていた。

浅草は観光で二度来ただけだ。

東京の名所ということになっていて、おのぼりさんやら外国人観光客やらがぞろぞろと訪れる定番観光スポットではあるのだけれど、平太郎にはどうも東京っぽく思えない場所である。

江戸っぽいのかと言われると、まあそうかもなと思う。でも、上野《うえの》や神田《かんだ》なんかの方が平太郎には江戸っぽく感じられる。下町というなら、柴又《しばまた》なんかの方がそれっぽいように思う。

もちろん、全て平太郎の個人的な基準に照らした感想に過ぎないのであって、大した根拠はない。

いや、これが本来の東京の姿であるのかもしれない訳だが。まあ、平太郎の場合上京してすぐに住んだのが高円寺《こうえんじ》だったりする訳で、その刷り込みがあるのだろうと思うのだが。

次に住んだのは四谷《よつや》で、今は椎名町《しいなまち》である。

だから平太郎にとって浅草は、東京っぽくないし江戸っぽくもない場所なのだが——それでいて、浅草は一種独特の心地《ここち》好《よ》さがある場所だとも思う。

平太郎が思うに、浅草は平太郎のような地方出身者が安心できるような佇《たたず》まいなのではなかろうか。地方の観光地に空気感が似ているように思う。

もちろん、あるのは雷門《かみなりもん》で浅草寺で花やしきで寄席で、それは地方にはないものばかりなのだけれど、何となく懐かしい感じがするのだ。

落ち着きはないのだが。

人が多い。

地元の人だか観光客だか通りすがりだか区別が付かない感じの人が多い。子供も若者もオヤジも老人も多い。金持ちだか貧乏人だか、センスがいいのか悪過ぎるのか、混じってしまって判らない。これが渋谷《しぶや》や新宿《しんじゅく》だと、どれだけ人が多くてもここまでばらけはしないと思う。

だから外国人さえも目立たない。

山門も大提燈《おおぢょうちん》も、モロ和風なのだが、その景観に溶け込んでしまうから、フォリナーに見えない。もう何でもアリだ。

何でもアリなのだが、トンがってはいないのだ。

――さて。

どうするか。

風神像を観て、雷神像を観て、金龍山《きんりゅうざん》の額を観て。

提燈を見上げながら下を潜《くぐ》って、まあそのまんま仲見世商店街へと入る。

まるでただの物見遊山《ものみゆさん》ではないか。

いや、違うのだ。これは、浅草寺境内に潜伏していると思われる多田克己を捜すというミッションなのだ。別に裏から回る必要はない。正面突破でいいのだ。アルバイトとはいえ、平太郎は『怪』編集部員である。持って行ったり持って来たりする平素の仕事より、やや工程が複雑だというだけだ。イレギュラーな場所で多田先生の玉稿を回収するという、インポッシブルな仕事なのだ。

所謂《いわゆる》、大作戦である。

暫《しば》く進んで、平太郎はまた妙な思いに駆られた。

——こりゃ江戸じゃないな。

いや、慥《たし》かに江戸でもありはするのだろう。扇子《せんす》だの法被《はっぴ》だの提燈だの、それは明らかに江戸趣味である。でも、それは江戸時代的というだけではない。

明治やら大正やら昭和やらも混じっている。

昭和のノスタルジーみたいなエキスもふんだんに振り掛けられている。ウインドウを飾る模造刀なんかは、まあ刀だから江戸だろうというのは短絡で、寧《むし》ろ大正時代っぽい感じだ。軍服的なものも混じっているし、飾り物なんかはどう見ても明らかに江戸じゃない。レトロというかチープというかニッチというか——既にもうニッチじゃないのかもしれないけれど、要するに昔っぽければアリなのだ。

浅草と聞いて『帝都物語』好きなら必ず思い出すだろう、あの関東大震災で倒壊した浅草十二階《じゅうにかい》——凌雲閣《りょううんかく》なんかは、やっぱり大正時代を象徴する建物なんだろうし、下手をすれば明治っぽい感じもするのである。昭和大正明治江戸、取り敢えず今でなければ皆一緒、ということである。

ここには沢山の昔が入り混じっている。

エリアとしての江戸というのも、破綻《はたん》している。新撰組《しんせんぐみ》は京都《きょうと》だろうし、坂本龍馬《さかもとりょうま》は土佐《とさ》だろう。というかエスニックなものまで売っていたりする。

江戸情緒はもう霞《かす》んでしまっている。

間違っているとは思わない。これはこれでアリなんだろう。

ここは、下町とか江戸っ子とかという外枠《そとわく》に、古今東西のそれっぽいものを何もかも放り込んで、シャッフルしちゃった幻想のニッポンなのである。

――妖怪っぽいということか。

何となく納得した。

妖怪は、それっぽさこそが大事なのだという。

これだけ入り混じっていて統一感があるということは、間違ってはいないのである。赤だの金だの緑だのが鏤《ちりば》められていて、配色的にはもう中国でも印度《インド》でもいいようなものなのだけれど、それでもきっちり和風の枠には収まっている。

映画の『ブレードランナー』なんかに出て来る未来感覚溢《あふ》れる東洋趣味は、やっぱりどこか和風からは外れていて、アバウト東洋でしかないのだが、仲見世はもうズバリ日本である。どの時代でもない、何処にもないニッポンなのである。

その辺が妖怪っぽいのだ。

――多田さんもいようというものよ。

平太郎はそんなことを思う。

アバウトなのは平太郎の思考の方である。

人形焼きが喰いたいなとかTシャツ欲しいじゃんとか、そんなしょうもないことを茫洋《ぼうよう》と考えながらうかうかと進む。

夕暮れは益々《ますます》色を濃くしている。

半《なか》ば夜である。

濃い目のブルーグレーから暗い藍色《あいいろ》へ、実に玄妙なグラデーションを描いた空には、幾つかちかちかと星が瞬《また》き始めている。

地上は、まるで竜宮城か何かのように輝いている。

人の数はあまり減らない。

——平日なのに。

まあ、不景気になった方がこういう場所は賑《にぎ》わうのだと誰かが言っていた。それは、まあそうなのかもしれない。

オーバーリアクションの陽気なイタリア人っぽい男が下手な日本語をたどたどしく喋《しゃべ》りながら満面に笑みを浮かべてやって来る。どう見てもベタな、髭《ひげ》の濃ゆいちんちくりんの日本人にしか見えない連れの男が、何故か流暢《りゅうちょう》な英語で受け答えしている。何人なのだ。

イタリアンっぽい男はいちいち大ウケだ。膝《ひざ》を叩いて笑っている。イタリアンなのにアメリカンジョークなのか。連れの男のシャツはトリコロールカラーで、もしかしたらフレンチな人達なのかもしれない。

これが他の場所だとやたらに気になる光景だろう。こんな国籍不明の連中まで呑《の》み込んでしまうのだから凄《すご》い。

凄い。浅草。

安っぽいビニールの買い物用カートを手押し車の代わりにして、よたよたと老婆がやって来る。婆ちゃんは紙袋の中から塩煎餅《しおせんべい》を抓《つま》み出し、歯があるのかどうか怪しい口でぼりぼりと食べ歩きである。まったく美味《おい》しそうに見えないし、楽しそうにも見えないのだがこれもアリだろう。

その後ろにはべたべたくっ付き捲《まく》っている今風のカップルが――カップルというのは妙に古臭い言い回しに思えるのだけれど、平太郎は代替えの言葉を知らないのであって――まあ、アベックよりはマシだろうと思うのだが――その、まあ若い男女がいちゃいちゃしながら続いていて。

そのペアを押し退けるようにして肉体労働系の酒焼けした浅黒いオヤジが、楊枝を銜《くわ》えた口からあからさまに酒臭い息を吐き散らしつつ、耳に挟んでいたちびた赤鉛筆を引っこ抜いて白髪交じりのパンチパーマの頭をすこすこ搔《か》きつつ、機嫌良さそうに前に躍り出て、婆さんも追い越して通り過ぎたりする訳で。

それも、まあ良しだ。

若い二人も何だこのオヤジとか思わないようだ。

婆ちゃんもまるでペースを変えない。

その背景に極彩色の唐傘が広げられていたりするのだから、もうここは彼岸だ。

ぺかぺかライトが点《つ》き始め、おまけに早仕舞いする店なんかもあって、もう子供の頃に楽しみにしていたお祭りの宵宮《よいみや》みたいだ。常設の夜店のようだ。

つうか。

――常設の夜店なのか。

そうなのだろう。

子供もまだ結構いる。

親に手を引かれているのは観光客なのだろうが、子供同士で固まっているのは地元の子なのだろう。

これがまた田舎の子供ではないのだ。如何《いか》にも今どきのガキ的なファッションで上から下まで固めていて、髪の毛なんかつんつんしていて、平太郎でも持ってないような携帯用の最新型ゲーム器なんかを持っていたりして、実に生意気である。

平太郎は並んで買う体力がなかったのだが、こいつら何で持っているんだよ。欲しいじゃないか。

ゲタゲタと子供らしく子供笑いをする。

話題はどうやら最近終わった深夜アニメの話のようなのだが、その後ろには簪《かんざし》屋があったりするのだ。

街だけでなく、人も混ざり過ぎだ。

やがて左手に伝法院《でんぽういん》が見えて来る。

その辺で、少し雰囲気が変わる。構成要素に大きな変化はないのだが、やはり寺が近付くと空気も変わるのだろう。

外国人も婆さんもオヤジもカップルも子供も、比率はそう変わらないのだが、妙に落ち着いて見える。

宝蔵門《ほうぞうもん》から先は、もうちゃんとお寺だ。

寺院というのは大したものである。

何処《どこ》となくオカルトめいた言い様になってしまうのだが、結界というのはあるもんだと、平太郎は思う。

寺の境内というのは、まあどういう訳かちゃんと境内なのである。これまた妙な言い様なのだが、ただ仕切ってあるだけなのに、きっちりお寺の空間になってしまうものなのだ。ただの公園とは訳が違う。どう見ても公園と変わりない作りであっても、何故だか公園には見えないのである。

清浄だとか厳格だとか神聖だとか荘厳だとか、そういう人を超えてしまったような感じとはちょっと違う。そういうのは寧《むし》ろ神社で、まあそれは神様と仏様の差なのかもしれないし、寺に依ってはそんな感じがするところももちろんあるのだけれど、そうした、緊張を強《し》いる変化ではないのだ。

いや、ないと平太郎は思うのだ。

優しくて口数が少ないけど怒るととっても怖そうな爺《じい》ちゃんの部屋に入っちゃったような感じ――だと平太郎は思う。

これもあくまで平太郎の感想なのだが。

平太郎はそれを何と呼ぶのか知らないのだけれど、線香の煙がもくもくと出ていて、それを浴びちゃったりするでっかい香炉みたいなのがあって、その背後にでんと構えた立派な本堂がある。

昼間しか見たことがなかったが、暗くなってくるとまた見え方が違うものだ。

威容というべきだろう。

おばさんとお婆さんの中間くらいの三人組が両手で懸命に煙を掻き集めて、自分の顔に掛けている。

あれは浴びたところが良くなるとかいうものだったのかしらん。

というか、なら顔良くなりたいのか。

そのご婦人方の横というか下というかに、子供が独りでぽつねんと突っ立っていた。

煙に届かない。

背伸びしたって無理である。

ご婦人方の連れとは思えない。

と——いうか、まあどうしたことか浴衣《ゆかた》のようなものを着ている。いや、別に浴衣を着て悪い季節ではないし、悪い時間帯でもないから、おかしなことはない。ただ、お祭りでもないのに浴衣を着る人は少ないだろう。

——そんなことはないか。

そんなことはないだろう。

浴衣女子は平太郎の好むところだし、どこかの遊園地では浴衣来場者割引サービスなんかもあると聞く。

それに、何と言ってもここは浅草だ。

景色には馴染《なじ》み捲りだ。

と、見過ごそうとして、平太郎は足を止めた。

——でも。

まあ子供だけ浴衣、というのはどうなのか。

親子三人で浴衣というならまあ微笑ましい。

お母ちゃんと子供、とか、お父ちゃんと子供、とかもアリだろう。

ぽつんと浴衣の子供が一人——。

そこが、奇妙と言えば奇妙だ。

見たところ視界に入る範囲で浴衣姿の人はいない。和服の人も見当たらない。

京極なんかは若い頃から和服を着ていたという話だが、それにしたってこれは若過ぎるだろう。服装の好みだとかいう以前の年齢ではないか。

——十歳くらいか。

ご婦人方は必死で煙を浴びているので、まるで気付いていない。顔が良くなりたいのだ。

——迷子なのかな。

泣いている様子はない。

——って。

あれは浴衣じゃないな。

浴衣とはちょっと違うかもしれない。

しかも坊主頭である。刈っているのではなく剃《そ》っているようだ。違和感はないが、見慣れない。まあ別に坊主頭の子供がいたって構わないし、いいんだけれども。

——そうか。

昔の子供だ。

平太郎は、何故かそれで納得してしまった。

今と昔が共存しているワンダーランドなんだから別に構わないだろうと、まあそう思ったのである。

香炉を遣《や》り過ごし、本堂の前に立つ。

お参りはすべきなのか。

もう閉まっちゃうのじゃないか本堂。急いだ方が良いかもしれない。お賽銭《さいせん》用の小銭はあっただろうか。

「ええと」

「あれ？」

と、耳許《みみもと》で声がした。

「ええと、慥《たし》か——」

「あ」

見覚えのある顔触れだ。四五人いる。

「も、もしや、た、多田さんの生徒さん?」

「はい。あ、そう――ですよね、ええと『怪』の」

「バイトですバイト。こないだ八八《はちはち》やってボロ負けした角川のバイトです」

「何してるんです?」

「何って――あッ」

思い出した。

ミッション中だったのだ。

「た、多田さんは、多田さんはご一緒じゃないんですか? ええと八景島《はっけいじま》シーパラダイス」

「はあ?」

「違うか。近江だっけ」

「浅草ですよここ」

「そうですけど、あの、多田先生は」

「先生はですね」

生徒達は顔を見合わせた。

「何かあったんですか?」

「まあ、大体いつも何かはあるんですよ。先生、カメラ忘れたり切符なくしたり」

「靴間違えたり」

「靴を誰かに履かれてっちゃったり」

「それは聞いてますけど、い、今何処に？」

「たぶん、銭塚地蔵堂《ぜにづかじぞうどう》の裏手付近にいると思いますけどねえ。まあ、じっとしていればの話ですが」

「それは何処です？」

「そこから横に出て――」

親切な多田教室の生徒達は、実に丁寧に道を教えてくれた。それは迚《とて》も近い場所のようだった。

「亡者送《もうじゃおく》りの時に神供《じんく》と松明《たいまつ》を投入する穴掘るとこですよ。ここから何分もかかりません」

「亡者送りというのは聞いたことがあります」

聞いたことがあるだけだ。

「一月にやる、温座秘法陀羅尼会《おんざひほうだらにえ》のことです。結願《けちがん》の日に、鬼みたいなのを追いかけ回すやつです」

「あ。カメラ持った多田さんが鬼と並走したためにすべての写真に多田さんが写ってしまったというあのお祭りですか！」

誰かに聞いた。

梅沢だと思う。

「それは——僕らは見てないですから、嘘かホントか知りませんけど、あり得る話かもしれませんね」

　生徒達は首肯《うなず》き合った。

「あり得るんだ」

　冗談だと思っていた。

「で、どうして先生と離れ離れに？」

　捜してるんです、と一人が答えた。

「捜してるって、何をです？　誰か財布でも落としたんですか？」

「いや、そうじゃないんだけど」

　生徒達はまた顔を見合わせた。

「あのですね」

　一つ目小僧を捜してますと誰かが言った。

「ははあ。一つ目小僧ですか——って、一つ目小僧の何を捜してるんですよ。それはゲームか何かなんですか。ARゲーム的な？」

　スマホを使った現実拡張型位置情報ゲームは、開発すれば絶対にウケると平太郎は思う。思うけれども、たぶんまだ無理だろう。いくつかそれらしいものは作られたようだが、規模が小さかったのと時期尚早が相俟《あいま》って浸透しなかったようである。でも、いずれは流行《はや》る。

　ただ今はまだないから違うだろう。一つ目小僧ＧＯなんてない。

「違うね。じゃあウォーリー的なものかな。それとも、宝探しみたいな？　仲見世のどっかに何か隠してあるんですか？　オリエンテーリングみたいなもんですか？」

「いやあ」

生徒達はまた顔を見合わせる。

「それともグッズですか？　まあ売ってそうな雰囲気ですけど。お待ち兼ね、時間内に一つ目小僧グッズを捜そうコーナー！　とか？」

「そうじゃないんですよ。いたんです」

「何が？」

一つ目小僧、と生徒達は声を揃えて言った。

「はあ？」

「まあ、そういう訳で、僕らは捜さなきゃいけないんで。先生はそこら辺にいますから、詳しい話は先生から直接聞いてください」

そう言うと、生徒達は三三五五に散って行った。

本堂の階段の前に平太郎は取り残されてしまった。

——大丈夫なのかなあ。

あの人達。

というか、自分。

暫《しば》し放心した後、平太郎は気を取り直してその地蔵堂とやらに向かうことにした。

要は原稿さえ手に入ればいいのである。多田克己から原稿を引《ひ》っ手繰《たく》ってとっととタクシーで帰ればいいのだ。

自腹になるかもしれないが。

――何が一つ目小僧だよ。

まあ、妖怪馬鹿とは能く《よ》言ったもので、何でも究《きわ》めれば本気で馬鹿になるものだ。お化けのことばかり考えていると、おつむも蕩《とろ》けてしまうものなのだろう。

少し進んだだけで人の数が急に減った。

行き交う人の姿も、ほとんど形影《シルエット》になっている。

道が暗くなって擦れ違う人が何処の誰だか判らなくなる刻限だから黄昏刻《たそがれどき》は誰《た》そ彼《かれ》刻――と言うらしい。

お化けの出る時間帯である。

実際、近寄らなければ外国人だか婆さんだか若者だかオヤジだか判らない。

子供なら判るが。

子供――。

昔の子供。

――え？

香炉の処《ところ》にいた、あの昔の子供。

ぞっとした。

何を納得しているんだ自分は。

昔の子供なんかいる訳ないじゃないか。

慥《たし》かに、この街には今と昔、江戸と東京が混在している。何処でもあって何処でもない、幻想のニッポンが具現化している。

だからといって。

昔の人間がいる訳はないのだ。

——あれは。

着物姿で丸坊主。

「ええ？」

平太郎は振り向いた。

かなり回り込んでいる。本堂の陰で何も見えない。

「あれは」

顔は見なかったのだが。

——そんな訳があるか。

ないないないない。平太郎は頭を振り、妄想を振り落とした。

顔の真ん中にでっかい眼を戴いて、ぺろりと舌を出したリアル一つ目小僧の幻影をかなぐり捨てた。

——これだから。

妄想癖とか言われてしまうのだ。

裏手の道を進んだ。商店街に比べると街燈は少なめで、当然薄暗い。

やや心細くなる。

道行く人影も疎《まば》らである。

何たって裏通りなのである。

幟旗《のぼりばた》が立ち並んでいるからすぐに判ると生徒達は言っていたが、その通りだった。

その旗の前に、多田克己が踏ん反り返っていた。

間違いない。形で判る。

「た、た、ただせんせいッ！」

平太郎は叫んだ。恥も外聞もあったもんじゃない。

相当大声を出したつもりだったのだが、まるで気付いてくれない。叫びながら走って、結局すぐ近くまで到着してしまった。

「たっ、たっ」

「何？」

睨《にら》まれた。

「誰ですか？」

「誰って、僕です。『怪』のバイトの」

「え？」

「え、じゃなくて。榎木津平太郎です」

「ああ」

それだけか。

多田は一瞥《いちべつ》をくれただけで、またそっぽを向いてしまった。

「いや、その、多田先生」

「何？」

「いや、げ、げん」

「あのね、大変なことだよ」

「は？」

「一つ目小僧というのは、色んな説があるんだけどさ、知ってるでしょ？　製鉄との関わりとか、人身《ひとみ》御供《ごくう》説とか」

「え？　いやその」

「大陸にだって一眼の妖怪はいるんです。一眼一脚ですよ。一つ目一本足。これはね、針でもあるんですよね」

「は？」

「ほら、縫う針。チクって」

「ちく？」

「その針。あれは一本脚でしょ？」

「あれは——脚なんですか?」

「脚じゃないけどさ。一本じゃないか。で、眼が一つですよ」

「へ?」

「眼。まなこ」

「針に眼あるんですか?」

穴だって穴と多田は憤慨した。

「ええと、え、えの——その、君さ、想像力がないといけないよ。何にも判らないよ。妖怪って、想像力がないとさ、補完できないでしょ」

「はあ」

妄想力ならあるようなのだが。

というか、針の穴を眼に擬《なぞら》えているのか。

「穴だって。天井覗《のぞ》く穴」

「いや、それは覗き難《にく》いという喩《たと》えでは」

「そうだけどさ。関係ないじゃないかそんなこと。あの穴が眼で針は一本。一本だたらと同じでしょう?　一つ目小僧はね、男根の隠喩《いんゆ》でもあるから」

「大根ですか」

違うよッとまた多田は怒った。

「わざと?　ねえ、わざと?　わざとでしょ」

「何がわざとですか？」

「あのさ、僕はあのレオ☆若葉とかさ、ああいう巫山戯た人は嫌いなんだって。村上君とかは親しく付き合ってるみたいだけどさあ。あれ、面白くないよ」

「レオさんと僕は関係ないです」

「おんなじだよ」

多田は断定した。

「人の揚げ足とっておちゃらけてさ。瑣末《さまつ》なことはどうでもいいでしょ？　本質的な部分を理解してればさ、固有名詞とかはいいじゃない、どうでも」

「いいですか？」

「記号なんだから。置き換えればいいんだよ。頭の中で。そういう細かいところで論自体を評価するのはおかしいよ。おかしいでしょ？」

はいおかしいですと、平太郎は答えた。

「ねえ。馬鹿にしてない？」

「してないですよ。それより、げ」

原稿と口にする前に。

「だからさぁ。針供養って知ってるでしょ。あれは豆腐に針刺すんだよ。いい？　豆腐。四角くて白い豆腐。冷や奴や湯豆腐の豆腐」

「はあ」

「豆腐と、一つ目小僧の属性が合体したらもう豆腐小僧でしょ。豆腐を持ってればもう豆腐小僧なんだからさあ。だって、豆腐小僧ってのはさ、色んな小僧の妖怪――いるんだよ、小僧妖怪って、いっぱいさ」

「それは知ってます」

「小僧妖怪の特徴をね、みんな合わせた訳。でも、豆腐なんて属性はないの。豆腐は小僧に関係ないッ」

「ない？」

「それまで一度として小僧と豆腐は関係してないでしょ。してないですよ。突然ですよ豆腐が現れるのは」

「で」

「だーかーら。小僧と豆腐を結ぶ線は、もう一つ目小僧と針と針供養と豆腐しかないというのが僕の説」

「あ、なる程」

「アダム・カバット先生とかは違うっていうし、京極さんもあんまり賛成してくれないんだけどさ」

「はあ。違うんですか？」

「違わないよ。説なんだから。誰にも証明できないんだからさ。僕は、豆腐小僧は一つ目が元だと考えているの。カバットさんとかは二つ目派」

「いつだったか、京極さんと香川《かがわ》先生の化け大定例講座では、ブームが去った後、豆腐小僧の名残《なごり》みたいなのが河童《かっぱ》や一つ目小僧と習合して、変わり種《だね》の豆腐小僧が沢山描かれたみたいなこと仰ってましたけど」

それだって説でしょ、と多田は眉《まゆ》の辺りに皺《しわ》を寄せ、悩ましそうな顔をした。

「そういう考え方もあるし、こういう考え方もあるんだから、いいじゃない」

「いいですけど」

「いいでしょ」

「はあ」

「ねえ」

「いや、いいですって。それより先生、その、生徒さん達が——」

それですって、と多田は大声を上げた。

往来を歩いていたおばさんが振り向いた。

平太郎は愛想笑いを返す。まあ、どうせ暗いから表情なんか判らなかっただろうが。

「一大事なんですよ」

「何がですか」

「一つ目小僧がいたんですって」

「いやあ」

「これは一大事でしょう」

「まあ、いたら、ですけど」

「見間違いじゃないいんだって。信じてないでしょ」

「ええ、まあ」

「あのね、こう、盆の上にお茶を載せて、僕に勧めたんですよ。お茶を！」

「ははあ」

いや、原稿は貰わない方がいいかもしれない。

「僕がそこのね、地蔵堂にお参りしてたら、こう後ろから近寄って来てお茶を出してですね」

「の、飲んだ？」

飲まないよ馬鹿、と平太郎はまた叱《しか》られた。

「そんな見ず知らずの人が突然出したお茶は飲まないでしょう普通。キミ、飲むの？　毒入ってるかもしれないし、茶碗《ちゃわん》が不潔かもしれないし、温《ぬる》いかもしれないでしょ？　飲むの？　ねえ。ねえ」

「いやあ」

飲まないと思います、いや飲みませんと言った。

「それが普通じゃないか？　ね？　僕だって普通なんだよ。先ず、吃驚《びっくり》するでしょ。だから顔見たら」

「何がです？」

こんな、と多田は両手で丸を作った。

「眼だって」

でかい。ＣＤくらいの大きさだ。

「まあそれだけなら僕だって驚きませんよ」

「驚いたんじゃないんですか？」

「だから。お茶を出されたら吃驚するでしょ。でも眼はさ。眼だから」

いや、そんな巨大な単眼人間がいたらそっちの方が吃驚すると――平太郎は思う。

「だってマスクかもしれないでしょ。特殊メイクとかね。お面とか」

「そういうのなら判りませんか？」

「そりゃ判るって。限りなく本物だったんだって。でも良くできてる作り物の可能性はあるでしょ」

「ありますけどね」

「どんなに本物っぽくったってさ、一度は疑ってかからなきゃ騙《だま》されるでしょ」

「じゃあ、どうしたんです？　引っ張ったとか」

「触らないですよ。訳の判らないものにいきなり触る馬鹿はいないって。観察するんだよ」

「観察の結果、本物だったと？」

違うよと即座に否定された。

「違うんですか」

「舌をね、こーんなに伸ばしたんだよね。ジラフみたいにさ」

多田は、指先というより掌《てのひら》の先端を痙攣《けいれん》させて、舌らしきものを表現した。

十五センチはあるだろうか。

「で、僕が流石《さすが》に何か言おうとしたらば、黙っていよ、と言ったんですよ。ねえ。ねえ、黙っていよですよ。黙っていよ！」

それが何だと言うのだろう。

「黙っていよ！」

「いや、判りましたけど。それで、黙ったんですか先生は？」

「おかしいんじゃない？」

「あ？」

この場合、おかしいのは平太郎の方なのだろうか。

「だって、『怪談老の杖《かいだんおいのつえ》』ですよ。平秩東作《へずつとうさく》ですよ知らないの？　知ってるでしょ、知ってるよね？」

「あの」

聞いたことはある。

というか、言われてみればそのフレーズには聞き覚えがある。

「あれでしたっけ、ええと、慥《たし》か四谷《よつや》の、廃屋みたいな家に出た」

「そうですよ。四谷の一つ目小僧ですよ」

知ってるじゃないかと多田は言った。

「ええ。ええと、掛け軸かなんかを悪戯《いたずら》する十歳くらいの小僧がいて、やめなと注意すると振り向いて——」

黙っていよ——と、多田と平太郎は声を合わせて言った。

その逸話は妖怪図鑑の説明に能《よ》く載っているものである。水木先生の本にも引かれている。

やや不本意ではあるが平太郎だって一般人ではない。軽度の妖怪馬鹿ではあるのだ。

いや、世界で唯一の妖怪専門誌『怪』編集部のアルバイトなのである。

編集部は存在しないのだが。

「ははあ。黙っていよ、ですか」

「本物でしょ」

「本物——ですかねえ」

十歳くらいの。

小僧。

「それって、こう、着物ですよね。和服というか。浴衣みたいなの着てませんでした？　ええと、天才バカボンみたいな感じの」

「着ていたけど？　それが？」

「頭はお坊さんみたいに、つるつるに剃ってませんでしたか？」

「剃ってたね」

「着物の色は——」

色は何だったか。

結構じろじろ見たのに、覚えていない。

ついさっきのことなのに。在り在りと脳裡《のうり》に浮かぶのに、色や柄だけは思い出せない。記憶が暈《ぼや》けているのではない。能く見えなかったという訳でもない。忘れた訳でもないと思う。

記憶は明確にあるのだけれど、言語化できないというか、再生できないのだ。

「色は――」

「妖怪の着物の柄は覚えられないものらしい」

「そ、そうなんですか？」

「僕だって覚えていないから。で、僕はだね、生憎《あいにく》大工さんの墨壺《すみつぼ》も持ち合わせていなかったし、一つ目小僧除《よ》けの呪文《じゅもん》や咒《まじない》はないからさ。ちょっと困って」

「ちょっと？」

「墨壺を欲しがれば、もう確実だったんだけど」

「は？」

「逃げちゃった」

「多田先生がですか？」

僕は逃げないよッと多田はまた怒鳴った。

「何で逃げるのさ。逃げるって意味が解らないよ。食べられる訳でもないし、怖くもないじゃないか。どうして逃げるの？　ねえ」

「小僧が逃げたんですね？」

妖怪怖がらせてどうするか。

「逃げる姿を生徒達が見た。で、追い掛けさせたの」

「捕まえる気ですか？」

「だってさ、考えてもみてよ。本当に一つ目小僧がいたならさ、もう僕の仮説も他の人の仮説も、民俗学の定説も何もかも、全部ちゃらになっちゃうでしょ。おじゃんだよ、おじゃん」

まあ、そうなるか。

「僕はさ、今回の『怪』に一つ目小僧のこと書いたんだよね」

多田は、地べたに置いてあったリュックから湿った感じのクラフト封筒を抓《つま》んで出すと、抓んだままヒラヒラさせた。

「そ、それだ。それ――」

原稿だ。原稿を。

「それをッ」

「もう死ぬ思いして書き上げたんだって。今朝だよ今朝。寝てないですよ。夜」

「それはご苦労様です。では」

原稿さえ貰えば。

多田は眉間《みけん》に皺《しわ》を寄せ、長めの額に筋を立てた。

「こんだけ苦労したのにサ」

「はい？」

「一つ目小僧が存在するなんてことになったら、書き直さなきゃいけなくなるじゃないかッ」

「何ですと？」

「迷惑だよ。迷惑ッ」

妖怪研究家は夜空に向けて吠《ほ》えた。

「いや、多田先生、それとこれとはまるで違う話ではないですかねえ。今日中に原稿を梅沢さんに渡さないと、かなりヤバイことになるみたいなんですが」

「え？」

え、じゃなくて。

「何？　だってさ、間違いかもしれないんだよ。知らなかったなら仕方がないよ。知らないんだから。それから、入稿済んでからなら、まだ諦《あきら》めもつくよ。けど、知ってしまって直さないのはおかしいでしょ。直すでしょ」

「ああ、まあ」

「ゲラでだって訂正するでしょう。間違いなんだから直すよ。再校だって青焼きだって間違いと判ったら直すでしょ。気がつかないなら話は別だよ。知らない間違いは仕方がないよ。うっかりするとか誰にでもあるんだから。でも、知っててさ、それで間違いを直さないで、本にしちゃったら大問題でしょう」

正論ではあるのだが。

「だから僕は『怪』の連載を本にできないんだよ。次から次へと新情報が見つかるからさ。更新更新で直し切れないんだって。どんどん思いつくしさ」

「取り敢えず一旦出す、とか」

「出せないって。一旦の作業途中で変わっちゃうんだからさ。とにかく、今はあの一つ目小僧を捕まえて確認しなきゃ」

「確認——ですか。じゃあ、確認して、直さないという可能性もあるんですね?」

あれが偽物だったらねと多田は言った。

「じゃあください。念のために作業を進めさせて戴けませんか」

「だから」

確認が先だって、と多田は威張った。

威張っている訳ではないのだろうが、そう見えてしまうのである。

「いや、偽物と確認できた場合、今から作業しとけばすぐにゲラが出ますけど」

「本物だったらその作業は無駄になるじゃない」

「いやあ。無駄——ですかねえ」

「無駄だよ無駄。無駄が多いんだよ」

「そうかなあ」

困った。

郡司編集長か梅沢にでも電話して指示を仰ぐべきだろうか。

その方が賢明な気がする。社会人としてはそれが筋だろう。筋だろうけど。社会とか、筋とか、そういう問題じゃない気もする訳で。

「あのう多田さん」

「何？　しつこいな」

「いや、そうじゃなくてですね。一つ目小僧捕まえてですよ、本物だったらば、どうするんです？」

「どうするって？」

「いや、その本物をですね」

「どうもしないって。どうしようってのさ。捕まえて妖怪ホットドッグでも作れっての？　無理だよ。僕はヒ一族じゃないからね」

それは鬼太郎ネタである。かなり狭い。

「ど、どうして料理しなきゃならんのですか」

「だって本物だったらさ、妖怪だよ？　どうにもできないよ。原稿直すだけだよ」

「キャッチ・アンド・リリースですか？　まさか」

「当たり前でしょ」

ききっという感じの高い声が鳴った。

笑ったのである。すると、多田は怒っていた訳でも機嫌が悪かった訳でもないのだ。

「せめて写真くらい撮りましょうよ」

「写真は撮るに決まってるじゃないか」

「あ」

それなら。それって。それこそが。

——世に謂う特ダネという奴じゃないのか？

「そ、そしたら『怪』に載せましょう。東《とう》スポにも売りましょう。テレビにも出しましょう」

「え？」

「そうしましょうよ。大スクープでしょ」

「まったく不心得だな。ええと、え、えがしら」

「榎木津です。でも、どうして不心得なんです？」

「妖怪なんだからさ。駄目だよそういうのは」

「でも——」

「間違いと判ればそれでいいんだって。原稿を書き直せるからいいじゃないか。だって、妖怪なんだから！」

と——多田はもう一度吼《ほ》えた。

伍

猟奇《りょうき》、日常に侵食す

その頃、及川史朗は緊張していた。

知った顔が少ない。いや、まるで知らない人ばかりという訳ではないのだが、親しく言葉を交わす程の間柄でない人物が多いのである。座はかなり和《なご》やかで、とても仕事中とは思えない程に砕けた雰囲気ではあるのだが、今ひとつ馴染《なじ》めない。

それも当然といえば当然だ。

並べられたパイプ椅子に座って談笑している人達はみな常連なのだ。及川は初参加である。参加といっても見学なのだが。

及川は、人見知りだ。カッコつけでもある。見た目が武骨《ぶこつ》で、それを充分承知しているからテキ屋みたいなファッションに身を固めているのだけれど、それも一種の防衛本能である。強面《こわもて》を必要以上に晒《さら》して、後は寡黙な感じで押し通せれば、まあ余り突っ込まれずに済む。

実はヘタレで臆病《おくびょう》なのだ。

ハートは繊細なのだ。

及川は『コミック怪』の編集部員である。

その『コミック怪』は、妖怪専門誌『怪』から生まれた雑誌だ。『怪』は、文芸誌でもなければ学術誌でもない。水木大《おお》先生や荒俣先生の眼鏡に適《かな》うものなら何でも載せる。論文もエッセイも漫画も小説も載る。

編集長の方針はただひとつ。

損さえしなければ良し――。

である。

つまり、売れ線を狙うことはしないし、売れるに越したことはないのだけれど、売れればいいという訳でもなくて、じゃあ内容重視で売れ行きは気にしないのかというとそんなことは決してなく、妖怪好きが喜ぶ内容であることは大前提だけれども、妖怪好きは千変万化でレンジが広過ぎるから、妖怪好き全部が喜ぶものは作りようがなくて、それ以前に作り手がげんなりするような内容では作り甲斐《がい》もないから、その辺も充分考慮していて、でも赤字を出すような事業になってしまっては企業として許されないから、決して赤字だけは出すまいという――。

まあ、能《よ》く判らない。及川には。

でも、赤字だけは出さないという方針は凄《すご》い。

立派だ。

事実、儲《もう》からないし、関わっている人間はみなヒイヒイ言っているのだが、赤字だけは出していないようである。だから二十年近くも続いているのだ。

何といっても水木大先生が発案された雑誌なのだ。

だからできる限り続けることが水木先生への報恩になると考えているのだろう。

そこは、京極や村上などのレギュラー執筆陣も心得ていて、まあ多少自腹を切るようなことがあっても粛々《しゅくしゅく》と協力している。多少じゃないという意見もあるが。

で、その『怪』の後押しをしようとして、『コミック怪』は発刊されたのだ。

及川はその当時、たった一人の『怪』専属編集部員であった。『怪』本誌の業務をこなしつつ『コミック怪』を一人で編集し、イベントの仕込みやら仕切りやらもやって、おまけに文芸編集として担当も持たされた。

パンクした。

キャパシティが小さいのだ及川は。

まあ、それまで『怪』は、『怪』に関係した作家の担当編集が寄り集まって作っていただけな訳で、『怪』専属編集というのはおらず——というか今もいないのだけれど、なら『怪』専属の人間は当然関係作家の担当もしろよ、というような運びになった次第であり。

何だか本末転倒《ほんまつてんとう》のような気もするが。

及川は元々漫画の編集者だった。

長年、『怪』や世界妖怪協会の活動を横から眺めていて、どうしても『怪』に関わりたいと思い、決心して志願したのだ。及川は依願下僕なのである。

だから文句は言わなかったし、何ごとも上手《うま》くやろうと努力したのだが、所詮《しょせん》おちょこに風呂《ふろ》の水を注ぐようなものだったのである。溢《あふ》れっ放しだ。

逆立ちしても実行不可能なスケジュールを組んだり、連絡し忘れたり、先走ったりすッ転んだりして、色んな人に迷惑がられた。締切りが依頼日の二日前というスケジュールを組んだこともある。無理という以前の問題で、それは及川の四次元スケジュールとして後世に名を残すことになった。尊敬する郡司編集長からも呆《あき》れられ、村上からは白い目で見られ、京極には説諭され、荒俣御大にはこっぴどく叱られた。

凹《へこ》んで十キロ瘦《や》せた。

瘦せたことは誰にも気づかれなかったが。

で、結局及川は『コミック怪』の専従にされた。

やがて『コミック怪』は漫画誌として独立し、部署も移って、そちらにはちゃんと編集部も作られた。本誌に編集部がないのに姉妹誌にはちゃんとある。何か変な気がするが、ありがたい話ではある。

で。というか、だから。

及川は文芸編集者に対しては、微妙に距離を感じてしまうのである。別にコンプレックスがある訳ではない。どっちが上とか下とかいうこともない。でも、言語化し難《にく》い、畏敬《いけい》の念のようなものがある。

座っている人の半数以上は文芸編集者である。

講談社《こうだんしゃ》に集英社《しゅうえいしゃ》が数名ずつ、竹書房《たけしょぼう》の人もいる。

編集プロダクションの人もいるようだった。

講談社の河北《かわきた》は、お化け大学校の物販などで既に顔見知りである。集英社『小説すばる』の岩田《いわた》も、必ず妖怪イベントに来る。関係者ではなく客としてチケットを買って来るのだから見上げたものである。ライターの門賀美央子《もんがみおこ》は、古典遊戯研究会などでも顔を合わせることがあるし、ライターデビューする前からの顔見知りである。

だから、まあ知らない人ばかりという訳ではない。

でも、何だか肩身が狭い。そもそも角川書店の人間は一人もいない。

だから下唇を突き出して、隅の方でじっとしていた。不機嫌そうに見えるだろうが、決してゴロついている訳ではない。これが及川の常態なのだ。

広めのスタジオである。

録音ブースにはスタッフが数名おり、何かの調整をしている。見学席から少し離れたところに設《しつら》えられたテーブルには、マイクが四本セッティングされている。

TOKYO FMの収録スタジオなのだ、ここは。

これから作家の平山夢明がパーソナリティを務めるラジオ番組、『東京ガベージコレクション』の収録が行われるのである。

及川は、この番組にレギュラーゲストという矛盾した立ち位置で毎回出演している京極夏彦に用事があるのである。だから待っているのだ。

話題に交じれずに悶々《もんもん》としていると、重たそうな遮音《しやおん》扉が開いて、見覚えのあるだらしない顔が覗《のぞ》いた。

ほっとした。

メディアファクトリーの似田貝大介《にたがいだいすけ》である。

似田貝は『ダ・ヴィンチ』誌の編集者で、怪談専門誌『幽』の編集部員も兼ねている。

及川は下っ端なので偉い人達の思惑《おもわく》やオトナの事情は知らないのだけれど、メディアファクトリーは遠からず角川グループになるのだそうだ。なら仲間である。それに、『幽』は文芸誌だが『ダ・ヴィンチ』は情報誌だから似田貝は純粋な文芸畑の人間ではない。いや、それ以前に似田貝は全日本妖怪推進委員会の一員なので、仕事抜きでの付き合いも多いのだ。

というか。

馬鹿の仲間ということである。全日本妖怪推進委員会は、要は馬鹿の集まりなのだ。こんな風にいうと怒られそうだが、肝煎《きもいり》の京極も世話役の村上も、先陣を切って自分達は馬鹿だと宣言しているのだから構わないのである。

「あら。及川さん」

似田貝は素《す》っ恍惚《とぼ》けた声でそう言った。

「ナニしてるんですか」

「いや、何って」

見学ですかうはあ、などと言いながら、似田貝は及川の横に座った。

「珍しいですねえ」

「あのさ、角川って来ないの？　ここ」

「あー。来ないですねそういえば。京極さんは自分の担当とか呼びたがらないんですよ。この番組に自分の人脈は絶対に関わらせないとか言ってますからねえ。京極番で来るの、河北さんくらいじゃないですか」

「そうなの？」

「後は平山さんの担当さんですよ。いや、京極さんと平山さんと両方担当してる人もいますからね。岩田さんとかはそうなんじゃないですかね。あと、『小説現代』の栗城《くりき》さんとかも」

「ああ」

「ポプラの人とかも偶《たま》に来ますけど。ゲストが担当の作家さんだったりする場合ですね。うちだって、ボクしか来ないです」

「そうなの」

で、何なんです、と似田貝はにやにやした。

「何ニヤついてんだよう」

「いつもですよ」

「受け取るブツがあるの。京極さんにお願いしてるんだよ全プレのデザイン。今朝上がったってメール貰《もら》ったんで」

「あー。またタダ働きさせてるんですか」

「人聞きが悪いなあ。ちゃんとギャラ出すよ安いけどさ。酷《ひど》いよロータ君。ただ働きさせてんのはそっちじゃん」

　ロータというのが妖怪推進委員会での似田貝のコードネームである。いや、その辺の事情を及川は詳しく知らないのだが、まあそれで通っている。

「でも遅いですね」

「何が？」

「京極さんですよ。必ず三十分前には入ってるんですよいつも。下手すると一時間前とかに来てますからね。あら、大塚《おおつか》さんもいませんね」

　大塚というのは京極が所属しているオフィスの社員である。マネージャーのようなものだ。

「大塚さん、駐車場の前に立ってたよ」

「ああ。じゃあまだ到着してないんだ。車が混んでるんですかねえ」

「開始時間過ぎてるの？」

　適当ですよいつも、と似田貝はいっそうにやけた。

「平山さんが来ませんからねえ」

「来ないんだ？」

「まあ一時間早く伝えといて、十分遅れとかです」

「そんなに？」

　正しい時間教えといたらえらいことですねと、似田貝の二つ隣に座っていた岩田が言った。

「大体、私は出張先から直接来たりするので収録時間に遅れちゃうことが多いんですけど、結構な確率で平山さん到着に間に合います」

岩田がそう言った時、突然空気が騒がしい感じに変わった。

何か音がしたという訳ではない。ぞわっとした気配が押し寄せて、スタジオ内を席巻《せっけん》したという感じである。

顔をドアの方に向けると、プロデューサーだかディレクターだか忘れたけれど、坊主頭の小《こ》西《にし》という男の先導で、平山夢明が入って来るところだった。

平山は、へらへらしていた。

それなのに威圧感がある。

「やー、どうもねえ。みなさん。あれ、ナニ、京ちゃん遅れてるんだって？　まあ、ああいう人はね、いつか行き倒れます。ぷっつりとね。だから締切りなんか守るなってあんだけ注意したのにねえ」

いや死んでませんからと河北が言った。

「死んでないの？　そうかね。だって京ちゃん遅れないだろ滅多に。イノシシに襲われても時間厳守したとか聞いてるよ、オレは。あれはさ、米軍が全力で阻止しても打ち破って来るそうじゃない、高倉健《たかくらけん》みたいに。それが来てないってのはよっぽどのことです。よっぽどのことですよこれは。アルマゲドン的な何かがさ、どっかで起こってんじゃないんですか？」

マシンガンのようなトークである。

平山一人で空気がガラッと変わる。座を攫《さら》うというのはこういうことを謂《い》うのだろう。

「ほれ、だってこの番組はもう二十年くらい続いてるでしょう」

「続いてない続いてない」

小西が半笑いで否定する。

「まだ三年です」

「ほらね。三十年ですよ」

まるで聞いていない。

「その三十年の間に、京ちゃんが遅れたのはたったの一回ですよ。ほら、あの、大先生のなんかだよ」

「米寿のお祝いン時ですか」

似田貝が言う。

「それそれ。その祝いね。何か作ったんでしょ、色々と。あの時の京ちゃんはヒドい顔してたよね。もうさ、皮膚なんか剝《は》がれちゃって肉なんか腐っちゃって骨なんかが出てたでしょ。あんなボロボロの京極夏彦は見たことなかったからねえ。死んだんじゃないのあん時。一度。死んでますよ。死んでも収録来るんだから、もう執念ですね」

「平山さんが呼び付けてるんじゃないですか」

「オレかい？　いや、オレじゃないって。別にさ、オレはそんな無理強《じ》いするようなことはしませんよ聖人君子なんだし。呼んでるのはコイツだから。なあコニシよ。ね、悪いのはこいつだって。それともヒロシマちゃんかい？」

宏島《ひろしま》というのもプロデューサーだかディレクターだかである。

「まあ、死んじゃったものは仕方がないけど、どうすんの？　待つの？　中止かい？　それともペコと二人で先やる？」

ペコというのは、アシスタントというかマスコットガールというか、そういう役割の女性であり、もちろん平山が勝手にそう呼び習わしているだけである。正体は宍戸《ししど》レイという怪談作家である。いや、最初は違ったらしいのだが、平山に黙って『幽』の怪談実話コンテストに応募して入選してしまったらしいのだ。それまではダンサーだったと聞いている。

今もそうなのかもしれないが。及川は能《よ》く知らないのだった。

もう少し待ちましょうと小西が言った。

携帯を耳に当てている。

「そうすか。はい。はい解りました。何か、高速が事故で詰まってるようですねえ。5号線で足止め喰《く》ってるようですから、後三十分くらい待ちましょう」

「あー、そうかい。じゃあ待ちましょうね。事故って百台玉突きとかだろうね。あれかね、オレも事故に巻き込まれたら締切りとか待って貰える訳かい」

「巻き込まれなくても守らないじゃないですか」

異口同音にブーイングが上がる。

「何だよ。守ってんだろうよ。歴史の教科書とかに年表で載ったら全部間に合ってます。今年の仕事は今年終わってますよ。今年入稿、って年表載るだろ」

「平山さん年跨《また》いでますよ。しかも何年も」

「跨いでるかね？　跨いでるな」

平山が調子良くそう言った時。

慌ただしくドアが開いた。顔面蒼白《がんめんそうはく》になった宏島が小さい眼を見開いて転げるように飛び込んで来た。

「あ？　何ヒロシマちゃん」

「し、死んでます」

「誰が？　京ちゃんかい？」

「ち、違います。こ、講談社の、ノリさんが」

そこで惨殺されてます、と宏島は言った。

「ザンサツ？　ザンサツって何だよ。何かこう、春の北海道《ほっかいどう》とかかい？」

平山はそう言ったが、意味が判る者はいなかった。

凡《およ》そ二十秒くらい、まるで時間が止まったかのように静まり返って、やがてとても濃い顔の丸っこい人が、お前そりゃ残雪だよと言った。

平山は破顔して、そうそうそうねと言った。

「流石《さすが》はボンちゃんだねえ。聞いたかい？　ザンセツですよザンセツ。でも京ちゃんなら瞬間的に打ち返してたな。パ、パーンってな具合だね。で、何。ノリがどうしたって？　まーた屁でもしたんだろう。あいつの屁《くせ》はねえ、臭えんだよな、竹輪《ちくわ》っ屁《ぺ》だからよう。もう、確実に死にます。町《ま》っちゃんなんか激怒してたからねえ」

町っちゃんというのは映画評論家の町山智浩《まちやまともひろ》さんのことですと、岩田が教えてくれた。

「で、あの、今、平山さんに突っ込んだ濃ゆい人が、ボンベロさんですね。平山さんの『ダイナー』に出て来るボンベロの——モデルじゃないんですよね？」

モデルってことはないでしょうと似田貝が言う。

及川には状況が呑《の》み込めない。

及川には宏島が今、何かとんでもないことを言ったように思えるのだが。

何故誰も気にしないのだろう。もしかしたら及川の気の所為《せい》なのか。村上健司の聞き間違い症候群が感染したのか。それともこれは、いつものことなのか。

「いや、で、で、ですから」

宏島はおたおたしている。

「死んでるんですって。そこの裏の階段のとこで」

「誰が。青沼静馬《あおぬましずま》とかかい」

「ですから、高橋宣彦《たかはしのりひこ》さんですってば講談社の」

「あーノリか。いやあ、あれはさ、ＫＫＫの帽子被《かぶ》ってダウンタウン練り歩くようなバカだからさ、まあ死ぬこともあるんじゃないですか？　迷惑だから死んでないでさっさと来いって言いなよ」

「や、マジなんですって」

宏島は、何だか知らないが気張った。

「マジ——なんすか？　宏島さん」

小西がぽかんと口を開けた。

「マジだって」

「マジなんすか。ねえ宏島さん？」

「う、嘘言ったってしょうがないでしょうに」

「あ？」

数名が立ち上がった。

「何？　何がどうなのさ」

平山は飄々《ひょうひょう》としている。

行ってみましょうと河北が言った。

「行った方がいいんですかね？」

岩田が早口で尋《き》いた。早口なのだが、顔付きはのんびりとしている。そういう造作なのである。緊迫感のある状況に於《お》いては圧倒的に損だろう。一方で、河北は平時に損をするタイプである。落ち着いているようだが余裕のない眼をしている。河北は平素から、いくら笑っていても目が据わっていたり泳いでいたりする——ように見えるのだ。かなり損をしていると思う。まあ、外見で損をしているという意味では及川も人のことは言えない訳だが。及川の場合、ゲリラに雇われた入れ墨入りマウンテンゴリラの如き容貌《ようぼう》だから、これはどんな状況であっても損である。

「いや、だってマズくないですか?」

他の者は皆、顔を見合わせている。状況が呑み込めていないという点では、誰もが同じらしかった。

「何よ。深刻な顔して?」

平山の顔が曇った。

「どうせ悪戯《いたずら》だろ。あれはさ、バカなんだよ。ヒロシマちゃんフカしこかれたんだって。どれどれ」

平山は悠然と扉に向かった。

「ちょっと」

編集プロダクションの女性が立ち上がった。似田貝がだらしのない顔で及川を見る。

「悪巫山戯《わるふざけ》ですかね?」

「いつものことなの?」

「いやあ。まあ、このラジオ自体が巫山戯てますからねえ。でも、ホントなら、まずいですよねえ」

マズいですよ作家さんに行かせちゃと河北が言って立ち上がる。本心なのだろうが紋切り型なので心が籠《こも》っていない感じだ。やっぱり損をしていると思う。

岩田も立ち上がった。見れば松葉杖《まつばづえ》をついている。右足の先には包帯がぐるぐる巻かれている。似田貝があら岩田さんどうしたんですかと問うた。

「ええ、転んで折れました」

「折れたんですか？　骨折？　転んだだけで？」

「はあ。いや、お医者さんに行ったらですね、普通に骨折れてますねと言われました」

「普通？」

「剝離《はくり》骨折とか複雑骨折とか、皹《ひび》とかじゃなく、ただ普通にポッキリと骨が折れました」

じゃあ座ってた方がいいですよと似田貝は言った。

「及川さん行きましょう」

「オレ？」

及川は自分の鼻先を指差した。

「及川さん骨折とかしてないですよね？」

「いや、してないけどさ」

及川は不承不承腰を上げた。

遮音扉を開けると細長い録音ブースのようなものがあって、もう一つ重たい扉を開けるとエレヴェーターホールを兼ねたフロアに出る。フロアには複数のデスクと椅子が並んでいて、打ち合わせができるようになっている。フロアを挟んだ向こう側のブースは、たぶんオフィスなのだろう。十人くらいの見知らぬ人々が、何だか不安そうな顔をして一方向を眺めている。オフィスのガラス扉の辺りにも人が溜《た》まっていて、一様に同じ方向を見詰めている。

それら多くの視線の先に、平山がいた。

「何？　階段ってどこよ。階段ないだろうよ。俺、階段なんか上ったことないよ。ここ、エレヴェーターしかないんじゃねえの？　あれだろ、テロ対策とかだろ。テロリストが攻めて来た時にエレヴェーター止めちゃえば上ってこられないんだよな。でもそのお蔭《かげ》で災害時には社員が犠牲になんだろ？　所謂《いわゆる》人柱ってヤツだよな。火事ンなったらさ、白木屋《しろきや》百貨店か、ホテルニュージャ」

「ありますよ階段」

宏島が平山の饒舌《じょうぜつ》を止めた。

「ああ、テツが発見したやつかい」

徹というのは作家の福澤徹三のことらしい。

「テツは煙草《たばこ》吸いたい一心で探し当てたんだよな、秘密の階段をさ。このフロア喫煙所ねえんだろ？　エレヴェーター待ってられねえんだよな、あれは。バカだねえ、何処に行ってもカイダン探してやんの。な。な。俺さ、いま頓智《とんち》の利いたこと言ったよね。一休《いっきゅう》並みだな。しっかしそんなんでテロリストでも見付けられない秘密の階段みつけちまうんだからよ、だからあんな顔になっちゃうんだよテツはさ。な？　な？　そうだよね」

余裕である。

しかし横にいる宏島の顔面は蠟《ろう》のように蒼白である。

「で、どこだっけ？　カイダン」

宏島は黙って防火壁のような扉を開けた。

あそこ開くんだと、及川は素直に感心した。

「お。こんなところかい。すごいねこの建物はさ、これは、からくり階段かい。忍者屋敷とかじゃねえの。隠すなよこういうもんをよ」

全然隠してませんと小西が言った。

「隠し階段だろ。隠し砦《とりで》ですよ。クロサワですよ」

まるで聞いていない。平山は顔を突っ込んだ。

「あら。あ、あらあ」

声を上げながら平山が踏み込もうとするのを、宏島が止めた。

「だ、駄目です。現場保持を」

「ほじお？　何だよ。ハナクソかい？」

「そうじゃないですから。ホジ。ほ、保持です。今警察喚《よ》びますから」

「いや、これ冗談だろ。そんなもの喚んだら恥かくぞヒロシマちゃん。しッかし良くやるなあお前さあ。いい加減にしろよノリ。おい。コラ」

河北を始め数名が平山の肩越しに覗き込んだ。

「何してんでしょうね？」

似田貝がへらへらしながら背伸びをした。

「うはあ」

反応が読めない。こいつの反応は大体こんなものだ。

「何だよロータ君」

及川は近寄る。常連の集団の中で疎外感を持っていた及川は、この騒ぎに参加することにさえ気が引けていたのだが、似田貝の気の抜けた声を聞いた途端に、どうも興味の方が勝ってしまったのである。

「どうなってるの？」

及川が近付くと。同時にきゃあとかひゃあとかいう声が上がった。二三人が後ずさる。その乱れた隙間に及川は自《おの》が猪首《いくび》を突っ込んだ。

踊り場に――。

横向きになって人が倒れていた。

いや、横向きというのは正確ではない。俯《うつぶ》せの状態で腰のところから体を捩《ひね》るようにして上半身だけが横を向いている状態というべきだろうか。

身体は不自然に捻《ねじ》れていた。

血走った眼を剝《む》いている。疎《まば》らに生えた髭《ひげ》に囲まれた口は半開きで、歯が覗いている。

痩せた、ひょろ長い男である。元々長いのか、はたまた引っ張られたのか、伸ばされた頸《くび》の周りには妙な痕《あと》がついていた。太めの及川にはちょっと真似ができない恰好《かっこう》だ。

身体の下には血溜まりができている。

死体――に見えた。

「上手だなあ、死に真似」

平山が言った。

真似なのか。

「でもさ、汚しちゃ駄目だろ。ここはお前の会社じゃないんだからさ。掃除大変じゃやねえかよおい。もういいから、起きろって。はい驚いた驚いた。吃驚《びっくり》しました。驚いて死ぬかと思ったからもういいってコラ、バカ」

平山が蹴飛《けと》ばそうとするのを小西が止めた。

「まずいすよ」

「まずいって、このままの方がまずいだろ？　邪魔だからさ。オレはこういう冗談はあんまり好きじゃねンだよ。ガキじゃねンだからさ。こらノリ！」

平山は尚《なお》も蹴りを入れようとした。

「これ、マジ死んでませんか？」

そう言ったのは門賀だった。

「死んで──ますよね？」

「あ？」

及川は屈《かが》んだ。

そして接々《まじまじ》とそれを観た。

やっぱり及川の知らない人である。

後頭部が濡《ぬ》れている。いや、濡れているのではない。

――血だ。

それから。

臀《しり》の辺りに何かが突っ立っている。

――何だ？

金属の棒のようなものである。

バタフライナイフの柄かと思ったのだが、どうもそうではないようだった。

腰の辺りも血だらけである。

「何だよ。ノリ、痔《じ》なのかい？」

平山も気が付いたらしい。

「って、これさぁ。アレじゃねえの。ワインのコルク抜きじゃねえのかい？　このままスッポンと抜いてくれってことじゃねえの？　そしたらさ、こいつの直腸の――」

そこまで言って、平山は顔を顰《しか》めた。

「これ――マジだな」

そう。

これは、死んでいる。

「ノリ――」

平山は一瞬、とても哀しそうな眼をしたが、すぐに鼻の上に皺《しわ》を寄せて凶悪な顔を作り、それから一言短く、死んでるなと言った。

「よよよよ漸《ようや》く解って貰えましたか」

「貰えましたかじゃねえって。解ってんなら、報《しら》せんのは先《ま》ず俺んとこじゃなくて一一〇番だろうが」

「そ、そうですが」

「そうですがって、だから、すぐに報せろよ。俺んとこなんか来るから冗談だろうと思ったんだよ。順番逆だって。でもって――慥《たし》かに現場保持だろよ。出ろ出ろ。ここ、通るんだろ人がよ」

下で止めて来ますと小西が言った。

「警備に階段使わないように伝えて来ます」

「そうだよ。これ、どう見たって――」

平山は眼を細めた。

「――殺されて何分も経ってねえぞ」

血が乾いていない。いや、床の血溜まりはまだ流れ出て広がっている。平山の言う通り、殺害されたのはほんの十数分前――いや、数分前のことなのかもしれない。

「す、すぐ通報します」

小西が駆け出し、宏島が人垣から身を引いた。

後ろには弥次馬《やじうま》が集まり始めている。

「ダメだろこれ。はいはい、散って散って」

平山が人を散らした。

「ここダメだから。はいはい仕事に戻って戻って。見せ物じゃないから」

不審そうな顔で弥次馬は離れて行ったが、ガラス扉の中からこちらを見ている者はまだ大勢いた。

「ここって報道とかあんのか？　警察来る前に来られると面倒臭《メンドくせ》えよな」

「それより、下で止めても各階から人が入って来るんじゃないですか？」

「ああそうか。おい、じゃあさ、それぞれ行って各階で止めとけよ。それで——ここも閉めてさ。人が入らないように見張れよ。外に一人立ってさ、でもって中にも一人立って、上から降りて来る奴止めろよ。触るなよ。指紋とかあんだろが」

平山は事情が判った途端にてきぱきと指示をし始めた。

じゃあ私は二階の入り口を止めますと、竹書房の人が言った。

慥《たし》か溝尻《みぞじり》という名だったたか。

「なら僕三階に行きます」

河北が継いだ。

「女性と平山さんは取り敢《と　あ》えずスタジオに入っててください。中西《なかにし》さん、平山さんをお願いします。似田貝さん四階お願いします。で——」

「俺ここ見張りますよ」

及川は言われる前にそう言った。

「この中にいて、入って来る人止めて、上から来る人も止めます」

警察すぐに来ますと背後で宏島が叫んだ。

泣きそうな顔になった編集プロダクションの女性が何か言おうとするのを平山が制して、行こう行こうと言った。

「何もできないから。邪魔なだけだしな、ほれ姐《あね》、行くぞ。モンちゃんもほら」

平山はその作風からか、世間では鬼畜で破天荒で不道徳で適当だと思われているようなのだが——及川もそういう印象を持っていたのだが——こうしてみるとそうでもないようである。

まあ実際、本人に会っても鬼畜で破天荒で不道徳で適当な感じはするのだが——。

女性には優しいように見える。

見えるだけ——かもしれないが。

平山は女子を追い遣《や》って、それからちらりと死骸《しがい》を顧みて、及川に顔を向けた。

「誰だっけ」

「あ、角川書店の」

「これさ、内側から鍵《かぎ》掛けときゃいいんだよ。掛かんだろ?」

自己紹介は途中で遮られ、及川です、と名乗る前に扉は閉ざされた。

死体と。

二人。

——えー。

及川は扉の取っ手の部分を見る。

慥《たし》かに施錠してしまえば楽なのだろうが、見たところ鍵のようなものはないようだった。

探ってみようとして、及川は躊躇《ためら》った。

あちこち指紋を付けるのは拙《まず》い。袖口《そでぐち》を伸ばして指先を覆ってみようかと思ったのだが、どうも上手くない感じだ。生地が厚い。これだと寧《むし》ろ元の指紋を拭《ぬぐ》い取ってしまうような気がした。そこで手拭いがあったことを思い出し、及川は先《ま》ず尻の辺りを触り、腰に下げてある日本手拭いを探り当てた。

引き抜く。

及川は太い指を金属の金具に伸ばし、用心深く慎重に確認した。やはり鍵はない。

手動でロックはできないのだろう。

所謂《いわゆる》、防火扉なのだ。

仕方がないから身体で扉を押さえた。

尻で押している方が楽なのだが、そうすると屍《しかばね》と向き合うことになる。

それは何だか勘弁して欲しい。あんまり見続けていたいものではない。

だから壁側を向き、密着するように立った。壁にも触らない方がいいだろう。開けられそうになったら腹で押し返せばいいのだ。

振り向く。

そこには死体がある。

——殺人事件なんだ。

生唾《なまつば》を飲み込み、それから息を吐《は》き出す。

及川は、殺人事件に出会《でくわ》すことなど生涯ないと思っていた。そんなものはドラマか漫画か小説か、フィクションの中だけのことだ。

もう一度息を吐く。

すぐ後ろに死骸がある。

あまり気分の良いものではない。いや——かなり嫌だと及川は思う。

気味が悪いという言い方は、何となく亡くなった人に悪いような気がする。別に怖いとも思わない。及川は臆病だが、そっち方面はわりに鈍感だ。そっち方面というのは、オカルトというか心霊というか、ざっくりそっち方面のことである。地縛霊がヤバいとか動物霊がキテるとか、そういう感覚を持ったことはほとんどない。祟《たた》りは恐ろしげに思うけれど、幽霊系はピンと来ないのである。

まあ、妖怪リーグの人なのだし。だから、気色悪いというのが正直なところだろうか。

今度は少しだけ振り向く。

固まっていないとろりとした血溜まりが天井のライトを映して微妙な色合いになっている。

もう少し振り向く。

顔が見えた。見開かれた眼と目が合った。

途端にぞっとした。

閉ざされた空間に、死骸と二人きりである。見た目ごついが基本ヘタレな及川は、漸く自分の置かれている状況を理解した。

これは損だ。

他の階に行った者でこんな状況に置かれている者は誰一人いないだろう。

各フロアで階段スペースへの侵入を防いでいるだけだ。侵入を防ぐだけなら扉の外に立っていればいい訳で、縦《よし》んば内側にいたところで、そこには別に何もないのである。

及川だけが内側にいるのだ。

しかも死骸のすぐ傍《そば》なのだ。

――えー。

心中でそう言って――言ってといっても言葉ですらない訳だが――及川は口を押さえた。

――まあ、五分くらいかな。

すぐに警察が来るだろう。

場所柄、そう待たされることはないはずだ。

来る途中の路肩にも警官が沢山立っていた。そういう感じの場所なのである。及川はそこまで考えを巡らせ、そういう感じってどういう感じだよと己に突っ込んだ。

きっと、重要な施設かなんかが近くにあったりするんだろう程度の認識である。その辺はかなりアバウトである。いずれにしろ警察が来ればこの状況は終わる訳だから、それまでの辛抱である。

防火壁に向き合うようにして、屍に背を向け仁王立ちになる。誰も見ていないのだから別に妙なポーズをつけることはないのだが、己を奮い立たせるという意味では重要なのだ。及川は何事も形から入るタイプなのである。

暫《しばら》く無心でそうしていた。

この状況で担当作家さんからネームの相談電話でもかかって来たらどうしようなどと及川は思う。かかって来たら出るしかないか。でも、殺人事件の現場で漫画のネームの相談というのはどうなのだろう。

不謹慎なのか。

それとも仕事熱心で済む話なのか。

まあ、一旦《いったん》電話に出て、取り込んでいるからかけ直すと言うのが順当なところか。嘘や冗談ではなく、大いに取り込んでいる。取り込み過ぎだ。

ちらっと背後を見た。

死体は消えていない。

夢ではない。死んでいる。

たぶん後頭部を殴られ、昏倒したところで頸を絞められ、それから尻にコルク抜きを捩じ込まれた——ということなのだろうか。

——酷《むご》い。

及川はそこで死んでいる人のことを何も知らない。

でも、これが知人だったらどうだろう。

動揺するだろうか。それはもう激しく動揺するだろう。実際、今だって動揺はしているのである。表面化していないだけだ。

もう一度ちらりと様子を見る。

当たり前だが、何も変わっていない。動いた様子もないし、何の気配もしない。血溜まりがちょっと広がっただけである。あれがこのまま広がって、つーっと足許《あしもと》まで流れて来たりしたらどうしよう。どうしようというか、厭《いや》だ。まあ建物が傾きでもしない限りそんなことはないのだろうけれど、厭なものは厭だ。なら想像しなければいいのだが、どうしても厭な方へ厭な方へ想像の翼《つばさ》は広がって行くものなのである。それが小心者の宿業《しゆくごう》というものだろう。それにしても――。

警察の到着が遅い気がする。

何かあったのだろうか。

静かだ。

静かだ静かだと思っているところにガタンと音が響いたので、及川は心臓が口から飛び出るかと思う程に驚いた。

階下から声が聞こえてきた。

どうやら似田貝の声のようだが、元より発音が不明瞭《ふめいりよう》で滑舌《かつぜつ》も口跡も宜《よろ》しくない上、矢鱈《やたら》と反響していて何を言っているのか判らない。

「何？」

「及川さーん」

「だから何？」

「何か、警察が遅れるんですって」

「あ？」

遅れるって何だろう。宏島はすぐ来るとか言っていたのに、蕎麦屋《そばや》の出前的な話なのか。警察にもそんなことがあるのか。混んでいるのか警察。

「どうして」

「地雷婆《じらいばばあ》が出たんですよ」

「何ババア？」

何だそれは。妖怪なのか。

「この辺の名物お婆さんらしいんですよ。ちょっとその、いかれたお婆さんなんですよ。汚れた服着て、道の真ん中に立って通行妨害するんですよ」

「婆さんが？」

何者だそれは。

「お婆さんが車止めるの？　そうだとしたって警察はあんまり関係ないでしょ。お巡りさん一人くらいで足りるじゃん。怪獣じゃないんだから」

怪獣なら自衛隊じゃないですかと似田貝は応《こた》えた。

「そうじゃないんですよ。なんか、ゾンビみたいに道の真ん中に突っ立ってて、どけろとか言うとすごい怒るんだそうです。で、まあ、何か垂れたりして汚いんですよ。それで渋滞しちゃうんです」

「少しくらい渋滞したって警察は来られるでしょうに。ランプとかサイレンとか鳴らせば行けるんじゃないの？　このビルだって、別に入り口は一箇所じゃないし、ここに来る手段はいっぱいあるでしょ」

「それがですね、婆さんが選《よ》りに選《よ》って大型トラック止めちゃって、でもって急ブレーキかけたトラックに横から車が突っ込んだんですよ。まあ大した事故じゃなかったみたいなんですけど、トラック斜めになっちゃって道塞《ふさ》いじゃってですね、その後ろが詰まってですね、でもって、それでも婆さん動かないもんで、事情を知らない別の車が反対側から侵入して来ちゃってですね、また止められて、そこに救急車とかが来てですね、それも立ち往生しちゃって、なんやかやとややこしいことになって、そこの前の通りまで渋滞しちゃってですね、このビルをぐるりと囲む形で、車が詰まってしまったんですよー」

しまったんですよーと語尾を伸ばす喋《しゃべ》り方をするものだから、まるで緊張感がない。

それにしたって。

そんなアホなことがあるのか。

「婆って、お婆さんでしょ？　一人でしょ？」

「一人ですよ」

「婆さん一人でそんな混乱するもんかい？」

「したんですね。なんかパズルみたいになっちゃったんですよ」

「パズル？　箱根細工《はこねざいく》みたいな感じ？」

能《よ》く知らないのだが、そんな雰囲気だ。あっちを押したらこっちが出っ張って、そこを押したらあっちが止まって、押しても引いてもどうにもならない的な話なのだろう。

似田貝は何だか知らないけどそうですすと答えた。いい加減な男である。

「で、そもそも今日はどっかその辺に偉い人が来るとかで交通規制がかかってて、警官とかも駆り出されてたみたいで、だから大騒ぎですよ。少しの間に何だかエライことになってたみたいで。スタジオは防音なので外のことが判らなかったんですけど、大混乱みたいですよ」

「あららら」

そんな最中《さなか》の殺人事件なのか。

「いや、参ったね」

参りましたねえと言う声が思いの外《ほか》近かったので顔を向けると、似田貝が階下から顔を覗かせていた。

間抜けだ。

「うはあ。ホントに死んでますよね。殺されたんですよね。マズいですよねえ。夢とか嘘とかじゃないですよねえ」

「ないよ。現実だよ」

及川は下唇を突き出した。

似田貝は鮟鱇《あんこう》のように顔を歪《ゆが》めた。

死体越しに似田貝の間の抜けた顔を見ることになろうとは――いくら妄想の権化のような及川でも、流石に考えたことがないシチュエーションであった。

「いやだいやだ」

「そうだねえ」

「いやだよねえ」

「まあ、嫌だけど――」

え？　これは？

誰の声だ。

似田貝の声ではなかった。方向が違う。というか近い。

もちろん及川自身が発したものでもない。及川は常態でも意識が混濁気味なので、一瞬自分が言ったのかと思ってしまったりしたのだが、返事をしているのも自分なのだし、やっぱり違うだろう。

誰かいるんですかあと似田貝の声が聞こえた。

何とはなしに横を見ると、小柄な爺《じい》さんが哀しそうな顔で死骸を眺めていた。

――誰？

知らない人――だろうか。

誰だか判らないのだから知らないのだろうけれど、でもまるで知らない訳でもないような気がする。何処かで見掛けたような――いや、懐かしい感じさえ覚える。それ以前に、この人はいつからこんなに近くにいるのだろう。

爺さんは、弱々しいが、しかし深く長い溜め息を吐《つ》いた。

「いけねえなあ。こういうのはなあ」

「そ、そうですね」

「またああいう時代が来るのかねえ」

「は？」

「世の中何があるか判らねえから、時にバタバタ死ぬな仕方がねえが、こういうのは好かないわい」

「え？」

何を言っているんだろう。

「戦《いくさ》もな、好かんわ。でも何だろう、こう、ささくれ立っておるのはまっと好かん」

言っている意味が能《よ》く解らなかった。

老人は、小さい。小学生くらいの背丈しかない。

髪の毛も伸び放題のぼさぼさで、あまり清潔そうには見えない。しかも、能く見ると奇妙な恰好をしている。襤褸《ぼろ》の和服に杖までついている。何かのコスプレだろうか。

「あの」

誰ですか、と尋《き》いた。

及川は一知半解の男である。その自覚はある。従って知ったか振りで恥をかくことは殊《こと》の外《ほか》多い。いずれ解らないものは解らない、知らないものは知らないと正直に言った方が良いに決まっている。

決まってはいるのだが、解っているのかいないのか知っているのか知らないのか自分でも能《よ》く判らないことが結構な割合である訳であり、結果的に及川は曖昧《あいまい》なことを言ったり間違ったり嘘を言ったりして失敗することになるのである。

ただ今回は判らないと判っているから、尋いた方がいいに決まっているのである。

老人は皺だらけの瞼《まぶた》を持ち上げて及川を睨《にら》むと、フンと鼻を鳴らした。

顔色も妙だ。何だか人間の色ではない。グレーというかグリーンというか、カーキ色でも茶色でもない微妙な肌の色である。

「あの、ラジオ局の——方じゃないですね？　出版社の人ですか？」

年齢から考慮するに、そうならばかなり偉い人なのではあるまいか。

「ええと、ワタシはですね、角川書店コミック怪の」

「こんなとこで名乗りなんかすな」

「は？」

「お前の名前なんか知っても仕様がないわ。この間抜け。それに、わしは名乗るものではなく名付けられるものだ」

「へ？」

「こんなに邪魅《じゃみ》が幅を利かせていてはもう堪《たま》らん。悪いがお前の気分は表せん。こういうところはわしの出番じゃないわ」

そう言うと。

すう、と老人は薄くなった。というか。

透けた。

ような気がしたのだが、要は最初から何もいなかったのだと及川は気づいた。

いる訳がない。いや、見えてもいなかったと思う。幻覚ですらない。変な感じは残っているけれど、顔も、衣服も、声さえも、ずっと昔の記憶であるかのように朧《おぼろ》げだった。白昼夢というよりも、本当に最初から何もいなかったようにしか思えない。

「えーと」

頭を掻《か》いた。

ナニ独り言言ってるんですかあ——という似田貝の声が聞こえた。

「いや、ええとだな」

何だったんだろう今のは。

「あのだね」

説明できない。

警察遅いよねえと言って誤魔化した。

「別にパトでなくたって来られるじゃんない？」

「相当酷《ひど》いことになってるんじゃないすかねー」

「早く検死とかしてあげないと、何だか可哀想だよねえ。この人も――」

と、そう言った手前、無視もできずに及川は死体に目を遣る。

実際、哀れだと思う。でも、あまり凝視はできない。だから視線を上に飛ばして――。

及川は。

息を飲んだ。

階段の上に、今度は本当に誰かがいた。

――女？

だろう。スカートを穿《は》いていて、髪も長い。

頸を竦《すく》め肩を怒らせているけれど、体格は華奢《きやしや》である。やや薄暗いので表情までは汲《く》めないが、どうも尋常な雰囲気でないことだけは確実だった。

死体を見て硬直している――。

のではないようだ。

――何か持ってる？

あれは、多分ゴルフクラブだと思う。もう一方の手にも何か握り締めている。顔の辺りが蔭になっていて能《よ》く判らないのだけれど、あの位置からでは死体の様子もはっきりとは見えないと思う。

ならば。

――え？　俺すか？

及川を――見ているのか。

睨み付けているというべきか。

声が出なかった。

――あれは。

中にいる。いや、いたのか。

犯人ですかもしかして。

――そんな訳あるか。

そんな都合のいい話はないと思う。

殺人犯人は普通大抵逃げる。逃げられなければ捕まる。そうでなければ自首する。現場をうろうろしていたりしない。

ドラマや小説じゃないんだし。

いや、寧《むし》ろ逆なのか。及川は実際の殺人事件を知っている訳ではない。及川の知っている殺人犯人の動向は、ドラマや小説の中のそれなのである。本当は違うのかもしれない。実際の殺人者というのは、もっと適当でいい加減なものなのではなかろうか。

いや、そうだとしたって――。

及川は目を凝《こ》らした。

胸の辺りに入館証が確認できた。放送局に限らず大きな会社は入館の際に身許《みもと》を確認し入館証を発行するものだ。及川だって首から下げている。これがなくては社屋内に入ることはできない訳で――。

つまり。

――安心な人なんだ。

勝手にそう思うことにして、及川は声を掛けた。

「あのですね、ちょっと階段使えないんです。ここ通れないんで、戻ってくれませんかあ」

返事はなかった。

女は全く同じ姿勢で、及川の方を睨み付けている。

微動だにしない。

「ええと、そのですねえ、こっちには来られないんですよ。ですから」

女は。

階段を一段下《くだ》った。

「いや、戻ってください。ここは通れな――」

――いや。

ここで、人が殺されている訳で。

ここここそが殺人現場なのである訳で。

で。

ここが社屋内であることは疑い得ない事実な訳で。

ここは外ではない訳で。他で殺して運び込むことの方が不可能な訳で。なら、犯人は館内にいるということになる訳で。

と、いうことは。

犯人は確実に入館しているはずな訳で。

犯人も、入館証を下げていると思われる訳で。

――えーと。

女は階段をゆっくりと下りて来た。

「あー、その、こっちに来ないで貰えませんか？」

「あぁん？」

女は、華奢な体格からは想像できない、野卑な感じの声を上げた。及川はその段階でもう完全に怖《お》じ気《け》づいてしまった。

「あの」

「産地は何処？」

「サンチ？　サンチってナニですか？」

「どうせ国産だろ」

「あ？」

産地――か？

「あ、あの。足柄山《あしがらやま》で穫《と》れて仙台《せんだい》で熟《う》れました」

――何を言っているんだ自分は。

産地という問い掛けに合わせたつもりなのだが。

及川の冗談は半ば虚勢である。臆病な自分を馬鹿っぽさで逸《はぐ》らかしている。相手を逸らかすのではなく自分を逸らかすのである。面白いことは余裕がなくちゃ言えないだろ、言ってるんだから余裕があるんだよオレは、という理屈である。でも、あんまり面白くないし、当然余裕がないことは判っている。だから空《むな》しくなることが多い。

そんな自分の言動にうんざりしつつ、こんなことで逸らかせるような状況ではないということを、及川は緊々《ひしひし》と感じてもいる。

女は痙攣《けいれん》するように首を小刻みに震わせた。

何か呟《つぶや》いている。

ダメダメダメダメダメダメ。

――駄目？

これ何？

何か、都市伝説的なもの？

返事間違うと殺されちゃう、カシマさんみたいなものですか？

誰がいるんです、という似田貝の声がする。死骸があるから上って来られないのだろう。つまり、助けては貰えない訳ですかそうですか。

「あ、あのですね」

「駄目駄目駄目駄目だお前。ろくな産地じゃないし保存も悪いな悪いよきっと酸味がきつくて飲めやしないいんだ四十度超してたんじゃないのかその辺に出しっぱなしになってたんだろうがこのクソワインが」

「へえ？」

まずい。マジだ。

マジ狂ってる感じだ。

「わわわ、ワタシ、ワインじゃないですよ」

何を普通に返しているんだ自分。

「これでも人間でえす」

馬鹿なのか自分。

「ああうるさい」

「ひい」

「うるさいうるさいうるさい。どうしてこうなんだろうえぐみが出てて澱《おり》も浮いてて気持ち悪いワインだこんなのドブの水だよ叩《たた》き割ってやるよ使えるのはコルククらいだよもうまずくてまずくて死にそうだよワインの面汚しだよ」

「あ、あの」

女はついに階段を下りきった。

女は死体の横に立つ。

「ああこのワインのほうがまだマシだった結構フルーティな香りがするじゃんでも割れちゃったからもう飲めやしないよ飲みたくもないけどなこんなカスワイン腐った葡萄汁《ぶどう》じゃないかお前の方がもっと下等だけどなこのクソワインめ」

「もしか」

ややややっぱり犯人だ。

この女は及川を——このノリとかいう人も——不味《まず》いワインだと思っているのだろう。ノリという人は割られてしまったのだ。不味いから。

いや、じゃあ、この尻のコルク抜きは何なのだ。

「ああ、あの、飲んでみなくちゃ不味いかどうかわわわわ判らないですよ」

「不味いワインってみんなそう言うんだこいつもそうだったんだ飲めやしないじゃないかコルクが抜けないいんだから割るしかないじゃないか」

「ええ！」

じゃあ、これ、コルク抜きが先？

——マジすか。

及川は尻を押さえた。

ここで死んでいる人は、先に肛門《こうもん》にコルク抜きを捩じ込まれ、それが抜けないから後頭部を叩き割られたということになるのか。

捩じ込まれるのも痛いだろうけど、引っこ抜かれるのはもっと痛いぞ。で、倒れてからもコルク抜きを抜こうとしたから、身体が捩れているという訳か。

――痛いってそれは。

尻を押さえる手に力が籠《こも》る。及川は更に後ずさって壁に背中を押し付けた。で、この体勢だと背面はともかく、前面がまるで無防備になっているということに気付く。

まる出しだ。でもって女は――。

ゴルフクラブを振り上げているっぽい。まともに見られない。この場合、護《まも》るなら――。

――尻じゃなくて頭じゃないですか？

もう声も出ない。息が詰まる。心臓の鼓動が早鐘のように鳴る。

及川は首を竦めて頭を下げ、両手で頭を押さえて団子虫のように丸くなった。

きょわああとかいう声が聞こえた。

お終《しま》いです私の人生。しあわせにはなれませんでしたゴメンナサイ――及川はそんな文言を脳裏に巡らせた訳だが。

風を切るような音がして、同時に金属がぶつかり合うような音がした。

――いやあ。

意外と痛くないものだなあ撲殺は。

というか、死んだ後もこうして意識があるもんなのかしら。

きゃわあ。

まだ声がする。

聞こえるくらいなら見えるだろうと思って、及川は薄目を開け、顔を上げた。

銀色の棒のようなものが目の前を過《よぎ》った。

ゴルフクラブにしてはやけに太い。これは、自分が死んで小さくなった所為なのかな、など
と不合理な想像をする。死んで縮むという発想が先ずおかしい訳であるが、一瞬のうちにそう
思ってしまったのだから仕方がない。

状況が呑み込めなかった。

もう一度銀色の棒が目の前を掠《かす》めた。

「だだだ、大丈夫でしゅか」

——やけに慌てているなあ。

と。

顔を上げると、間延びした驢馬《ろば》のようなのんびりした顔が見えた。

顔はのんびりしているが、目は焦りまくっている。

「い——岩田さん?」

岩田が片足で突っ立っていた。

目の前には女が蹲《うずくま》っている。

ゴルフクラブは死体の上に落ちていた。

「これ、ど、どうなってるの?」

「いや、自分はドアの外にいたんですけど、何か様子が変なので開けてみようとしたんですけども、どうしても開かなくてですね」

及川が尻で押さえていたのである。

考えてみれば施錠はできないのだから幾らでも逃げられたのだ。

「で、更におかしい感じだったので、こうぐいぐい押してた訳ですけども、急に開いたんですよ。そしたらガンッッて感じで衝撃があってですね」

及川が怖じ気づいて移動したので押さえていた扉が開き、ゴルフクラブが扉に当たったのだろう。

「でもって恐ろしいその人が、恐ろしい顔で恐ろしい声を上げて恐ろしく襲いかかって来たので、この」

岩田は松葉杖を見せた。

真ん中からくにゃりと曲がっている。

「反射的に杖で受けてですね、思わず受けただけなんですけど。でもって私は叩いてしまいました。大丈夫でしょうかその人。せ、せ、正当防衛でしょうか」

「いや、多分死んでないよ」

女は痛い痛いと言っている。

「俺も死んでないですよ」

それよりも。

「その人が犯人ですよ」
及川がそう言うと、岩田はうひゃあそうでしたかそれは吃驚《びっくり》ですねと言った。
この期に及んで気付かないというのは、及川と同じくらいアホなのかこの人。
どうしたんですかあ、という似田貝の声がした。
声が間抜けだ。
あっちも——同程度のアホだと及川は思った。

陸

御意《ごい》見番《けんばん》、小童《こわらわ》を検分《けんぶん》す

レオ☆若葉は緊張していた。

もう『怪』関係の仕事はかなり長くやらせて貰《もら》っている。量こそ少ないのだが、つき合いだけは長い。いや、レオの場合『怪』以外の仕事というのはほとんどない訳だから、ライターとしてはもう『怪』一本槍《いっぽんやり》みたいなものである。

にも拘《かかわ》らず。

実は。

レオは、角川書店の本社の中に入ったことがないのであった。

いや、本社前までは何度も行ったことがある。でも前止まりだ。しかも土日で、扉も開かずシャッターさえ下りているというような、そんな状況ばかりである。

まあ、待ち合わせである。

いや、待ち合わせだけならどこでだってできるのである。別に議事堂前でも迎賓館《げいひんかん》前でも待ち合わせる分には構わない訳で、立ち入り禁止区域以外なら、いずこであろうと待ち合わせることが可能なのである。それは犬でもできることだ。

角川書店の前で待ち合わせたからといって角川書店の関係者であるという証《あかし》にはならない。それ以前に、待ち合わせというのは目的地か、または目的地に行き易い場所でするものではないのか。そうでなくても、例えばそれぞれの家の中間地点とか、ターミナル駅とか、目立つ目印がある処《ところ》とか、そういう場所でするもんなのではないのか待ち合わせというのは。

ここは、目的地でも目的地に行き易い場所でもないのだ。中間地点でも駅でもないし目立ちもしない。

単に版元だ——というだけである。

たとえレオの住《す》み処《か》から直接行った方がうーんと近い場所が目的地であったとしても、レオは角川前まで来いと命令される。目的地がレオの家の隣でも待ち合わせは会社の前なのだ。

要するに何もかも編集さんの都合なのであり、鰡《とど》の詰まりは待ち合わせですらないということである。

呼び出しである。

呼び付けられているだけだ。

そんな具合だから、レオは社屋に入ったことがないのであった。ガラス扉ごしにケロロ的なものなんかを覗《のぞ》くだけである。これではまるで文無しのウインドウショッピングである。見るだけで店に入れないのだ。編プロの新人だって編集のアルバイトだって普通に平気で出入りしているというのに——である。江戸所払いの罪人だって、もしかしたらこっそり江戸に戻っているのだろうに。

レオは無茶苦茶待遇が悪いのだ。

もう位が低くて低くて最下層である。

それもこれも自業自得ではあるのだが。レオは別に本社に入らなくてもできるような仕事しかしていないのであるし。させて貰えないというか、それしかできないというか。

不真面目にしている訳ではないのだが、根が巫山戯《ふざけ》た人間なのである。

――それでもなあ。

以前、社屋の前に突っ立って約束の時間から彼《か》れ此《こ》れ一時間以上も只管《ひたすら》惚《ほう》けて待ち続け、こりゃ時間を間違えたかしら遅れちゃって置いていかれたのかしらと思い始めたあたりで、中から編集長と村上と梅沢がゲラゲラ笑いながら出て来たことがあった。どうせ菓子喰《く》って茶を飲んで馬鹿話をしていたのに違いない。編集長は大抵おっかないのであるが、何故か妖怪推進委員会の連中と一緒の時だけは、小学生のように笑っていることが多いのである。

馬鹿モードが発動しているのである。

三人はまるでレオに気付かず、歯牙《しが》にもかけず、笑いながらレオの前を通り過ぎようとしたので慌てて引き止めた。引き止めたのに訝《いぶか》しがられ、やがてたっぷり間を空けてから、いたのかレオと言われたのだった。

いたのかって。

梅沢なんかは、何してるんだよと言った。

いや、だから。

喚《よ》んだっけ、と編集長は言った。

喚んだよ喚んだよまるでターザンか何かみたいに大声で思いっ切り呼ばわったじゃないかよ電話だったけど。でもってそう言うとまた三人は笑った。レオの存在はほぼ無視である。まるごと馬鹿モードに突入していたに違いない。

レオなんか馬鹿モードしかないような人間なのだから、混ぜてくれたっていいじゃないか。

――菓子くらいくれよな。

レオは、仕事どころか馬鹿の集まりにもあまり喚んで貰えないのである。馬鹿なのに。

こりゃもう差別だと思わないでもないが、まあそんなことは口が裂けても言えない。もし口が裂けたら鎌持って編集長に復讐《ふくしゅう》するつもりだ。鼈甲飴《べっこうあめ》見せられたら逃げるしかないが。

いや、何であれ、レオに実力がないのが悪いのだ。だから逆恨みなのだきっと。

でも。

今日は、入れる。

今日は角川書店に入れるのである。

いや、だから何だという話なのだが、レオにとっては一大事なのである。人生ステージワンランクアップである。有名校補欠合格みたいな心境である。強豪チーム全員病気で不戦勝甲子園出場決定みたいなものである。まるで能《よ》く解らないが、そういう感じなのだ。

もう、一世一代の晴れ舞台である。

どれだけ低いんだ自分の舞台――とは思うが。

深呼吸をする。

身嗜《みだしな》みを整える——フリをする。

どれだけ整えようとしたって整うような身形《みなり》ではないので、これはもうフリというより儀礼とか呪術《じゅじゅつ》のようなものだ。

ガラスにはレオの間抜けな顔が映っている。これは多分中から見たら大変にアホっぽい仕草なんだろうということに思い至って、こりゃマズい何とか誤魔化《ごまか》さなくっちゃとあたふたしたその時、

「レオさん」

と声を掛けられた。

「どわ」

「どわじゃないですね。何をされているのか解らないんですけども——」

「は」

「大変申し訳ないんですが、ここですと出入りの邪魔になっちゃうんですよ」

振り返ると岡田が立っていた。

関係者の中でレオをレオさん、と呼ぶのは岡田だけである。後は呼び捨てか呼ばないか、さもなければバカ呼ばわりである。バカは名前じゃないのだが。

「いや、そのでありますね」

——もしかして。

僕を迎えに出てくれた訳ですか岡田さんと問うと違いますと瞬殺された。

「違うんですかそうですか」

岡田は笑っているのか小馬鹿にしているのか判然としない、それでいて爽《さわ》やかっぽい表情になってどうぞと言った。

「あ。それでも導き入れてくれるんですね。ミチビキソーセージってなぐわいですか。入社しちゃっていいんですね」

「入館、ですね。社員にはしません」

最初の一ぃぃっ歩って言いましたよと明るく言ってレオはついに――。

踏み込んだ。

「いやあ感激。感動。感無量。ヒデキのように感激してジュンイチロウのように感動しましたよ」

感無量に相当する人物はいないんですねと岡田はやはり機嫌がいいのか小馬鹿にしているのか判らないような口調で、ただ爽やかっぽさだけは維持して言った。

「ところでレオさんは、何に対して――感無量なんでしょう？」

「ですから角川書店の建物内に入ったことですね。そりゃ岡田さんなんかはもう出たり入ったり当たり前のことだと思いますけど、ボクは初物ですよ。初ガツオですよ。初ワカメ初サザエ初タラちゃんですよ。何たって入れませんでしたよ僕は今まで」

初めて入ったんですかと、岡田は驚いたように言った。

「それは社屋が引っ越ししてから——ということですよね？」

「何を仰《おっしゃ》いマストドン。ボクは旧社屋にだって入ったことはナイジェリア。ずっと外で辛抱ですよ。もう、緊張して一番いい靴下穿《は》いて来ちゃいましたよ」

「靴下ですか？」

「絹《きぬ》じゃないですけど一張羅です。下ろし立てで臭くないです。ボクは靴下臭くない人です」

「いや、靴脱ぐシチュエーションはないと思いますけども」

そういう問題じゃないですとレオは胸を張った。

「靴下以外に新調できなかったんです」

あはは、と岡田は短く笑った。

岡田は、ひょろりと細くて長くて色も白い。皮膚も薄そうだし髪の毛も細そうだ。

妖怪推進委員会の女性が残念なイケメンと評していたし——まあ、どの辺が残念なのか、その辺りは理解できないんだけれども、いい男の部類なのだろう。

品は良い。そして健全だ。爽やかで、何より普通だ。

そんなだから、レオの頭の悪そうな冗談が通じているのか怪しい。

通じていたとしたって、多分小馬鹿にはしているんだろうとレオは半ば確信している。

あはは、が、アホかに聞こえないでもない。穿《うが》った捉《とら》え方かもしれないが、まあ人間これだけ長く蔑《さげす》まれ続けていれば、多少穿ってたくらいで丁度良いのだ。

「申し訳ありませんが受付で入館手続きをして貰えますか。今、厳しくなってるんです」

岡田は事務的に言った。事務的でもいいのだ。

「受付！　つまり、受け付けてくださる訳ですね僕であっても、なんぼでもします。手続きしただけで入れるなら本籍でも趣味でも病歴でも何でも書きますです。それに角川の受付嬢は可愛いと聞きましたよ。セクハラ臭い言い方ですけど聞いたんだという事実を表明しているだけなのであって」

「ええと、早くしてください」

冷たい。

というか受付の女子が笑っている。レオはこういう場合は開き直ることで切り抜けることにしているから、わざとドヤ顔を作って手続きを済ませた。

「これで入っていいんですね？　パスですね。トスパストスパスアタックナンバーワンってな感じで社内を闊歩《かっぽ》できますね？」

それはサインはVだという突っ込みは、当然の如くない。

「まあ、いいんですけど――」

いいんだ。岡田は不審そうにレオの方を見ている。

「けど、けど何ですか岡田さん。もしかするとボクはいまだに江戸所払いですか？　それとも一見《いちげん》さんは上の階には行けませんか？」

そうじゃないですけどこっちに来てくださいと言って岡田は受付の前からレオを引っ張ってフロアの端に移動した。まあ、あそこで軽口を叩《たた》き続けるのは軽い業務妨害だろう。

「ええとですね、今日はその」

「そうです。そうなんです岡田さん。今日、ボクは喚び出されたのではなく、皆さんを召喚したんですよ。謂《い》わば主催者。マスター。中心人物です」

これは——本当である。

それは承知してますと岡田は言った。

「今日は主役ですね僕が」

「いや、主役はレオさんではなく、その——」

じろじろと見回す。

「例の、その」

「はははははははは」

「狂ったんですか？」

「狂ってません。多少イカレぽん酢の傾向はあると思いますけども、きわめて正常です。成城学園前駅《せいじょうがくえんまええき》自動改札右から二番目ってなくらいにまともです」

「しかしですね、レオさん。見たところお一人ですよね。その、レオさん一人だと——その」

うひひひ。

レオは内心で北叟笑《ほくそえ》んだ。

岡田には判るまい。いいや、これぱっかりは誰にも判りはしないだろう。言いたい。早くバラしてしまいたい。自慢したい。吹聴《ふいちょう》したい。しかしまあ、ここが我慢のしどころである。

大丈夫なんですとだけ言った。

「大丈夫――なんですか？　大丈夫とは思えないんですけど。そもそも今回はそちらがメインですよね。ええと、あまり言いたくないんですけども、その」

「皆まで言わないでいいですね。手抜かりがあったら怒られるのは岡田さんなんでしょ？　例えばボクがあれを連れて来なかったとか、逃がしちゃったとか、みんな嘘だったとか――」

そういうこっちゃないんでありますとレオは言った。

「今、ドキッとしましたね岡田さん？」

ドキッとしますねえと岡田は半笑いになった。

「まあ、その、怒られますね。いや、怒られるというか、その前に私の神経が保《も》ちません」

「怒るのって編集長ですか？」

「編集長は――もう怒りません。既に怒られましたから」

「既に！」

「ええ。あんなレオみたいな奴の口車に乗って――ああ、これは郡司さんの言ったことですから気にしないでくださいね。あんなレオみたいな馬鹿の口車に乗って」

馬鹿の部分が増えている。

「こんな馬鹿なことして、どうなったって知らないからな――と言われましたね。レオは及川以上に馬鹿なんだから、嘘か勘違いか間違いか法螺《ほら》か騙《だま》しに決まってるだろうと」

「あらら」

まあ。

「普段のボクだと嘘か勘違いか間違いか法螺か騙しであるかもしれませんけど、今回に限っては嘘でも勘違いでも間違いでも法螺でも騙しでもありませんね。そういうのは及川さんに任せます。専任です」

及川は今日はいませんと岡田は言った。

「さっき連絡があって、殺人事件に巻き込まれたそうです」

「さ、殺人？」

「ええ」

「殺しましたか？」

「殺しませんね」

「じゃあ殺された？」

「殺されたら連絡して来られません。殺されかけたようですが。京極さんと出先で受け渡しか何かがあったようなんですが、接触できていないというし、いずれにしても事情聴取なんかがあって出社は無理だというので、今諸々《もろもろ》を手配して来たところです」

「死にましたか及川さんわ」

「いやだから死んでません。来てないだけです。というか及川さんは最初から同席できないでしょう」

「あ」

そうだ忘れていた。及川は色々と顔向けできない人がいるのだ。

「代わりと言っては何ですが、梅沢さんに来て貰いました。梅沢さんも馬鹿馬鹿しいと言ってましたけど」

「あの人はおっきいくせに疑《うたぐ》り深いんですよう。他人を信用してないですよ。信用金庫や針葉樹を見習った方がいいですよ」

「まあ村上さんも同じこと言ってるから信用しないこともないけどね、と言ってましたよ。つまり村上さんのことは信用してるんですね」

レオが信用されてないだけか。

「まあ信用するしないという以前に、あり得ないというか荒唐無稽《こうとうむけい》な話ですからね。本当なら大変なことですけど、そうでない可能性の方が大きいというか、常識的には信じないだろうというか――そういう話ですからね。ですから無理を承知で、かなり無理矢理にあの方をお喚びした訳ですね、私は。何でそんなのに自分が呼ばれなきゃいけないの――と、相当訝しんでいらっしゃいましたけど。そういう訳で、いま、梅沢さんと郡司と伊知地《いちぢ》と三人で座持ちしてる状態なんです」

「座持ち？」

「早くお着きになったんです」

「え！」

じゃあ、待たせているのか。

レオが。あのお方を。

「まっ、まっ、待っていらっしゃる訳ですか？　既にして今や現在もう？　なう？」

「ええ。ご存じでしょうけど、相当お忙しい方なんですね。昨日までカスピ海かなんかにいらしてですね、昨夜遅くに帰国されて、今日も午前中に対談があって、これからテレビ番組の収録があって、明日の早朝も生放送に出られることになっていて、そのまま地方の講演会に移動されるらしいです。で、その隙間を縫って」

「はあ――」

レオの一年分の仕事より多いかもしれない。

「わざわざいらしてくださったんです。レオさんのために。わざわざ」

「強調してますよ岡田さん。わざわざですよ。わざあり一本ですよ。だからボクも礼を尽くして靴下新調モードですよ。いつもより冗談比率下げてます。当社比六十パーセントです」

できればもっと比率を下げてくださいと岡田は真顔で言った。

「何かあったら私はただでは済みません」

当然、レオもただでは済まないだろう。

「再度確認しますが、その――」

人間でない子供はいるんですかと岡田は尋《き》いた。

「レオさんにだけ見えるとか、今日はいないとか、そういうことでは」

ないですとレオは言った。

「ないというのはですね、いないという意味ではなくて、そういうことはない、という意味ですよ？　やっぱしないのかとか勘違いして心臓麻痺《しんぞうまひ》で死なないでくださいよ岡田さん。ちゃあんとお目にかけます。というか、わざわざ検分して戴《いただ》くために今日の日がある訳ですから連れて来ない訳がナイナイ音頭ですよ。ボクはこんなに馬鹿ですが、ペテン師でも電波人間タックルでもないです」

岡田は、暫《しばら》くの間大きめの眼を見開いてレオの顔を見ていたが、やがて信じましょうと言って、すたすた歩き出した。

「こっちです」

「ど、何処に行きますか？　会議室ですか？　それとも倉庫？」

「応接室です」

「お、応接して戴けますかボクを」

「いいえ。だから既に応接してるんですって」

「ああ――そ、そ」

そうなのだ。

レオが相談を持ちかけたのは他ならぬ――。

荒俣宏先生その人なのであった。

「ホントに来てくださったんですねぇ荒俣さん。いやあ感激ですよ。ヒデキですよ。感動ですよ」

「ジュンイチロウですか。それより、どうして荒俣さんなんですか？」

「だって、京極さんだと見る前にそんなものはいないとか言われちゃうでしょ。物凄《ものすご》い無下に却下しますよあの人。冷酷ですよ。水木大《おお》先生だと、ご尊顔を拝しただけでボクがビビってしまいますよ。失禁しちゃいますよ。オモラシくんになっちゃいますよう。でもしかし、荒俣さんは、博物学にも幻想文学にも科学にも造詣《ぞうけい》が深いですよ？　造詣の日本海溝ですよ？　造詣の総本山東京造詣大学ですよ。それに優しそうですよ」

「いや、厳しいですよ」

岡田はエレヴェーターのボタンを押した。

「厳しいというと？」

「そういうものを見極める目が厳しい、という意味ですね。荒俣さんは、テレビなんかだと結構大らかな感じに見えますけど、あれは番組を盛り上げるためになさっているだけで、実際その手のものに関する鑑定眼はかなりシビアですからね。インチキはすぐに見破られますよ」

「い、いんきちじゃないですから、へ、平気です」

「ホントに大丈夫ですね？」

「だ、だいじょうぶマイフレンドです」

でも。威《おど》かされると不安になる。

不安になるが、真実なのだから仕方がない。

仕方がないが、万が一ということはある。

多少、胸騒ぎはする。

レオはうろ覚えなのだが、可愛がっていた鳥をうっかり呑《の》み込んでしまい、尻《しり》から鳥の声が聞こえるようになってしまった爺《じじい》が出てくる、鳥呑み爺という昔話があったと思う。

爺《じい》さんの尻から漏れる妙《たえ》なる音色は国中で大評判になり、やがてお城に喚《よ》ばれ、爺さんは殿様の前で鳥の声を出して、たんまりと褒美を貰うのだ。

爺、ウハウハである。

それを羨《うらや》んだ隣の爺、真似してどっかで引っ捕まえた鳥を無理矢理に呑み、まあこちらも同じようにぴーひゃら音がするようになって、同じように評判になり、同じようにお城に喚ばれるのであるが、いざ殿様の前に出ると――。

鳥はぴたりと鳴くのを止《や》めてしまうのではなかったか。

それ鳴け早《はよ》う鳴けと爺は気張るけれどもうんともすんとも鳴らないのではなかったか。

隣の爺、青くなって白くなって鳴け鳴けと腹を叩き、ウンウンと気張ると、尻からはぶうぶうと汚らしい屁《へ》が漏れるのではなかったか。

爺、終わた――である。

殿様に臭い屁を嗅《か》がせてしまってはもうお終《しま》いだろう。取り返しがつかないというのはこのことである。何たって、オケツは殿様に向いているのだ。これで嗅ぐなというのは無理な相談である。そして隣の爺は、お手討ちにされてしまうのではなかったか。

――怖《こえ》ええ。

ぺたぺたと映画やアニメや新刊のポスターが貼り捲《まく》られたエレヴェーターの中で、レオは少し震えた。

いや。

実際にレオは見ているし触っているし会話までしているのだから、あれは夢でも幻でも何でもない――はずだ。

いやいや。

何もかもがレオの接続の悪い脳髄が見せた幻覚である可能性はないのか。

ならばレオはお手討ちだ。多分岡田もお手討ちだ。二人並んで三尺高い処に首が晒《さら》されてしまうのだ。荒俣さんを喚び付けておいて何にもナシじゃあ話にならない。言い訳も何もできやしない。『ドグラ・マグラ』のアンポンタン・ポカン君宜《よろ》しく脳髄を取り外してえいやッとばかりに地べたに叩き付け、踏み躙《にじ》って失神でもするしかあるまい。

それでも手討ちにはなろう。

いやいやいや。

あれを見ているのはレオだけではない。村上だって見ているのだ。だから平気だきっと平気だ。平気の国から平気を広めに来た平気ちゃんだ。でも。

どきどきする。

そこで、エレヴェーターの扉が開いた。

「真っすぐ行って突き当たり左です」

岡田が降りる。

レオは右手と右足が同時に出ている。マンガでもこんなオーソドックスな緊張の仕方はしないだろう。超緊張しているのだ。まあ、角川書店に入ったというだけでもう昂揚《こうよう》しているのだし。荒俣宏さんに会うというだけでも失神しそうなのだし。でもって——。

——アレだから。

もう脳死寸前である。

「え、え」

「何ですか?」

「え。ええ。ええと、その、荒俣先生様のご機嫌はですね、わ、わ、悪くっていらっしゃるのでしょうかしらん」

「ご機嫌が悪かったらこんな喚び出しに応じられないと思うんですけどね」

「じゃあ良い!」

「悪くなるかもしれません」

レオさん次第ですと岡田は言って、何だか高級そうな扉を開けた。

こここここのななななな中に。

ああああああ荒俣さんがががが。

「何フリーズしてるんですか。入ってください」

「はははははい」

入るなり遅いよという梅沢の声が聞こえた。

「すんませんね、このレオは馬鹿なんですよ」

「ば、ばかですけども」

「レオって本名?」

テレビで聞き覚えのある声——。

顔を上げると、立派な椅子に、あの荒俣宏が優雅に座っていた。

幾分小振りに見えた。

レオの印象では、荒俣宏はでっかい。テレビで観てもでっかい。妖怪会議で見ても、でっかい。まあ京極も多田も上背はないし、水木大先生は別格なので、ひと際目立つだけなのかもしれないけれど。

で。

印象的な、あの眼鏡もかけていなかった。

そういえばレーシックをしたとブログに書いてあったっけ。

「ああ、あの、れれれレオ☆若葉であります」

む——と、荒俣は口を尖《とが》らせた。

「それは、ばかわおれ、のアナグラムなの? アナグラムというより逆さに読んだだけだね」

「ば、ば、バカであります」

一発で見抜かれた。

残念ながらこいつは『ジャングル大帝』じゃねえんですよと、どこか時代劇の農民っぽい口調で梅沢が言った。

「そんなに凜々《りり》しくは見えないもんなあ」

すいませんねえどうもと郡司が低い声で荒俣に謝り、それから編集長はじろりとレオを睨《にら》み付けた。

「この忙しいのにさ」

「す、すいませんですすいませんから禁煙です」

「あ?」

「い、いえ、その」

「村上さんがさ、本当だと言うからね、レオの話にも耳を傾けたんですよ。でもレオ、説明できないだろ」

馬鹿ですからねえと梅沢が続ける。

「ホントすいません荒俣さん。こいつ馬鹿なもんで」

「いや、でも聞き捨てならない話ではあるよね。村上君も見聞きしてるというなら」

やっぱり村上なのだ、信用する基準は。

梅沢も郡司も荒俣さえも、そこら辺の基準は一緒なのだ。

「そういえば村上さんどうしたんだ?」

郡司が眼を細めて岡田を睨《ね》めつけた。

「今日はいません」

「いないの？　だってこんなレオより村上健司の方がずっと説明が上手《うま》いじゃん。何で喚ばないの？」

村上さんは今和歌山《わかやま》ですねと岡田は答えた。

「取材です。行かせたのは郡司さんです」

「そうだっけ」

「そうすね」

梅沢が笑った。大昔の海賊のお頭《かしら》みたいだ。

「これじゃあ間に合わねえから今週中に行けって言いましたね郡司さんが。俺も同行したかったんすけど、図録の校了があるもんで。今朝一人で行きましたね」

「そうか」

じゃあ仕方がないと郡司は口許《くちもと》だけで笑った。

「早く説明しなさいよ」

「ぼ、ぼ、ボクでありますか」

「他にいないだろ。まあいいや。さっきも説明しましたけども、今回、『怪』の取材で村上さんとこのレオハバカが長野に取材行ったんですね。あれは何処？」

「し、信州であります。味噌《みそ》とか蕎麦《そば》が」

「長野は何処《どこ》も信州だろうよ」

「は、廃村です」

「だから何処の廃村だか尋いてるんだって」

「や、山」

ほら駄目でしょうと郡司が問うと、荒俣も駄目だねえと言った。

「だ、駄目でありますか。ではう、打ち首？」

「いいから。まあ——明治時代にはもう廃村になってたって処なんだろ？」

「そ、そうです。でもって、そこでオウムを」

「真理教？」

「そ、そっちじゃないです。ええと暴れん坊飼い主の江戸時代から輸入されてたその、ワシントン条約もなくて」

「鳥の鸚鵡《おうむ》？」

「その石ヴァージョンです」

解らないよと荒俣は眉根《まゆね》を寄せた。

「レオ君は相当に説明が下手？」

「馬鹿ですからねえ」

梅沢と郡司が声を揃えて言った。岡田を盗み見ると苦笑するというより悲しそうな顔になっていた。世を儚《はかな》んでいる。

「ライターなんだろ？」

「特殊ライターであります。ええと、その、その石の前に立ってなんか喋ると、おんなじことを喋り返すというミラクルな石が長野県にはいっぱいありまして」

鸚鵡石かと荒俣は素っ気なく言った。

「そうならそうと言いなさいよ」

「オウム石をご存じですか。流石《さすが》は博覧強記。万国博覧強記会会長。こんにちはこんにちは世界の国からってなぐわいで」

「先を言いなさいよ」

「すいません。つい調子に乗ってしまうのが、ボクの悪い癖」

お前に悪くねえ癖はねえと梅沢が言う。

「全部が悪いじゃねえかよ」

「えー。良いところはめげないとこですよう。体弱いけど打たれ強いですし、頭弱いけど我慢強いです。でもって古記録を辿《たど》って、まるでインディアナ・ジョーンズのようにですね、失われたオウムストーンを探したんですボク達は。でもって誰も行かないような深山幽谷的な場所にですね、村上さんってば、見付けてしまったんですね、オウムストーンをば。でもって撮影せんとや駆け降りて——ああ、石というか岩なんですが、渓谷の斜面的なところにある訳であります」

レオは思い出す。

「かなり急斜面にですね、こうにょっきり」

それはやっぱり鳥の形をしているの、と荒俣が問うた。

「はいはい。もう今飛び立たんというかのように、もうまさにバードであります。ラルゲユウスかリトラリアかってなぐわいであります。いや、まあ岩なんですが、もうインコというかオウムというか」

解った解ったと荒俣が止めた。

「それで」

「はあ。あの、その岩の前に行きましたらですね、これが吃驚《びっくり》。伝説通りにですね、ボクと村上さんの喋ったことをですね、繰り返す訳です」

誰が、と郡司が尋いた。

「いや、ですから岩が」

「嘘だな」

「う、嘘なんか言わんですよ。もうイワンのバカですよ。何もかも真実ですって。で、実際はですね、口を利いていたのは岩ではなかったのでありますが」

嘘じゃねえかと梅沢が言う。

「いや、最後まで聞いてくださいよう。その岩のですね、裏ッ側に祠《ほこら》がありまして。こんな小さな祠でありますね。ミニです。そこの前にですね、小学校低学年くらいの幼女が立ってた訳でありまして」

「迷子だな」

「迷子りませんよ。迷子れないです」

日本語がおかしいですと岡田が指摘した。

「能《よ》く言われます。あのですね、山の中なんです。道ないんです。カムイ外伝の上を行ってます。獣もォ通らないィケモノ通らず道ィ、です。しかも麓《ふもと》からやたらに遠くて険しいのであります」

ボクは死ぬかと思いましたとレオが言うと、それはお前が軟弱なんだよと梅沢が言った。

「村上さんは平気だったんだろ？」

「能く判りますね。平気そうでした。しかし、しかしでありります。そんな大人の足でも何時間もかかるような、用もない険しい明治前の廃村に、そんな年端もいかない幼《いたいけ》気な子供さんがどうして迷い込みますか。迷えないですよ実際。麓だって道路はありますけど村なんかないです。登り口にだって車でないと行けませんよ。どこから迷い出ますか？　万が一迷ったとしてですね、山登って行きますか子供。道路歩きましょうよそういう時は。あんな道もないとこに入って行ったらですね、廃村に着く前に餓死です」

「捨てられたということじゃないの？」

荒俣が冷静に言った。

「誰かが連れて行って、置き去りにしたとか。捨て子というより、その状況ならもう捨てるというか殺人に近いね。保護責任者遺棄致死。いや、谷の途中にいたというなら、突き落としたのかもしれないし」

「はあ。しかしですね、その子は怪我もなくって元気でしたね。衰弱知らず」

「置き去りにされた直後だったかもしれないぞ？」

「それなら置き去った人と僕らが行き合ってないと都合悪いですね？　道は、まあ道じゃないですが、一本しかないですよ。僕らが登った道を、置き去り野郎が下りてくるはずですね。反対側に出ようとすればもう登山ですよ」

　そうなるネと荒俣は言った。

「そうすると、その子はそこで暫く生存していた、ということなの？」

「生存――してるんですかね？」

「こっちが尋いてるんだよ」

「いやそれがですね――」

　いきなり登場した子供を見て、レオも村上も大いに慌《あわ》てたのだった。人間がいるはずのない場所で誰かに出会えば、それは驚く。しかも場違いな子供である。

　その子は、絣《かすり》の着物にちゃんちゃんこというか袖無《そでな》しを着ていて、しかも裸足《はだし》だった。かなり時代錯誤な恰好《かっこう》ではあるけれど、汚れていた訳ではない。古めかしい生地ではあったのだが、泥も土も付いていない。おかっぱ頭で色白だった。お菊人形というより、ちびまる子ちゃんとワカメちゃんの中間くらいの髪形である。いずれにしても日曜日の夕方だと言うと村上に叱られたのだった。

　と――。

「そのですね、連れてって、と言うんですのよ」

「その子が？」

「その子以外には村上さんしかいないですよ。ボクわ村上さんを尊敬してますが、どっか連れて行きたくはないですよ」

「というかさ」

郡司が如何《いか》にも悪人っぽい顔を向けた。

「普通連れて帰るだろ。置いて行ったらお前らが人殺しだよ」

「いや、村上さんもそう言ってました。でも。でもですね、問題はそこなんです。その時、もう女の子はいなくなっていたんです！」

「は？」

「逃げた？」

「お前が突き落としたのか？」

「いや、そうじゃないですって。そうではないのであります。消えてしまったのです」

「やっぱり嘘か」

「いや、そうではなくて。姿は消えたのに、声がするんですよう。声だけ。連れてって、連れてって——と」

「まだ嘘を重ねるのかよ」

「連載切るぞ！」

「頼みますよう。最後まで聞いてくださいよう」

最後まで聞こうヨと荒俣が言ってくれた。涙が出る程嬉《うれ》しい言葉である。

「声はすれども姿は見えず、ほんにお前はオナラぷーですよ。で、岩の後ろに回ったんじゃないかとか滑って落っこっちゃったんじゃないかとか、ボクと村上さんはもう必死でその辺捜したです。でもいないのですよ何処にも。天に昇ったか地に潜ったか、雲か霞《かすみ》か透明人間かってな具合です。インビジブルです。ボクはもう、これはお化けだから帰ろうと」

「おい」

「いや、帰りませんでした。帰りませんでしたが、それってお化けじゃないですか。怪異ですよ。怪談ですよ。超怖いですよ。耳も新しいってなもんじゃないですか。これはもう怪じゃなくて幽、もっと言うならムーの世界ですよ。でも、声がするんだからいるだろよと言うんですよ、村上さんが」

そらいるだろよと梅沢が言った。

「ええ。いたんです。結論から言いますと、声は祠の中から聞こえてました」

「その祠？　それは小さいのじゃなかった？」

「はいはい。流石は荒俣先生。良いところに気が付かれました。これが、その祠の写真であります」

村上が撮ったものをプリントしておいたのだ。

貧乏なのでプリンターから出力しただけだが。

レオは祠の写真を岡田に渡した。

荒俣に直接渡すのは畏《おそ》れ多い気がしたのである。岡田は一度確認するように写真を見て、荒俣に渡した。郡司が覗き込む。梅沢だけはその写真を既に見ているはずである。

「小さいネ」

「まあ鼠くらいしか入れませんね」

「猫も無理って感じだねえ」

「無理であります。比較するために二枚目には僕が写ってますから大きさの参考にしてくださいよ。僕はその昔ならピースとかハイライトの箱であります」

郡司が写真とレオを見比べてこんなもんかと手で示した。

「ええ、そんなもんです。鳥の巣箱的なものであります。で、声はその中から聞こえていたのであります」

「何かトリックでも？」

「いや、トリック的な話なら、京極さんとかに相談しますね。あの人の小説もトリックないですが、不思議なこともないでしょ。後ろに穴があったとかテープレコーダーがあったとか、そういう身も蓋《ふた》もない話の場合は京極さんですよ」

京極さんが身も蓋もない人だというのは認めるよと編集長は言った。

「まあレオなんかの中身のない話は一刀両断にされるだろうな。いや、反対に馬鹿過ぎて喜ぶ可能性はあるかな」

京極さん好みじゃないでしょうと梅沢が言う。

「もっと馬鹿が行き切ってねえとさ。祠の前で糞垂《くそた》れたとか捜してる途中で崖《がけ》から転げ落ちて死にかけたとかよ」

「ボクとしてもそういう方面に話題を持って行きたいのは山々なんですけども今回だけは違うんです。これはだって——」

不思議な話なんですからと言うと、荒俣はそれは面白そうだねえと言った。

「ほら。優しいじゃないですか荒俣先生様。そうなんですよ、何てったって正真正銘摩訶《まか》不思議ですからねい」

「いや、そうは言うけどレオ」

郡司は頰の筋肉を弛緩《しかん》させている。もう蔑みモードに切り替わっているのだ。

「トリックがないと言ってもさ、多分見落としだと思うよ。京極さんじゃないけど、然《そ》う然《そ》う不思議なことなんかないからさ。伝令管《でんれいかん》みたいなのがあったとかさ。そういう仕掛けじゃなくたって、腐って穴が開いてたとか、何かその」

「開けてみました」

三枚目をご覧くださいとレオは言った。

「何かプレゼンテーションしてるみたいですよこのボクが。バブル期の広告代理店みたいですよ？　やればできるんじゃないですかボクも？　そう思いませんか編集長」

「思わないよ。早く結論言えよ。荒俣さんは時間がないんだからさ」

「あのですね」

祠の中には、玄《くろ》くてすべすべした、小さな石が一つ入っていた。握ると掌《てのひら》に丁度隠れるくらいの大きさの石であった。

「ご神体——かな？」

「さあ。神様かどうか知りませんけど、その石から声が聞こえていたです」

「錯覚じゃないの？」

「あくまで疑いますね編集長。まあいいのです。村上さんもそう言いました」

「なら錯覚だ」

「というより、そのあたりで段々と陽が翳《かげ》って来た訳でありますよ。捜してるうちに日暮れになっちゃうとですね、ボクらが遭難してしまう虞《おそ》れがあると、まあ大先輩ライターはそう言う訳です」

この男もライターなのねと荒俣が郡司に問うた。

「そう——なんですけど」

「だって、ライターならもう少し上手に説明できるでしょう。文章を書くんだから。それとも文はいいけど喋るのが苦手なの？」

文もこんなですと梅沢が言う。

「馬鹿なんです」

「うーん。馬鹿を使うのはどうなんだ？」

「もう使いません」

「ままま、待ってくださいって。説明がし難《にく》いんですから。でもって、まあ、下山途中で夜になっちゃうとヤバいと村上先輩が言うので、取《と》り敢《あ》えずですね、携帯電話の電波が届く処まで下りて、それで警察かなんかに電話しようということになったんですよう。これって薄情でありますか？」

　順当な判断だと思うよと郡司が言った。

「まあそうですよね。で、まあ急いだ方がいいと村上さんタッタカタッタカ行っちゃう訳です」

「子供が心配だしな。自分の心配もあるし。当然急ぐだろ」

「ええ。まあ八甲田山《はっこうださん》的なことになっちゃうと、ボクのような繊細チックな人間はイチコロですから、それはいいんですけども」

　でも。

「まあその、石がですね」

「石って——鸚鵡石か？」

「違います。その写真のご神体の石ですよ。その石が連れてって連れてって言うもんだから」

「おいこら。だからそれは——」

「いや、可哀想じゃないですか。だからボクってものはですね、村上さんが先に行っちゃったのをいいことに、その石をばですね」

そっと。

泥棒したのかと梅沢が大声で言った。

「盗んだのかコラ」

「ちちち違いますよ人聞きの悪い。連れてってと言うんですもの。石が。ですから」

「盗んだんだろ」

「連れてったんですよ。ポッケに忍ばせて。そんな石持って行ったって女の子がどうにかなるもんじゃないでげしょうに。普通そう思いますよ。思いませんか？　思うでしょう。思ったんでげすよ」

「ご神体持って来るってのはどうなんだよ」

「誰もお参りしませんよ。もう百年以上放置ですよ」

「そうなんだろうけどさ――」

先を聞こうと荒俣が言った。

「まだ先があるんだろ？　ここまで付き合ってオチがないとは言わせないよ」

「へいへい。そこいら辺は任せてくだぎつね。でもってですね、ボクらはこう、トットコトットコ、ハムスターのように山を下った訳ですが、これが中々電波が来ないんでやんすよ。暗くなってくるし。お腹も減るし。電波ないしの三重苦です。次は四十てな具合です。で、結局下山してしまったんですねえ。下にレンタカー停めていたんで、それで、まあ乗ってですね、一番近い道の駅的なとこまで行ったんです。女の子のことがあるんで」

そりゃ緊急だよと郡司が言う。

「もう夜間近ですからね、心配で心配で心肺停止するくらい心配したです。二人とも。でもって、何かそれっぽいところに着いて、で、村上さんが事務所かなんかに行ってってですね、ボクはといえば喉《のど》が渇いたので缶ジュースをば買ってってですね。缶コーヒーだったかしら」

どっちでもいい馬鹿と梅沢が言う。

「牛乳ではなかったです。で、こう座って、でもってポッケの石を思い出しまして。で、喉を潤しつつですね、石を出したですよ。そうしたらそこに村上さんが戻って来て——」

わあああああああっ。

レオは大声を出した。

全員が吃驚して僅《わず》かばかり飛び上がった。

「な、何だよバカッ」

「再現です。ホントはもっと大きな声でした。村上さん鼻からぶはーっと息を噴き出して、鼻毛なんかぷるぷるさせて、ボクの横の辺りを指差してですね、眼なんかこう見開いちゃってですね、それで」

——何だよ何でいるんだよ！

「と、まあこう言うんです。で、ふと横を見るとですね、何とまあ、あの女の子が、ちょこなん、と椅子に座っているではあーりませんか！」

「うーん」

「同じ子ですよ。双子が山の上と下にいた訳じゃないですね。そんなトリックは禁止されてると聞きますよ。双子トリックはＮＧですねミステリのばやい」

昔はな、と郡司が言った。

「い、今はいい？」

「いいけど、良くないよ。双子だって普通区別つくから。トリックなんかに使えないだろ」

「区別が！　つきますか！　タッチでも！」

「あれは別に双子でなくても――おいこら」

「やや、しかしこのばやいはそれくらい区別つかなかったのであります。何故ならそれは双子でも三つ子でも六つ子でもなくて、同一人、一人一役トリックだったからであります」

それトリックじゃねえじゃんよと梅沢が言う。

「そうなのであります。小細工ナシ。コドモは一人しかいなかったの怪」

「うーむ」

感心したというよりも呆《あき》れたような空気が部屋に充満した。

「いや、とにかく、だから、もう吃驚ですよ。村上さん、慌てて事務所に取って返して平謝りです。勘違いでしたゴメンチャイですよ。だって捜索願とか出されちゃったら大変じゃないですか。で、まあ色々と尋ねた訳ですよ。女の子に。でもまあ、どうなってるもんか、ほとんどが鸚鵡返しで」

「鸚鵡返し？」

「どうしたの？　どうしたの？　どこにいたの？　どこにいたの？　どうやって来たの？　どうやって来たの？　お名前は？　お名前は？　おしりは？　お」

もういいよと郡司が止めた。

「で？　どうだったんだよ」

「はあ。で、偶《たま》に何か自発的に言うんであります」

「何か？」

「意味の判らないことです。でもって、それよりも何よりも、です。まあジュース飲み終わってですね、ボクがこの、石をばポッケに入れたらば――」

女の子は消えてしまったのだった。

最初から誰もいなかったかのように。

「狂ったな」

郡司は見放すように言った。

「そう思います？」

「狂ってるだろ」

「でも、どこまでホントか知らねえけど、村上さんも似たようなことは言ってるんすよ」

「いや、狂ってる」

「ふっふっふ」

何か笑ってるぞと、悩ましげな表情になった荒俣が郡司に問い掛けた。

「病院を紹介しろという話なの？　春日《かすが》武彦《たけひこ》さんでも紹介しようか？」

　こいつなんかに勿体《もったい》ないですいま殺しますと郡司が言う。

「ふっふっふ」

「岡田さ、なんか武器ないか」

「武器要りませんよ編集長。まあ、ここまでは村上さんも知ってることです。その後、駅で車返して、村上さんとは東京まで一緒でしたけどもね、始終首を傾げてました。で」

　レオは深呼吸をした。

「ここからが本題」

「おい」

「いいやもう。苦情は受け付けません。今までは長かろうが判り難《にく》かろうがマクラです。イントロダクションです。イントロクイズ、ドレミファドン、です」

　レオは。

　ポケットに手を入れた。

「さてお立ち台」

「お立ち会いだろ」

「お立ち会い。ええ、この入館に厳しい角川書店、ボクは一人でやって来ました。受付にもボクしか記入しておりません。そうですね？　一人ですね岡田さん」

　まあ一人ですと岡田は言った。

「でも」

ポケットの中の石を摑《つか》む。

出す。

荒俣宏の、あの著名な、博識な、レオなんかとは位が違い過ぎる世界妖怪協会のご意見番の真ん前に、レオは握ったままのそれを突き出す。

手を開く。

掌の中には石がある。そして。

「あ」

凍った。座が凍り付いた。

白けた訳ではない。滑《すべ》った訳でもない。

「こ、こ、これは」

うっひゃっひゃっひゃっひゃっひゃ。

荒俣さんが。あの、憧《あこが》れの荒俣さんが眼を剝《む》いている。あの悪人面の編集長が口を半開きにしている。あの巨体の梅沢が、オナラ我慢したみたいに固まっている。岡田も、それからお茶を運んで来た女子も、みんなみんな――。

言葉をなくしている。

――貰った。

応接テーブルの上に。

おかっぱの女の子が立っていた。

「お、おい。レオ、レオ君。これはその」

あの荒俣宏が驚いている。たぶんだが。

「出て来るんですわー。石を出すと。で、石を隠すと消えちゃうんですわー」

そうなのだ。

女の子は石を露出させると忽然《こつぜん》と出現し、石を遮蔽《しゃへい》すると消えてしまうのである。

家に帰ったレオは全部忘れて暫《しば》くそのままにしておいたのだが、夜食を喰《く》っている間に思い出してポケットから石を出した際、女の子が現れたので吃驚して腰を抜かして飛び上がって部屋の中を無駄に歩き回り喰いかけのコンビニ弁当を素足で踏んで部屋中をハンバーグとデミグラスソースだらけにしてしまったのである。

「消すこともできますよ。出すこともできますよ。消すことも出すこともホホイのホイ。不思議じゃないですか？　これ不思議じゃあないですか？　不思議でしょ？　不思議」

ウルサイと郡司が怒鳴った。

「言わなくたって判ってるよ。目の前で起きたんだから。そんなの別にお前の手柄とかじゃないだろ。それより荒俣さん、これは――」

荒俣は腰を浮かせて女の子を孔《あな》が開く程に見詰め見回し、それからそっと手を伸ばして袖無しに――。

触った。

「実体があるな。触れる。ホログラムや何かじゃないぞ郡司君。これって——」

人間じゃないですねと郡司が言った。

「というより生き物ですか？」

「うーん。生き物の定義にも依《よ》るけどネ」

荒俣は顔を近づけ具《つぶさ》に観察する。

「あの、君、言葉は解りますか？」

荒俣がゆっくりと問うた。

「アノ、キミ、コトバハワカリマスカ？」

「お、鸚鵡返し」

「オ、オウムガエシ」

レオ君ッと荒俣はレオを呼んだ。

レオは荒俣宏に呼ばれた。しかも、君付けだ！

レオクンッと女の子も繰り返す。また君付けだ。

「何でありますかッ！」

「こ、これは呼ぶ子だよ呼ぶ子」

「呼ぶ子って、でもその藁《わら》の帽子みたいの被《かぶ》って一本脚で、その、偶《たま》にダイヤモンドとか持っていてその中に登山家とかを」

それは大先生の漫画だと荒俣は興奮気味に言った。

「マンガダ」

と女の子——呼ぶ子も言った。

「こ、これは、霊的な大発見だ。目に見えないものが目に見えるなんて、天地《てんち》開闢《かいびゃく》以来の大珍事だよ。こんなことは——」

あり得ないよ。

アリエナイヨ。

「アシキモノガ、オバケヲホロボス」

突然、呼ぶ子はそう言った。

漆

怪談作家、幻滅す

黒史郎はちょっと困っていた。

生《なま》のしょうけら問題に就いて、である。

あれは、まあ妖怪だろう。霊や宇宙人やなんかではないと思う。従って、霊媒やら祈禱師《きとうし》やら科学者やら疑似科学者やらではなく、やっぱり妖怪の連中に相談すべきなのだ――と思うのだが。

いざとなると迷う。

気が触れていると思われ兼ねない。まあ、多少は触れているのかもしれないけれど、そんなことを言ったら妖怪関係者は大概みんな触れている。

――多田さんかな。

多田克己は、妖怪研究家である。ただ、まあ反応が読めない。連絡もつかない。先《ま》ず、電話番号を知らない。みんな能《よ》く連絡がつけられるものだと思う。最近は携帯電話を使い熟《こな》すようになったらしいのだが、番号を教えて貰《もら》えない。前に聞いた番号は、何故だかもう使っていないらしい。

バッテリーが切れたら終わりだと思って捨てたという噂を聞いたが、それはまあ嘘だろうと思う。

――京極さんだろうか。

何だかそれもどうかと思う。まあ、京極ならメールでも電話でもファックスでも何でも通じるだろう。でも、イカレた感じの――実際にイカレているのは現実の方であって彼女はイカレていないのだろうと思うのだが――女性を連れて行って、でもって漏れなくしょうけらが付いていますというのもどうかと思う。それに京極は概《おおむ》ね書斎にいるので、そこまで連れて行かなければならない。それは何だか悪い気がする。呼び出して外で会うのも、申し訳ない。

――村上さんがいいか。

まあ、一番無難だと思う。思ったのだが、連絡したら留守だった。村上は地方の取材が多いのだ。長野から帰ってすぐに和歌山に行ったらしい。いつ帰るのか判ったものじゃない。

――荒俣さんとは面識がない。

ない訳ではないのだが、連絡のつけようがない。

――水木さん。

という訳には行くまい。

渋谷の街に降り立った黒は、妖怪仲間の顔を思い浮かべながら、思い悩むのであった。

他にも世に妖怪関係者と呼ばれて蔑視《べっし》されている仲間達は大勢いる。

いるにはいるのだが、まあ、いるというだけである。

——天野《あまの》さんに先ず見せる、というのはどうか。

造形家の天野行雄《ゆきお》なら真面目に見てくれそうだ、でもって、天野がこちら側に立ってしまえば——こちら側というのはしょうけら実在を確認してしまった人達側ということなのだけれども、まあ、今のところ相談者と黒の二人しかいないのだが——一度見てしまえば同じ窩《あな》の狢《むじな》だと思う。天野をこちら側に引き摺《ず》り込んでしまえば、後のみんなも真面目に取り合ってくれそうである。そのまま水木さんまで伝わるかもしれない。

——水木さんの知るところとなれば。

どうなるのだろう。

黒が一番しょうけらを見せたいのは、本当は水木さんなのである。

驚いてくれるだろうか。というか、触ると思う。触って、フハッとか言われたら、もう激しく嬉《うれ》しいと思う。

が——。

それよりも先ず、黒は打ち合わせをしなければならないのだ。そのために鶴見から出て来たのである。打ち合わせ場所は渋谷のメディアファクトリーである。

担当の似田貝も妖怪仲間だ。

だから打ち明けて相談してみようかとも思っていたのだが、どうも似田貝は事件に巻き込まれてしまって会社に戻れないらしい。そういうメールが来た。

——事件って何だよ。

そんなことを考えながら歩いていると、もう目的地に着いてしまった。

約束の時間より三十分以上早い。当然、迎えはいない。

いないので勝手に入る。電話して下りて来て貰うのも悪い気がしたのだ。

エレヴェーターを降りる。編集部のある部屋に向かう途中には、部屋が幾つもある。打ち合わせやミーティングに使う部屋である。

――さて。

待つことになるのか。それとも似田貝以外の人と打ち合わせをするのだろうか。実は何の打ち合わせなのか黒は能《よ》く解っていない。似田貝がはっきり言ってくれないのである。

これは『ダ・ヴィンチ』編集長の関口《せきぐち》にでも尋ねるしかないなと、そう思ってドアに手を掛けた時。

「何だよそれぇ。どういうことなの？」

という――かなり不機嫌そうな東《ひがし》雅夫《まさお》『幽』編集長の声がフロアに鳴り響いたのだった。

黒史郎の動悸《どうき》は突然激しくなる。胃がしくしく収縮して便所に行きたくなる。お腹《なか》が弱いのだ。自分が叱られている訳でもないのに、怒鳴り声などを聞くと怯《びく》りとして冷や汗をかいてしまう。

小心という訳ではない。心底争いごとが苦手なのである。争っている様子を観るのも得意ではない。超人同士のバトルというならともかく。

――誰か叱られているのかな。

東編集長は、怖い人ではない。黒は叱られたことなどない。ただ、怒ったらかなり怖そうではある。

なんたって東雅夫といえば『幻想文学』編集長だった人である。『幻想文学』といえば黒あたりの世代にとってはもう伝説の雑誌である。年季が入っている。黒なんかにしてみれば雲の上の人である。まあ、気さくに気安く接してくれるので黒も普通に振る舞っているが、そうでなければ近寄っただけでビビってしまうことだろう。

それに、東編集長は声が良い。粘り気があって能《よ》く伸びて艶《つや》があって響きも大変に良い。一説には東編集長の声にはコラーゲンが含まれているので、カラオケで横に座っていると肌がツヤツヤになるとか、歌声に痺《しび》れて聴《き》き惚《ほ》れてしまうと、もっとずっと恐ろしいことになるとかいう噂も聞いた。まあ聞いたのは京極からなので、言うまでもなくいつも通りの戯言《たわごと》なのだろうが、妙に納得できる気もするから困る。また、東編集長は歌が上手《うま》いのだ。

そんな美声でもって――。

叱られたりしたらば、さぞや恐ろしかろう。黒だったらもう、失禁だ。いや、もっと取り返しのつかない粗相《そそう》をしてしまうかもしれない。

メディアファクトリーは全体に小洒落《こじゃれ》ている。会議室の扉もスモーク硝子《ガラス》だったりする。覗《のぞ》けばぼんやりと中の様子が窺《うかが》える。

覗いた。

怖いもの観《み》たさである。でも能く見えなかった。

「いや、苦労は解るよ。解るけどさ。だからと言って、それはさァ、誰だって条件は同じなんだから。泣き言だろ？」

声は聞こえる。編集長は中にいる。

――誰が叱られているのかしらん。

こそっと扉を開ける。慎重に、細く細く開ける。

見付かったらとっとと逃げればいいだろう。間違えましたあと言おう。

隙間から口をひん曲げて渋面を作った黒木《くろき》あるじの顔が見えた。

――し、叱られていたのは黒木さんだったのか。

いやあ、こりゃあ大ごとだと黒は思った。

顎髭《あごひげ》なんか生やしているくせに、補導された中学生みたいに下向いているじゃないか、黒木あるじ。

「いや、別にさ、苛《いじ》めてる訳じゃないからね。でも黒木さ、一旦《いったん》受けた訳だしさ。もう――四箇月以上経っている訳でしょ？　書いたもんが駄目だっていうならさ、書き直しというのもアリだよ。その場合は延期も已《や》むを得ないと思うよ。クオリティ保つために時間が欲しいと言うんなら解るけどさ。書けないって」

「仰《おつしや》ることは重々承知してます。泣き言です」

「だろ？」

「あの」

――おや。

もう一人いるようだ。

「僕は、こんなこと言えるような立場ちゃうと思うんですけども――」

もンの凄《すご》く言い難《にく》そうに喋《しゃべ》っている。

この声は――。

――タツ吉さんかな。

タツ吉こと、松村進吉《まつむらしんきち》ではなかろうか。

もしそうなら、あの丸っこくて丈夫そうな浅黒い顔に汗をたっぷりかいていることだろう。

死角になって見えないけれど。

――気の毒になあ。

黒木あるじは、一般公募のビーケーワン怪談大賞佳作入選を経て『幽』の怪談実話コンテストに応募、大賞こそ逃したものの、続きを書くことを条件に平山夢明からブンまわし賞という破壊的な名前の賞を貰い、怪談書きとして頭角を現した人物である。

受賞以降、その持ち前のフットワークの軽さを武器にして旺盛《おうせい》に取材を重ね、怪談実話を中心に活躍している。

松村進吉は、平山も編著者を務めていた実話タイプ怪談集の老舗《しにせ》ブランドである『「超《ちょう》」怖《こわ》い話《はなし》』の共著者公募企画で優勝した人物で、同書の共著者、編著者を務めるのみならず、単著も上梓《じょうし》、最近では実話以外に創作系怪談も手懸けるようになった手練《てだれ》である。

何故か平山にはタツ吉と呼ばれている。時にボッ吉とも呼ばれる。更には公共の場では声に出せない呼ばれ方もする。まあ、あれやこれやはともかくも、タツ吉だとは思い込んでいるらしい。

二人とも、平山監修の怪談プロジェクトＦＫＢのメンバーである。

——と、いうか。

残るＦＫＢメンバーは、黒史郎——自分だ。

——と、いうことは。

ＦＫＢが全員呼び出されたのだろうか？

似田貝の話はまるで要領を得なかったのだけれども——。

黒木は東北、松村は四国在住である。偶然ばったり出会うことなど然《そ》う然《そ》うないだろう。つまり二人とも呼び出されたということじゃないのか。

しかし、それなら平山がいないのはおかしい。それに、そもそもＦＫＢというのは竹書房のレーベルなのである。関係者が被《かぶ》り捲《まく》っているだけだ。と、いうよりも、この業界は意外と狭いのである。

黒は屈《かが》み込むような恰好《かっこう》で後ずさりした。

「——黒木さんの言うてることはホンマです」

松村が言った。

「いや、そう言われてもねぇ」

「ホンマにキッついんすわ。誰に何尋《き》いても全く収穫ナシなんです。いや、そら普段からあんな話、ゴロゴロ転がってる訳やないですよ。それなりに聞き出すのには苦労するんですわ。まあ、こんなこと東さんに言うんは畏《おそ》れ多いていうか、釈迦《しやか》に説法や思いますけども、僕にしても黒木さんにしても、今まで以上に励《はげ》んでるんですわ。手抜きはしてへんのです。これ、ホンマですって」

「いや、松村さんが手抜きをしてるとは思ってないんだけどねぇ」

「私ですか？」

黒木が恨みがましい目になる。

「いや、まあ、言い訳はしません」

言い訳はしませんというのは、ほぼ言い訳の枕詞《まくらことば》である。

案の定、というか。

でも——と黒木は顔を上げた。

「実話と謳《うた》う以上、捏造《ねつぞう》はできないですからね。何も話が集まらないのに書いてしまっては創作になってしまいますよね。ストックしてた没ネタも使い果たしたといいますか、まあ、没は所詮《しょせん》没といいますか、近作が怖くないのはその所為《せい》もあるといいますか。その所為なんです」

むー。やっぱり言い訳だった。

「うーん」

東編集長は唸《うな》った。黒の位置からは唸り声しか聞こえない。

「それはねえ、まあそうだと思うよ。思うけどさ」

「いやいや、どうでもいいような話だって、集まったなら書きますよ。怖げに書きます。怪談書きは怖く書くのが仕事ですから。でも、集まらないんです。一つも集まらないんです。皆無です。演出するとか、話を盛るとか、そういうレヴェルじゃないんですよ」

そうなんよと松村が相槌《あいづち》を打った。

何となく――話が見えて来た。

と、思った途端。

「何してるんです黒さん？」

背後からいきなり声を掛けられて、黒はちびりそうになった。

振り向くと半笑いになった『ダ・ヴィンチ』の岸本《きしもと》が汚れ物でも観るような目付きで黒を見ていた。

「ところで似田貝から連絡行ってます？　何か、殺人事件に巻き込まれたみたいなんで、あのバカ」

「あ。ああ。き、聞いてます。でも、もう移動中だったので来てしまったんです。それで似田貝君は――」

「生きてはいるみたいですよ」

「じゃあ犯人？」

「ははははは」

って、笑うとこなのか。

笑うや否や、岸本は扉を開けてしまった。

——あー。

「黒さんいらっしゃってまーす」

「ああ。これは良い処《ところ》に」

「よ、良い処ですか？　何か、凄く良くない感じですよねえ？」

良い処ですと、黒木と松村は声を揃えて言った。

黒は恐る恐る足を踏み入れる。東の顔が見えた。

意外にも機嫌は良さそうに見えた。

「ど、どうも。その」

「ああ、すいませんねえ、お忙しいのにお呼び立てして。どうぞ座ってください」

「いやその、ええと、あの、今日は、その」

「黒さん、どうです？」

「は？」

黒木が突然に尋いた。座るなりにどうですと尋かれたって困ってしまう。

まさか、本物のしょうけらを見付けてしまいましたとは言えないだろう。

「ええと、何がです？」

「取材です取材」

「はあ。まあ、取材が、何か」

「変わりないですか？」

「変わりませんねえ。いたって健康です。胃腸はいつも通りに弱めですけど。あと、一昨日《おととい》から口内炎が」

そういう話やないですと松村が言った。

逆光なので益々《ますます》顔が黒い。

「実はですね」

東が前傾した。愈々《いよいよ》叱られるのだろうか。

ご相談があってお集まり戴《いただ》いたんですすと、東は言った。

「相談？　お説教じゃなくてですか」

「説教？」

「い、いや。ええと」

「松村さんが竹書房さんの打ち合わせで上京されるという話を聞いて、丁度黒木も別の仕事で関東にいるというもので、じゃあ黒さんもということで、お喚《よ》び立てしてしまったという次第です。序《つい》でのようで真《まこと》に申し訳ありません」

「いや」

鶴見ですから近いですと黒は応《こた》えた。

微妙に想像と違う。

「で、その――何なんでしょう」

全く呑《の》み込めない。

「取材が――どうしたと?」

そこなんですよと東は言った。

「どこですか?」

「加門七海さんが大変な不調で」

「はあ」

それは大変。

「はあ?」

と、一度呑み込んでから黒は尋き返した。

「って、加門さんがどうかされたんですか？　不調って、お体でも悪いんですか？　って、黒木さんが叱られてた訳じゃないんですか?」

叱られてもいましたと黒木は言った。

「立派に叱られてました」

別に自慢することではないと思うが、黒木は実にきっぱりとした顔でそう言った。

童顔だが、顎髭が年齢を不詳にしている。若者でもおっさんでもない。松村も顔付き自体は人懐こい感じである。ただどうしても見る度にかりんとう饅頭《まんじゅう》を思い出してしまう。

「うー。呑み込めません。僕は頭悪いですか?」

これは私の話し方が悪いなと東は言った。解らないですよねえと岸本が笑う。

「いや、加門さんがさ、最近何だかおかしいと言うんだよね」

「ぼ、僕がですか？」

「いやそうじゃないから」

黒木が苦笑した。

「おかしくないちゅうことではないですけどね、黒さん」

まあおかしいだろうさ。しょうけらが見えるし。

「黒木はさぁ、混ぜっ返すなよ」

東が睨《にら》む。

黒木が竦《すく》む。

なる程、黒木は叱られキャラなのだ。だからどうしてハッキリ言わないんですかーと岸本が言う。

「ヒガシさんが持って回ったような言い方するのが悪いンじゃないですかー。加門さん、別に小説書けないとか、体の具合が悪いとかじゃないでしょうに。黒さんだって誤解しますよ」

「上手く説明できないんだろうが。そうねえ、敢《あ》えて言うなら、世の中がおかしい、ということかな」

「よよよ、世の中ですか？」

話が大きい。

「それは、震災的な話なんでしょうか」

んー、と東はまた唸った。

「まあ、震災以降、色々な局面でものごとが見直されたり、価値観まで引っ繰り返っちゃったり、皆それぞれにダメージはある訳だけれどもね。どうも、そういうことでもないらしいんだよねえ」

「はあ」

慥《たし》かにあの大災害が様々なことを考える契機《きっかけ》となったことは間違いない。

ただ、あれで何もかもがガラッと変わってしまったとか、一旦終わっちゃったとか、だから変わるべきだとか、何から何まで全部変えなくっちゃあいかんのだとか、そんな風には思わない。

思わないのだけれど、半ば強制的に人生変えられてしまった人というのは大勢いるのだろうし、そうでなくても、少なくともこのままでいいとか、色々放っておけとか、そんな風に思えなくなったことは間違いない。

実際放ってはおけないことが沢山ある。

東北地方の被害は甚大なものだし、それは物理的な傷跡に留《とど》まるものではない。復興自体も遅々として進まない訳だが、心の瑕《きず》の方も簡単に癒《いや》せるものではないだろうと思う。それは直接被害を受けていない者にも言えることである。原発問題も含めて、制度や考え方自体を検証し直したり、作り直したりしなければ立ち行かなくなっていることも事実だろう。

喉元《のどもと》過ぎても忘れられない熱さというのはあるのだ。

東編集長も、みちのく怪談文芸復興のためのチャリティ活動を続けている。黒木も松村も黒も、協力している。

「震災とは関係ないんですか」

そう尋いた。

「あるのかないのか判らないいんだよね」

「うーん」

やっぱり解り難《にく》い。

「いや、そのさ。これはまあ、デリケートな問題でもあってさあ。その、見えないというか」

「感じない、じゃないですか寧《むし》ろ」

黒木君が言うとやらしい感じやねと松村が言った。

「それは聞く人次第ですからね松村さん」

「感じないって、その」

レイですレイと黒木が言う。

「レイ?」

「綾波《あやなみ》じゃないですよ。霊感というか」

「あー」

何となく理解した。

「そういう風に纏《まと》めるとさぁ、何とも浅薄な感じに聞こえちゃう訳ですよ。まあ、信じない人には当たり前という話になっちゃうしね――」

「見えなくなった？」

「うーん」

東は三度唸った。

「見えるとか見えないとか、そういう話にしちゃうとねえ。いるとかいないとか、信じるとか信じないとかいうのは、まあちょっと次元の違う話でさ」

「京極さんが怒りますねえ」

黒がそう言うと、松村が問うた。

「京極せんせは信じない人やないんですか？」

「やー、信じる信じないというモードにならないというか、ないものはいくら信じたってないんだから、いるとかいないとかいう議論には最初から意味がないという人でしょう、どちらかというと。ただテッテイしてるだけですよ。まあ、東さんの言いたいことは解ります」

良かった、と東は言った。

「まあ、信じているけど見えない感じないという人もいますし、見えても感じても信じないという人もいる訳ですよ。信じられないけど信じたいと強く願っている人もいるし。信じるにしても、解釈というのは人それぞれでしょ。だから一概に見える人だとか信じない人だとか規定してしまうのは、愚かしいことですよね」

「愚かしいですねえ」

「その辺を雑に纏めてしまうことこそ、オカルトなんだよね。まあ、だからこそ勘違いもされ易いんだけれど。もっと濃《こまや》かに見て行かないと。人の営みはとても複雑でデリケートなものですよね。特に、文化というか、文芸に携わる者ならば」

「すると、文芸の話？」

でもないんですと黒木が言った。

「うーん」

簡単に言いましょうよと岸本が言う。

「お化けがいなくなったという話なんですよ」

身《み》も蓋《ふた》もないなあと、一同が異口同音に言った。

「だってそういう話じゃん」

「まあ、そうなんだけどさあ。ま、いいや。そういう話です」

「はあ」

いなくなった？

しょうけらは実在するのに？

そこでスマホの音らしきものが鳴った。

岸本がすいません似田貝《ロータ》からですといって退席した。

殺したか、似田貝。

それはそれとして。

「ええと、その、お化けというのは」

「だから霊ですって。幽霊」

「加門さんが感じなくなったというのは、そっち？」

「そっちです。黒木君が言うと変に聞こえるけども」

「また私ですか」

「いやね」

東は更に前傾した。

「伊藤三巳華《いとうみみか》さんもね、同じようなことを言ってるんですよ」

視《み》えないんです！　と黒木が言う。コラ、と東が窘《たしな》めた。伊藤三巳華はホラーコミック『視えるんです。』が人気の漫画家である。

「で、この間、福澤さんもそんなことを言って来たんだよね」

「フ、福澤さんが！　フハッ」

言うまでもなく福澤徹三のことである。

「福澤さんも見える人でしたか？　あんな怖い顔なのに」

「いや、そうじゃないんですよ。その、彼の場合は最近、遣《や》り難《にく》くなったという」

「遣り難《にく》い？　取材か。あ、それで取材！」

やっと繋《つな》がった。

「取材し難くなったということですか？」

「加門、伊藤、福澤と、時を同じくしてそんなことを言い出したもので、ちょっと気になってしまって。で――怪談実話を書いている人の話を聞いてみようということになった訳なんだよね。で、『幽』の関係者だと」

「このメンツですか」

「そうなんだよ。本当は平山さんにも同席して貰いたかったんだけども、その――ラジオ収録があるというので、終了後にでもお願いできないかと思ってたんですけどね」

遁《に》げましたかと黒木が言った。

「いや、その、何か事件に巻き込まれたようなのよ」

「また事件！」

またって何ですのんと松村が尋く。

「いやあ詳しく知らないですけど、似田貝君が殺人を――」

嘘でしょうと松村が疑いの目を向ける。

「さあ。今そこで聞いただけなんで」

それ、同じ事件ですよと東が言うなり、扉が開いて岸本が顔だけを覗かせた。

「平山さんやっぱり無理みたいですよ」

「あ、そうかあ。面倒な事件なの？」

「殺人事件ですからねー」

「ひ、平山さんが、こ、殺した？」

「逮捕だ」

「送検や」

「マジですか」

ほほほほ、と岸本は笑った。

「いや、平山さんも似田貝《ロータ》も殺してないみたいですよ。似田貝説明が下手なので、何度聞いてもちゃんと事情が判らないんですけど、どちらも犯人じゃないみたいです。でも被害者は編集者らしいですけど」

じゃあやっぱり平山の叔父貴《おじき》じゃないかと黒木が言う。師匠が犯人やったら一人二人殺してもどうにもならんですわと松村が継いだ。

「どっちにしても平山さん、今日は無理っぽいですね。現場にいたらしいですから。角川の及川さんも殺されかけて、集英社の人が助けたとか何とか」

「あらららら。及川さんが」

及川は、黒にとっては妖怪馬鹿仲間である。

及川さん死にましたかと問うたのだが、岸本は返事をせずに引っ込んでしまった。

死んだのか、及川。

「物騒な話だなあ」

東が顔を顰《しか》めた。

「そうなんですわ」

松村が肉厚の顔を歪《ゆが》めた。浅黒く男臭いが、眼は大きくて何処となく愛らしい。

「物騒な話なら仰《ぎょうさん》山あるんですわ」

「というと？」

「切った張ったとゆうか、愛憎ドロドロとゆうか、変態的とゆうかですね、そういう物騒な話なら仰山集まるんですわ。ちゅうか、怪談がそういう物騒な話に浚《さら》われたちゅうか」

「浚われた？」

その辺黒木君はどうやの、と松村が尋いた。

「あ。それ、あるかもしれないすね」

「ある？　どういうこと？」

「いや、何かこう、奇妙なことや怖いことがあるとするじゃないですか。それ、以前なら確実に怪談として語られてたんですよ。怖くて、不思議なんですからそうなるでしょう。その、体験者の解釈というか、受け取り方というかが。体験者の話し振りも、その――まあ怪談だったですよ、所謂《いわゆる》。それがですね、どうもその、ここ暫《しばら》くは犯罪というか暴力というか、その、口に出せない四文字というかね」

「黒木君が言うとやらしいな」

「松村さんがそこ言いますか」

キの付く方ですねと黒が言う。

「そう、キの付く方です。平山の叔父貴が能《よ》く使う放送禁止用語です。何もかも、そっち方面のお話になっちゃっていて」

「サイコな感じにされちゃってるんですか？」

黒さん言い換《か》えが上手いなあと黒木が感心する。

「その、サイコ話になっちゃうんです」

「なっちゃうというと？」

東が眉根《まゆね》を寄せる。

「いや、例えば自分がオカシくなっちゃったんだ、という解釈か、オカシい人が何かしたんだという解釈かですね、そうでなければもう犯罪的な話にしちゃってるんですよね。警察に届けてて目下捜査中だから黙っててくれとか、裁判中なので言えないとか」

「裁判って——誰を訴えてるのよ。幽霊——じゃない訳だな？」

「誰か——ですよ。誰か知りませんけども。自分に妙なことをして不快にさせた誰かが必ずいるはずだ、みんなそいつの所為《せい》なんだ、と。だから捕まえて罰してくれと」

「そいつって誰？」

さあ、と黒木は肩を竦めた。

「なる程。どんな与太話であっても、訴えられたら——まあ警察も捜査せざるを得ないってことか」

お巡りさんも困るでしょうけどねと黒木は言った。

「人の仕業とは思えないからこそ、今までは怪談になってた訳でしょう。それが、無理矢理に怪談でなくしてるというか。つまり、体験者がもう電波系というかですね、そっち方面に向いちゃってて」

同じですわと松村が言った。

「何か、そうやねえ、誰も彼も、霊という概念をスッこり忘れてしまったんやないか、と思う程ですわ」

ほう、と東が興味深そうな顔になった。

「これまで霊の仕業とされていたようなことが、狂気や悪意に還元されてしまっている、ということなのかな？」

そんな感じですと二人は答えた。

「金縛りが体調の所為ちゅうのは、まあ仕方がないですわ。実際そうなんでしょうし。ま、無理に霊の仕業にせんでも、それで済んでまうなら寧《むし》ろいいことやないですか。金縛りは生理現象や、これは健全や思いますよ」

それはまあ、その通りである。

「けど、でもね、寝てる間に何処《どっ》かの誰かが不法侵入して来て、身体の上に乗っかったンやと主張されたら、いやいやそれはないでしょうと思いませんか？　泥棒やストーカーが寝てる人の上に乗りますか？　実際乗ったら怖いですけども、乗るだけで帰りますか？　でも、頑《かたく》なに信じている訳ですよ、侵入者がいるんやって。それどうですか？」

まあ、かなり変だ――ということになるだろう。

思い込みだ。もちろん、何もなかった、勘違いだと判断するのも思い込みではあるのだろうし、霊の所為にするのだって思い込みではある。大体は思い込みなのだ。

何でもかんでも霊だと思い込むというのも相当変なのだろうとは思うが、変態だ犯罪だと頑なに思い込むというのも始末が悪い気もしないではない。

こうしてみると、霊という考え方はいい具合に便利な発明なんだなあと黒は思う。

更にいうなら、それをもっといい具合に希釈してしまう妖怪はもっとスバラシイ。

実際にいられると困るけれども。いるんだが。しょうけら。

いいですか、と松村が熱弁を奮う。

「例えば、人が入れるはずのない、こーんな狭い場所に、人がいた、ゆうんですわ。こんなですよ?」

松村は両手で示す。精々十センチくらいである。

「入られへんでしょ？　こーんな隙間。でもそれは泥棒やろと言わはるんですわ。いや、どんな細っこい泥棒だっていられませんて、そんな狭い場所には。そう言うと、いや泥棒やったらきっと何とかなると言う」

ならんねと黒木が言った。

「何とかなるってとこが凄いなあ」

もう体験者の目付きの方が怖いくらいですわと松村が言う。

「それでもね、取材相手に、それは幽霊ちゃいますかとは、口が裂けても言えないやないですか、俺らは。俺らの方が決めつけたらあかんのです。誘導尋問みたいになってしまったらお終《しま》いですし、それ実話ちゃいますよ。どんだけ変梃《へんてこ》でも、体験した人がそう感じたならそうなんやと思うよりないですよ。聞き手の解釈ちゅうか一般的な解釈を持ち込むことが許されるんであれば、幽霊やという証言にも、幽霊違いますよっていうんが正しいゆうことになりますよね？　だって、どう考えたって勘違いみたいなことも仰山あるんですから。それだと怪談の取材――というか怪談が成立しないですよ。話してる途中で本人が気付くならともかく」

そうですねえと東が険しい顔をする。

「あの京極さんでさえそういう尋き方はしないもんね。『怪談之怪《かいだんのかい》』やってた頃、ほら、あの人筋金入りだからさ、ちょっと冷や冷やしたんだけど――」

その『怪談之怪』というのは『幽』の前身ともいえる『ダ・ヴィンチ』誌のコーナー企画であり、東と京極、『新耳袋』の木原、中山の四人のユニット名でもあった。投稿怪談の添削をしたり、各界から人を招いて怪奇体験を語って貰ったりという活動をしていたのだ。どういう訳か世界妖怪会議と合同で公開イベントも数回開いている。

まあねえと松村はかりんとう饅頭の顔を曇らせる。

「京極せんせは変な術みたいの使う感じやから平気かもしれませんけど、拘泥《こだわ》ってる人は否定すると怒りますからね。どう考えても勘違いとしか思えん話でも、それっぽいこと言うと怒りはるから。下手したら喧嘩《けんか》になったりしますし」

京極のあれは術なのか。まあ術なのかもしれない。

黒は笑いそうになったのだが、堪《こら》えた。座の空気は深刻である。

「まあそうなんだよね。でも京極さんも頭から完全否定とかは絶対しなかったから。全部はいはいと丸呑みで聞いて、一切否定はしないんだよね。その後に、ネタにする感じでさ、まあ和やかに、押し付けもせず、でも理詰めで追い込むというか、体験者本人が徐々に自らの体験を疑うように仕向けるというか、聴衆が怖がり過ぎないように仕向けるというか、まあ聞いているお客さんの中にも色んな人がいる訳だから、その辺のバランスは、まあかなり気にしてたみたいだね」

怖《こえ》えなあと黒木が言った。

その辺、質《たち》が悪いというか、そういう人なのだ。

親しい間柄だと、ねえよそんなもんと一蹴《いっしゅう》されるだけなのだが。

「まあ京極さん、ネタの取材してる訳じゃないでしょうし。イベントなんかの場合は、精進落としの役回りだった訳でしょ？　それに、あの人は体験者がどうしてそう解釈したのか、何でそう思い込んでるのかの方に興味があるというか、そこを面白がってるというか――」

黒がそう言うと、そうだよなと東が同調した。

「だからこそ誘導尋問めいた決め付けはしないよな。というか、それってノンフィクションライターならさ、怪談に限らず、絶対にしてはいけないことですよ。取材の場合、聞き手は透明でなくちゃいけないでしょうよ。ねえ？」

「はあ。そや思います。で、例えば一般取材の立ち位置やったら、たぶん今の状況でも全然構わんのでしょうけど——というか、京極せんせとかなら寧《むし》ろ面白い思われるのかもしれませんけどね。僕らは困りますわ。泥棒や変態だと、これは怪談にならんのですよ。飯の種がないんですわ。平山の師匠ぐらいですよ、これで書けるとしたら。だって十人が十人霊じゃないと言わはるんですよ？　どんなに大ネタであっても、体験した人が違うと言うなら、違うと書かなくちゃ、嘘になってしまうやないですか」

嘘は書けないですよねと黒木は言った。

「書き方が下手糞《へたくそ》だとか、ネタの弄《いじ》り方が手慣れてないとか、盛り過ぎて変質してしまってるとか、色々ありますよ、この業界。だから考えるし、仕方なく設定変えたり、判り易く省略したり、強調したり、何かはします。それで——まあ大方は失敗《しくじ》る訳ですけども、これは言い訳ではないんですけどね。でも、どんなに弄っても、嘘だけは書きません。核の部分は残すようにしています」

それは知ってますよと東は言った。

「体験者自体が嘘を言っている——まあ、この場合嘘というか、勘違いというか、思い込みというか、いずれそういうことはかなり多いんだろうし——というかほとんどそうなのかもしれないんだけども——そういう体験者の判断自体が疑わしいケースというのは幾らでもあるんでしょうね。でも、どんなに変でも基本的に書き手が勝手に判断しないというのが原則——ということだろ？」

そうですねと松村が答えた。

「ま、どちらか判らへん、というならば、書きようはあるんです。いや、判らないのが普通ですよ。判らないから怖いんやないですか。だからそれをそのまま書いて怖がらすのが本来ですよね？　取材してる方だって。幽霊がいました、と言われるよりも、何だか判らんことがありましたと言われた方が怖いんですわ。だからこっちも幽霊じゃ怨霊《おんりょう》じゃと決めつけて書くようなことはせんですよ。判らんなら判らんでいいんです。でも絶対に霊やなんかやないと断言されたら、もう書けませんよ」

「なる程」

東は少し考えて、黒さんはどう、と問うた。

「僕ですか？」

聞き手に徹していたので、戸惑ってしまった。

「僕の場合はですね、まあその、最初からサイコさん方面が得意分野というか——」

「まあ、そうなのか」

あまり——霊じゃない。全然ないという訳じゃないけれども。

「そうですねえ。困った人とかマズイ人とか狂った人とか駄目な人とかイカレた人とか汚いオヤジとか、そういう感じのお方ばっかりですからねえ、僕が接する人。後はまあ、都市伝説とか妖怪ですし」

「そっち方面はどうです？」

「え」

生しょうけらがいました——とは言えない。

言ったらばお前がサイコと言われてしまう。

「いや、まあ、元から狂った感じなもんで」

「寧《むし》ろ増えたとかいうことは？」

「いやあ、あんまり変わりはないですねえ」

そんなことは——ない。

今までにも、掃いて捨てる程変梃《へんてこ》な人に会って来たけれど、百キロ超えのべとべとさんに追い掛けられてしょうけらにストーキングされている人なんかに会ったのはこの間が初めてだ。

しかも。

——彼女自身はイカレてないな。

「いやあ、まあ、多少ありますかね。ええと」

どう説明したものか。

「通常の人が通常の神経で常識的に判断したら、相当狂ってる結果になっちゃうとか——」

——解り難《にく》いだろう、それは。

能《よ》く解らんですよ黒さんと黒木が言う。

「こっちも説明し難《にく》いんですよ。まあ、多少変化はあるような気がしますけども、最近は取材の数を熟《こな》していないので何とも言えないですね」

黒さんは創作が中心だからなあと黒木が言う。

「取材が糧《かて》にはなりますけど」

「実話と銘打った作品の割合が少ないことは間違いないじゃないですか。私らはベースが実話なんです。松村さんは『実話系』も手懸けていらっしゃいますけども、私は今のところ実話オンリーですから」

「それはさっきの泣き言に繋げる言い分な訳?」

ははははは、と黒木は空《むな》しく笑う。

「正直、参ってます。締切り目の前にして一本も使える話がないんです。多少足りないというならともかく、皆無というのは辛《つら》いですよ。こればっかりは考えてどうなるもんでもないですからね。ふと、作っちゃいたい衝動に駆られます」

マズいなあと松村が言う。

「それ、マズいでしょう黒木君」

「ええ、マズいです。だから頭から水被って邪念を振り払い、取材に出掛けますが、打ち拉《ひし》がれて帰ることになると、まあそういう状況で」

黒は褌《ふんどし》一丁で水垢離《みずごり》する黒木の姿を想像し、苦笑しつつも立派だなと思った。

水被るってのはウソだなと東が指摘すると、すいません気持ちの問題でしたと黒木は即行で答えた。

嘘なのか。褌は締めている気がするが。

「ストックはないの？　前に取材した分とかさ」

東が問うた。

「ありますが、駄目です。使えません」

黒木はマリオネットの糸が切れたように肩を落とした。

丸っこいので撫《な》で肩になっただけなのだが。

「それはどうして？　まあ採用しなかった訳だから、ネタとして弱いとか、他言無用とか、そういう事情が諸々《もろもろ》あるんだろうとは思うけど」

「そやないんですわ」

松村が答えた。

「遡《さかのぼ》って否定されてまうんです。そうやろ黒木君も」

「まさに！」

「否定するっていうのは、その体験者に？」

「そうなんですわ。まあ、書く時は一応諒解《りょうかい》取りますでしょ？　すると、止《や》めてくれと言われます。勘違いやった、お化けちゃう、絶対にちゃうと」

「うーん。でも、取材した時はそうじゃなかった訳でしょう？」

「考え直すみたいですわ」

「そうなんです」

褌が似合いそうな黒木が続ける。

「一昨年、三代に亘《わた》って人形の霊障を受けてる人の話を取材したんですよ。祟《たた》られて数十年って話ですよ。まあ場所が特定され易い逸話で、判る人には誰だか判っちゃうようなお話でしたし、当人もあんまり公にして欲しくないということを仰《おつしや》っていたので、お蔵入りにしたんですけども――設定を大幅に変えて、個人が特定できないよう徹底的に配慮してですね、その上で書かせて貰えないかとお願いしたんです。そしたら」

「そしたら？」

「祟りじゃないから駄目だと」

「祟りじゃないとは？」

「三代に亘って何十年もストーキングされていただけだったと」

「は？」

「何もかも裏の家の住人の嫌がらせであるということが判明したと。でもって現在提訴していると言う。だから、どんな形であれ書かれちゃ困ると」

はあ――と、全員が大きな溜《た》め息を吐《つ》いた。

「裏の家の住人ねえ」

「気配がするのは忍び込んでいる、家が揺れるのは揺すっている、病気になるのは毒を盛っている、人形が声を出すのは――」

腹話術だそうですと黒木は言った。

「む、無理矢理やなあ」

「ええ。無茶苦茶ですね」

裏の人とその人形は何か関係あるんですかと黒が問うと、全くないですと黒木は寧《むし》ろ自慢げに断言した。

「結構怖い話だったんです。私も現物見せて貰ったんですけど、かなり古い日本人形で、相当に悍《おぞま》しいもんでした。ぞっとしました。あまり忌まわしいので、どうしても処分できないという話で、処分しようとすると必ず病気になるというんですね。で、意を決して二回捨ててるんですけど、一回目はお祖父《じい》さんが、二度目はお母さんが亡くなった。で、その度に人形取り戻して供養して謝って——という」

怖いじゃんと東が言った。

「怖かった——んですね。過去形ですよ」

「もう怖くない訳？」

「怖くないですよ。だって、お祖父さんもお母さんも裏の人に毒殺されたことになってるんですから。警察は信じてくれないと怒ってましたけど。でも、不法侵入やら器物損壊やらで訴えてるんですよ。刑事事件としては棄却されたみたいですけど、民事で訴え直したんですね」

「裏の人を？」

「裏の人、たぶん無罪です」

まあ、そうだろうと思う。

「その、裏の人は何かその」

です」

「ま、そこの家の裏庭に朴《ほお》の木か何かが生えていてですね、その葉っぱが裏の家に落ちるんですよ。それで一回だけ苦情を言われたことがあるようなんですけど、どうもそれが原因らしいです」

「葉っぱの恨み？」

「三代に亘って。しかも殺人」

「まあなあ」

絶対ないとは言い切れないけれども。

「毒殺するくらい厭《いや》なんなら、こっそり伐《き》ってしまえばいいですよね。不法侵入してるんだったら。一回で伐れなくても、枝伐るとか、何十年もって話なんだったらその、少しずつ伐るとか方法は幾らでも」

枯らした方が早いやんと松村が言った。

「それこそ毒でええし」

「ああそうか。で、その人形は」

黒木は昭和初期の文士みたいな表情になった。

いや、黒は昭和初期の文士を知らないのだが、そんな感じがしたのである。

「人形はですね」

「何もないですよ」

まあ、それもそうだろうと思う。理由はないのだそういうことに。

「どうしたんです？」

「燃えるゴミに出したそうです」

「ひゃあ」

崇りは崇りはと松村が尋いた。

「さあ。もう訴訟と裏の人への憎悪で、崇りどころじゃないみたいで」

「うーん」

ホントに人形が崇っていたと仮定するなら、人形も形なしということになる。

「何だったんだ、という話ですよね」

「俺もね、同じような状況ですわ。次の『超怖』がピンチなんです。ＦＫＢの次回作もヤバいです。みんな書かんでくれ言うて来るし、新規取材は軒並みハズレですし。だから、黒木君の泣き言は俺の泣き言でもある訳です」

平山さんは何か言ってないのと東が問うた。

「まあ、そういうこともあンだろと」

「それだけ？」

「まあ、師匠は厳しい人ですからねえ、そういう処だけは」

「ご本人はどうなんだろうか」

「平山さんはそれこそ小説で忙しいでしょうから。それに『東京伝説』的な話なら、寧《むし》ろネタ増えてるような気がします。あれはそっちやから」

「なる程なあ」

編集長は悩ましげな表情になった。

黒は何か言わねばと思ったが、あんまり良い考えが浮かばなかった。

黒木が発言した。

「思うんですけど、加門さんや三巳華さんが何も感じなくなったというんだから、一般の人は、、、、より感じなくなってるんじゃないんですか？」

「そういう——ことなんだろうか」

そういうことなんだろう。

僕もそう思いますと黒は言った。

「黒木さんや松村さんの話を聞く限り、そうとしか思えないですよね？」

「そうすると——これは、やはり個人の問題じゃなくて、風潮というか、この国全体の問題と考えるべきなのか？」

またまた話が大きくなった。

「国というか、文化的変質というかさ」

「はあ。怪談が盛り上がってた頃が懐かしいです」

そこまで過去形にするなよと東は黒木を窘《たしな》める。

「怪談文芸はまだ盛り上がってる——というか、盛り上げる努力をしているし、受け入れられてると思うんだけどね」

「受け入れられ方が変質していませんか？」

黒の一言に、東は虚を衝《つ》かれたような顔をした。

「それは、どういう――」

「あ、思い付きです」

本当はそういう訳でもない。

黒が幼かった頃と、今は違うと思う。

ただ、明文化はできない。どこがどう違うのかは明確には述べられない。

まあ、時代が変われば文化も変わるのだろうし、いつまでも同じであると考える方がどうかしているのだが――。

――それにしても。

事ここに至って、何だか急に変な方向に曲がってしまったような感覚は、慥《たし》かにあるように思う。

「妖怪も、怪談も、まあ受け入れられてはいるんだと思うんですけどねえ。その、何と言うんでしょう」

殺伐としてませんか、と松村が言った。

「怪談って、まあ怖い話なんですけども、何というかなあ、その、慥かに上手に言えないんやけども」

解りますと黒木が受けた。

「怪談って、本来豊かなもんじゃないですか。受け取られ方が、って話なんですけどもね。それが、東さんじゃないけれど、鎮魂だとか、癒しだとか、そういうお題目を改めて掲げなければ解って貰えないというか、そういう感じになって来てはいますよね？　そんなこと暗黙の諒解で済んでしまうことだったんじゃないですか？」

「まあ、それはそうなんだけども」

「言って通じてるうちはまだいいけども、ここ数箇月の間に、急激に通じなくなってるような気がします」

　今度は全員が唸った。

　そして、怪談作家達は一様に落胆した。

捌

妖怪博士、絵巻を前に困惑す

平太郎は少し噎《む》せた。

埃《ほこり》っぽいのである。古本だらけである。本は好きだが、ここまで来るとやや辟易《へきえき》する。

『怪』の編集プロダクションであるフォルスタッフが神保町にあるお蔭《かげ》で、『怪』専属のアルバイトである平太郎も自然に古書店街を通る率が多くなる。何処に行っても古本屋はあり、当然店先には本がどかどか置いてある。元々嫌いではないから、というか好きなのだからついつい足も止まる。足が止まれば目も留《と》まる。目にすると欲しくなり、我慢はするものの気が緩《ゆる》むこともあり、結果出費も嵩《かさ》む。

古書の誘惑は恐ろしい。

まあ、土地柄に責任転嫁はしたくないけれど、迷惑な立地だなとは思う。思うが——。

こうなるとお腹一杯である。

倉庫——なのだろう。

平太郎は古書店のバックヤード的な処《ところ》にいるのである。積み上げられた古書は、どれも古そうで、しかも高価そうである。

「これ、高価《たか》いんですかね？」

「その辺のは結構値が張ると思いますねえ。こっちの山は、状態が悪いみたいなのでそうでもないと思いますけども。まあ、私は書物の鑑定が専門という訳でもないので、結構いい加減ですけど――」

そう答えたのは兵庫《ひょうご》県《けん》立歴《りつれき》史《し》博物館《はくぶつかん》の学芸員である、香川雅信《まさのぶ》である。

香川は、妖怪に関する著作もあるし、『怪』で「妖怪いやげもの名鑑」という連載も持っている。妖怪関連の企画展なども開催している。

しかし、ただの妖怪好きではない。

化野燐《あだしのりん》と一緒に妖怪講座を開いたり、京極夏彦とお化け大學校のトークイベントを開いたりすることもあるから、実際のところ妖怪はかなり好きなのだろうと思うが――それでも香川はその辺に転がっている妖怪馬鹿の一人ではないのだ。

国際日本文化研究《こくさいにほんぶんかけんきゅう》センター所長である小松和彦《こまつかずひこ》先生に師事した、れっきとした民俗学者なのである。なんといっても、妖怪の論文で博士号を取っているのだから、紛《まご》う方《かた》なき正真正銘の妖怪博士といえるだろう。

平太郎は能《よ》く知らないのだが、疫病《えきびょう》、疫病除《よ》けの呪具《じゅぐ》、玩具《がんぐ》と研究の幅を広げて行き、現在は郷土玩具からフィギュアまでを幅広く研究対象としていると聞いている。

小柄で、物腰も柔らかく、大層気さくな人物なのだが、実は切れ者だろうと平太郎は睨《にら》んでいる。

「勝手に観てていいとか言ってましたけど、いいんですかね？」

「まあ、骨董品《こっとうひん》とか美術品じゃないですからね、破いたり汚したりするというのは論外でしょうけど、観るくらいはいいんじゃないですか？」

「ああ」

破くかもしれないし汚すかもしれない。

緊張すればする程にその確率は高くなる。

やっぱ観ませんと平太郎は言った。

「そもそも、活字の本でないと読めないです。活字も旧かな遣いだと結構駄目なんです。面目ない」

慣れると旧かなの方が読み易くなったりしますけどねと香川は言った。

「くずし字やなんかは、まあ、ある程度の勉強が必要なんでしょうけどねえ。確実にルールが定まっている訳でもないので、これもまあ、慣れですかね」

「そんなもんですかね。にょろにょろしているだけにしか思えないですよ。お恥ずかしい。カバットさんなんかは読んじゃうんですよねえ。外国の人なのに」

アダム・カバットは黄表紙の研究で知られる。

黄表紙には妖怪が多く出ているので、必然的に妖怪関係の著書も多い。

豆腐小僧の再評価——というのかどうかは判らないのだが——の契機《きっかけ》を作ったのは、他ならぬカバット氏であるらしい。

「カバットさんは元々『源氏物語《げんじものがたり》』の世界に憧《あこが》れて来日した人だそうですからねえ。でも現代日本に源氏物語の世界は見付け難《にく》いですし、そこで、まあ芥川《あくたがわ》の『河童《かっぱ》』に触れて、河童から黄表紙に進んだんだそうですよ。黄表紙なんかは影印復刻も翻刻も一切されてませんでしたから、原本を読むしかなかったんでしょうね」

「能《よ》く読めたなあ」

平太郎はちらりと和綴《わと》じの本を捲《めく》った。

蚯蚓《みみず》がのたくったような字と謂《い》うが、正にミミズにしか見えない。

「まったく読めませんね。ミミズです。漢字か平仮名かも判りません。じゃあ漢文ならいいかというと、そっちも駄目ですね。レ点とか、もう完全に忘れてます」

漢文は漢字の意味が判るからまだいいんじゃないですかと香川は言った。まあ、何となくなら判らないでもないのだが。

「どっちにしても好きこそものの上手なれ、ということになるでしょうね。歴史の人なんかは文献に依《よ》るところが大きい訳ですし、文学方面の人も読まなくちゃ駄目でしょう。私は民俗学ですし、モノゴトの方が専門なんですけど、文献資料に当たらないと判らないことも多いですからね。結局読んでしまいますね」

「まあ、読んでしまいたくても」

読めない。

「妖怪関係の人なんかも読んじゃう訳でしょう」

「はあ。読んじゃうんでしょうねえ。僕は読めませんけどね」

「一次資料にきちんと当たるという姿勢は大事ですからね、何ごとも。妖怪はいい加減なものですけど、そのいい加減の元を辿《たど》るのは面白いですからね。発見がある度に、最終形態のいい加減さが倍加しますから」

「ああ」

それは判る。

「孫引き、曾孫《ひまご》引きででき上がってるような適当なお化けも、大本はちゃんとしていたりします。でも、ちゃんとしてたのが判明したからといって、いい加減なお化けが駄目になるって訳じゃないんですよね。そのちゃんとしたのがこんなに駄目になっちゃうんだ——というところがまた、面白いんですよ。恐ろしい祟《たた》り神がいやげな土産物《みやげ》になっちゃったり、由緒正しき怨《おん》霊《りょう》が萌《も》えキャラになっちゃったりしますからね。本来、人を遠ざけるために語られたのだろう恐ろしい伝説が、人集めのためのご当地ゆるキャラになっていたりしますし」

「はあ」

——萌えキャラゆるキャラまで守備範囲なんだ。

ああ、これ凄《すご》いなあと香川は声を上げた。

「何か?」

「珍しい絵柄ですねえ。湯本《ゆもと》先生が観たら悦《よろこ》ぶでしょうね。買っちゃうだろうなあ。いや、予算があればうちの館でも欲しいくらいですね」

湯本先生というのは川崎市市民《かわさきししみん》ミュージアムの元学芸員だった湯本豪一《こういち》氏のことだろう。

湯本は稀代《きだい》の妖怪コレクターとして知られている。コレクターといってももちろん本物の妖怪を集めている訳ではない。それは集められない。湯本が集めているのは、妖怪の絵、妖怪の形、妖怪の姿である。絵画彫刻を問わず、絵巻版本工芸品美術品服飾装飾、お化けの何かが確認できさえすればもうそれはターゲットである。湯本が照準を合わせると、標的は大抵落とされて、収蔵庫に収まる。

博物館の学芸員としてではなく、湯本は個人で蒐集《しゅうしゅう》しているのだから凄い。湯本コレクションを常設展示するだけで、博物館ができてしまうらしい。

「これ、何ですかね？　何か神獣っぽいですけど」

香川が首を捻《ひね》っている。

香川は常態が困り顔である。

覗《のぞ》き込むと妙な絵が見えた。

香川の言う通り、貘《ばく》や白澤《はくたく》、狛犬《こまいぬ》や獅子《しし》、麒麟《きりん》といった、神獣瑞獣《ずいじゅう》っぽいデザインではあるのだが、ずんぐりしていてそのどれとも違う。

「はあ。いつだったか発見されたぬりかべみたいですけどねえ。ちょっと違いますかね」

何年か前のこと。所謂《いわゆる》妖怪絵巻の中に、象と狛犬を掛け合わせたような、三ツ目の奇妙な怪物が描かれているのが発見されたことがあった。その横に、ぬりかべと記してあったものだから、妖怪馬鹿どもは大いに沸《わ》いたのだ。

まあ――塗壁《ぬりかべ》といえば、世間一般では鬼太郎の友達である。

コンクリート壁というかはんぺんというか、そういう形だ。

地面からざざあっと生えて来て、

「ぬぅりかべェー」

と低めの声で言う。目玉親父の次くらいに真似され易いキャラである。

鏝《こて》かなんか持っていて、敵を自分の中に塗り込めてしまったりする。漫画でもアニメでも実写でも大体同じ形である。まあその手のことに異様に細かい京極に言わせれば、同じじゃない変遷があるとか言い出すのだろうが、素人目にはほぼ一緒である。はんぺんに手足だ。

まあ、その一般に広く知られている塗壁の形というのは、日本民俗学の創唱者である柳田《やなぎた》國男《くにお》の文章を元にして水木しげる大先生が作ったものである。ⓒ水木しげるなのだ。

それ以外に図像はないと考えられていた。

まあ、ないだろう。

柳田の記した文章を読む限り、塗壁は単なる不思議な現象である。キャラではない。形すらない。ただ、歩いていると突然前に進めなくなるコト、である。その現象そのものをキャラにしたのが、あのぬりかべなのである。ゲゲゲキャラの場合は平仮名表記らしい。で、そのキャラの元となった柳田の記した一文こそが、塗壁という名称が記された最初の文献――ということになっていたものだから、これはもう疑いようがないものと、そう考えられていたのだ。

ところが。

その絵巻は確実に柳田の文より先に描かれているのであった。しかも、描かれているのは現象についての説明ではなく、ズバリ怪物である。珍獣である。

「あれは塗壁なんですかねえ」

「あのブリガムヤング大学に寄贈された絵巻ですよね？　さあどうかなあ。慥《たし》か、同じ絵が描かれた絵巻を湯本先生もお持ちなんですよね。そっちには名前が書いてないんだけれども」

「はあ。そういえば『怪』の記事で読みました」

妖怪馬鹿の三人と、湯本らの座談だったと思う。

「まあ民俗語彙《ごい》としてのヌリカベが採集されたのは昭和に入ってからで、湯本先生がお持ちの絵巻は享和《きょうわ》年間くらいのものだったと思いますから、大分開いてます。同じモノ——というか、モノゴト、とするのが正しいのかな。まあ同じかどうかは判りませんね」

「名前がおんなじでも別の妖怪だっていますしねえ」

「同じものを別の名前で呼んだりもするでしょう。地域が違うと。だから何とも」

香川はそう言って、手許《てもと》の絵を丁寧に元に戻した。

流石《さすが》に手慣れている。

「湯本先生蔵の絵巻と、ブリガムヤング大にある絵巻には必ず元になった絵があるはずなんですよ。まあ、両方とも他の妖怪絵巻とほぼ同じ内容なんですけど、そのぬりかべが描いてある部分だけが違ってるんですね。慥か、三体かな。三体だけ他の絵巻に描いてない妖怪が描かれてる。その部分の手本になった原本が出て来れば、まあ何か判るかもしれませんけどねえ」

「はあ」

そうだよなあ、と平太郎は思った。

妖怪は作られるものなのだ。誰かの体験や、想像力や、文化や制度や、クリエイターの表現力や、そうしたものが積み重なって、時代時代で少しずつ変わりながらでき上がって行くものなのだ。

いる訳ではない。

最初からいるもんでは、たぶん、決してない。

だから——。

「その、香川先生はどう思います？」

「何をです？」

「その、さっきお話しした、あの」

「ああ。多田先生の！」

多田に先生を付けるのは香川くらいである。

いや、多田の講座の生徒達は先生をつけて呼ぶのだろうが、親しい人は多田ちゃんで、そうでなければ多田さんである。呼び捨てる人はいない。どうしても呼び捨てにできないキャラなのだろう。でも、どういう訳か先生は付かない。

「一つ目小僧ですよね？」

「ええ。一つ目小僧です」

「まあ常識的には見間違いでしょうけどねえ」

多田は先日、一つ目小僧に遭遇したらしい。

「ええ。ただ、問題なのは多田さんが一つ目小僧だと判断した理由が、その」

「ええと、黙っていよ、ですか」

「そうです。黙っていよ、です」

見た目の判断ではないのだ。と——いうか、見間違いという線もあり得ないのである。平太郎もそれらしい子供の姿は見ている。ただ、平太郎の場合はチラ見程度であるから、これは勘違い思い込みという線もある。ただ、多田の場合は近くで正面からじっくりねっとり観察しているのだ。しかも。

お茶まで勧められているのだ。

小僧に。

「正気じゃない、と考えるのが普通ですけど、そういう訳でもないんでしょうねえ」

「正気かどうかは、この際横に置いておくしかないです。『怪』の関係者は、まあ一様に正気かどうか怪しいですからね」

私も一応関係者ですけど何かと香川は言った。

「小松先生も寄稿されてますしねえ」

「あ、いや、その、他意はないです」

滅多なことは言わない方がいいですよと香川は顔をくしゃくしゃにして笑った。

「事実だとして、です。まあ一つ目小僧が実在したとしましょう。それも、こう額にでっかい眼がある——それ程大きな目なら、動物であっても少なくともヒト科じゃないですね。これは確実に人間ではないモノということですよね。それ、まあ一つ目小僧を能《よ》く知らない人が見た場合——外国の人とかですね。これはどう思うでしょうね？」

「はあ。怪物ですかねえ」

「怪物とか宇宙人とかその手のものですね。いずれにしてもモンスター——つまり、少なくとも生物だとは思うでしょうね。実際そこにいるんだし、作り物でなければそういう生き物だと考えるでしょう。人型の単眼生物。新種か、さもなくば地球外生命体、その辺が常套《じょうとう》でしょうね。でも、この場合はどうでしょう」

「どうでしょうと言いますと？」

「それ、多田先生にお茶を勧めたり、黙っていよと言ったりしている訳ですね。ま、人語は解す訳です。日本語が話せることは間違いないですね。しかも、明らかに古典を知っていることにもなる訳ですよね、そのモンスターは。あれは、『怪談老の杖《かいだんおいのつえ》』でしたっけ？」

慥《たし》かそうでしたと平太郎は答えた。

「あれは宝暦《ほうれき》の開板ですよ。その何者かは、『怪談老の杖』か、『老の杖』の逸話を引いた文献を読んでいたか、ってことになりますよね。あれは有名な話なので、かなり色々な処で紹介されている。だから知っていたっておかしくはないのですけども——」

まあ、平太郎が知っていたのだから有名なのだ。

「でも——ですね、そんなクリーチャーというかモンスターというか、まあ人でないモノがそんな本を読むのか、という話です。人語を解すからといって読書するかどうかは別な話でしょうし。しかも、その逸話に出て来るのと同じ姿形の怪物が、自分と同じようなモノが出て来る本を読んでいるというのも、これ滑稽《こっけい》な話ですよね？」

まあ、そうなるだろう。

「まあ、だからこそ読んだんだと言われればそうですかとしか言えませんけども、想像するとどうにも妙ですね。そうすると、じゃあどうなのか、ということになる訳で」

「どう——なります？」

「いや、簡単ですよ。そいつが『老の杖』を読んだんじゃなく、『老の杖』にそいつのことが書かれていたんだという——」

「ああ」

「作者の平秩東作が書いたのは、そいつのことだったということです。平秩が取材した体験者が出会ったのは、そいつだったということですね。なら、まあ読まなくたって判りますよ。自分のことなんだし」

「ちょ」

寸暇《ちよつと》まってくださいよと平太郎は言った。

「宝暦って何年前ですか？」

「およそ——二百六十年くらい前ですね」

「いや、だって」

そうなんですねえと香川は言った。

「そんなに長く生きる生物は存在しません。つまりそいつは、生物じゃないということになりますね」

「はあ」

「生物だとしたら、子孫、ということですね。すると同じ種族の中で同じフレーズが申し送りされているということになります。親から子へ、子から孫へ、黙っていよという台詞《せりふ》が受け継がれてるという」

そんなアホなと平太郎は言った。

「お茶出し行為もそうなります」

「いや、ですから」

「それはないです、多分」

ほっとした。

「だって、それが生物だとしたら、別に申し送りなんかされなくたって親がいることになる訳で、それ以前に雌《めす》もいることになる。一つ目小僧女と一つ目小僧男の間に一つ目小僧赤子が生まれることになります」

「ええと、一つ目大僧とか、一つ目尼僧とかではない訳ですね?」

それだと別の種、ということになってしまいますねと香川は言った。

「ああ、そうか」

「そうです。多田先生が遭遇したのが成体だと考えればの話ですが。幼体だとすると、また妙な具合になってしまいますね。つまり、多田先生の話を鵜呑《うの》みにするなら、それは何百年もの間、お茶を出したり掛け軸を上げ下げしたり、黙っていよと言ったりしている不老不死の小僧ということになる。これはもう生物ではないですから、まあ」

妖怪でしょうと香川は言った。

「妖怪ですか」

「怪物や宇宙人じゃない、妖怪です。まあ、三百歳以上寿命があって、地球に降り立ってからこっち、会う人会う人にお茶のような液体を勧め、意味はともかくダマッテイヨという言語を発する地球外生命体が、遭遇した人間が複数いるにも拘《かかわ》らず今の今まで何百年も発見されずにこの日本に生息していたんだとしたら——話は別ですが」

「それは、まあ思いっきりアホらしいですよね」

「ええ。思いっきりアホ臭いです」

香川は眉尻《まゆじり》を下げ、心底困ったような、笑いを堪《こら》えているような、そんな顔になった。

「つまり、多田先生が発狂しているとかいうことがない限り、それは妖怪だと考えるよりないということです。そうでなければ、手の込んだ悪戯《いたずら》です」

妖怪好きは馬鹿が多いし、くだらないことに手間暇かける阿呆《あほ》も多いから、その線がないとは言い切れないのだけれども——。

「そんな特殊メイク、お金が掛かりますよね」

「掛かるでしょうねえ」

妖怪好きはほとんどが貧乏である。無理だ。

「じゃあ多田先生が狂っちゃったんですかねえ」

「またそういうことを言う。滅多なことは言っちゃいけませんよ、榎木津さん」

「はあ」

狂っててくれた方が気が楽である。

「で、多田さんは結局どうしたんです？」

「ええ」

あの日――多田の生徒達と平太郎は、十人程で暗くなるまで懸命に一つ目小僧を捜した。でも結局捕まえられなかったのだ。当たり前である。多田は原稿を書き直すと言って聞かず、どれだけ言っても全くさっぱり聞く耳を持たず、平太郎はもうお手上げ状態になって、梅沢に電話したのだった。

梅沢は遅《おせ》え遅えと散々怒り、事情を説明しても理解はしてくれなかった。仕方がないので直接多田と話して説得して貰《もら》うことにした。それでも多田は最後まで譲らなかった。

「それはつまり、落ちたということですか？　原稿」

「いや、梅沢さんの粘り勝ちでした」

「それは、どういう？」

「日付が変わる前に原稿を寄越さなければ次はないぞと脅迫したそうです。多田さんはそれでもこう、ムッとしてですね、大いに不満げで、まあ入れてもいいけどゲラで全面的に直すと言う訳です。しかし、梅沢さんにしてみれば、そんな、予《あらかじ》め大赤字が入ることを前提とした原稿なら入稿する意味がない訳で、こっちも抵抗したようで」

「難儀ですねえ」

「ええ。なので、様々な見解はあるけれども、まあそれはみんな推理か仮説か想像でしかなくて、一つ目小僧は実在するんだ――という一文をラストに付け加えるということで手を打ったようですが」

「あちゃあ」

　まあ、そういう反応が普通だと思う。梅沢もあちゃあ、と言ったらしい。

「そんなこと付け加えちゃ多田先生、正気を疑われてしまうんじゃないですかねえ」

「既に正気は疑われてますが――というか、僕らは常に疑われてます。ただですね」

「多田ですか？」

「いや、そうじゃなくて、ええと」

　殺人事件ですかと香川は言った。

　――それもあったか。

「凄いですよね、報道。ここ数日はその話題ばっかりですよ。そういえば、あの人――あのテキ屋さんみたいな――そうだ、及川さん。及川さんが殺されそうになったとか」

「ええまあ。ただ立ってただけみたいですけどね」

それでも大騒ぎである。

報道もどこか煽情《せんじょう》的だ。

ラジオ局内で出版社の編集者が殺害されて、しかも猟奇的な手口だったらしくて、犯人はかなり危ない感じの女子であり、でもって人気作家が現場にいたというだけで、煽《あお》る要素は満載である。しかもその作家がその手の作品の第一人者――鬼畜描写にかけては右に出るもののいない平山夢明――だったとなれば、これはもうメディア的にはおいしい話でしかない、ということになってしまうのだろう。

実際に人が亡くなっているのだから、興味本位的な報道のし方は正真正銘不謹慎だ――とは思うが、このお膳《ぜん》立《だ》てでは、ただ普通にべたっと報道しただけでもそういう印象になってしまうのだろう。

平山だから。

その平山が露出を完全に控えている所為《せい》でヒートアップこそしていないようなのだが、要らぬ憶測が飛び交っていることも事実である。

「犯人はサイコキラーだとかいう報道でしたが、及川さん、怪我でもされたんですか?」

「まるごと無傷ですから何のご心配も要りません。及川を助けた他社の人が、何だか英雄っぽく持て囃《はや》されてますけども――」

どうなっていることやら。

「それもまあ大変なんですが、実はもうひとつ、一つ目小僧事件と似たようなことがありましてですね」

そう。

レオ☆若葉が角川書店に持ち込んだ、不可思議な呼ぶ子石の――件である。

これまた常軌を逸した話ではあるだろう。但《ただ》し、こちらの方は荒俣宏以下、編集部数名が直接確認している。梅沢も、郡司編集長も目視している。

というか、一つ目小僧と違って、呼ぶ子石の方は捕獲――捕獲という言い方には語弊《ごへい》があるのだが――されているのだ。

梅沢はその件で手一杯になってしまった。荒俣も興奮し、結果担当の岡田も駆り出されている。そのお蔭で、平太郎が如き軽輩が香川のお供をすることになってしまったのである。

申し訳ないったらない。

「実はですね、表向きはまだ伏せられていることなんですが、その、呼ぶ子の――」

「呼ぶ子？」

そこで。

突然ドアが開いた。

振り向くと、まん円《まる》の眼を剝《む》いた大屋《おおや》書房《しょぼう》の纐纈久里《こうけつくり》が顔を覗かせていた。

大屋書房は老舗《しにせ》の古書店で、久里さんは四代目か何かであるらしい。お化け関係の絵や文献も取り扱っており『怪』にも寄稿してくれている。妖怪好きなのである。

尤《もつと》も、先代はその辺を苦々《にがにが》しく思っているというような話も聞いた。

少し前まで、お化け関係の品は無価値で無意味で下品で下賤《げせん》なものだったのだから、これはまあ、仕方がなかろう。

「すいませーん」

「ああ、ええと」

久里はぺこりと頭を下げた。

「もう少しだけ待ってくださいませんか。どうも偏屈で困っちゃうんですよねえ、ここのご主人は」

「あの、ぼぼぼ、僕は何か失礼なことでもしましたか?」

してませんようと言うと、久里は顔を上げてケラケラ笑った。

「まだ会ってないじゃないですか平太郎さん。どうも申し訳ありません、香川先生」

「いや、別に構わないですけど、その、何かあったんですか?」

ニュースですよニュースと久里は言った。

「ニュース? じゃあ、あの、殺人事件ですか?」

「殺人? ああ、あの編集者殺人事件ですか? 違います違います。そっちじゃないです」

「どっちですか?」

「ええ。ほら、あの法改正の話。警察の職務権限を広げるとか民事介入の特例を認めるとか何とか、能《よ》く解りませんけど」

　そういえば何か騒いでいたように思う。

　編集者殺人事件の所為ですっかり影が薄くなってしまったのだが、それまでは賛成だ反対だと、囂《かまびす》しく議論されていた。

「あれ、まあ今までは口頭で注意するぐらいしかできなかったものが逮捕できるようになるとか、そういうことなんですか？　まあ、ストーカーだとか幼児虐待だとか、ドメスティックバイオレンスだとか、相談に行っても何もしてくれないようなことも多かったからやってくれるンならいいようにも思うんですけど」

　そう簡単なものでもないんでしょうねえと、久里は言った。

　まあ何だかんだと手を出せないことも多かったようだし、その結果捜査が後手に回ったり犯罪が起きてしまったりすることもあったというような話は、能く聞くところである。

「規制緩和みたいなものでしょうと軽く言ったら、まるで違う、右傾化だ軍国主義だ人権侵害だって、もう怒っちゃって——あ、そういう人なんですよ」

　もしか、面倒臭い人なのか。

　平太郎はあからさまに厭《いや》な顔をしたらしい。久里は一瞬平太郎の顔を見て固まり、ああ大丈夫です大丈夫ですと言った。

「気難しい人でもないんですよ。ご主人。ただもう八十ですからね、それなりに偏屈で」

「ははあ」

　そんな老人なのか。

絵巻を覧《み》て欲しい——という話なのである。

鑑定してくれ値踏みしてくれという話ではなく、とにかく覧て欲しいということだった。

妖怪の絵巻らしい。

妖怪ならば纐纈久里——ということで、大屋書房に相談が持ち掛けられた訳である。

ただ久里は鑑定はできるが位置づけなどはできない。文化的評価をするためには識者に覧て貰う方が良かろうということになった。そこでどうせご覧戴《いただ》くのなら、妖怪絵巻に関する論考を上梓《じょうし》したり、講演や研究発表なども多くしているその分野の第一人者——小松和彦国際日本文化研究センター所長が適任であろうということになったらしい。ところが、小松は大変に多忙で、近々上京するのは無理だという。そこで共同研究者でもある香川に白羽の矢が立ったという訳である。

で、小松、香川、大屋書房それぞれと付き合いのある『怪』がコーディネイトするという運びになった訳なのであるが——。

まあ、『怪』の方は呼ぶ子騒ぎと殺人事件でてんやわんやになってしまっていた——という次第なのである。

平太郎は、甚《はなは》だ心細いのである。

「そんなですからもう出て来るはずです。本人が案内するだけでいいと言うんで、ご案内だけしたものの、挨拶《あいさつ》もお茶のご用意も何にもしないで、こんな倉庫みたいな部屋でずっとお待たせするのも何なんで——これ買って来ました。こんなもんで失礼なんですけど」

久里はペットボトルのお茶を差し出した。

「あ、いや、どうもありがとうございます。でもこれ、こ、ここ溢《こぼ》しちゃったりしたら、どうしましょう」

紙だらけである。紙しかない。

溢さないでくださいと久里は言った。

「そ、それはそうですね。で、そのご老人というのはいったいその、どういう」

本屋ですねと久里は答えた。

「は？　まあそうなんでしょうけど」

「今は古書店なんですけど、以前は——父の話では本屋だったようです」

新刊書店ですかと香川が問うた。

「新刊といいますか——相当古いんです。創業明治何年とか」

「明治？　明治時代に現在のような書店はないですよね。いや、あることはあったんでしょうが、今で謂《い》う書店とは違うでしょう？」

「はあ。江戸時代に本屋といえば版元ですね。これは要するに出版社さんですが、でも現代の書店に近いものもあったでしょう」

「あったようですけどね、資料なんかを覧ると。ただ扱う書籍の種類によって、書舗とか絵草紙屋とか書物問屋《かきものどんや》とか、貸本屋とか、名称や業態が違ってたでしょう。貸本屋なんかは行商が主だった訳だし」

「ええ。まあそうですね。でも版元の店頭で現物が閲覧できて、その場で購入もできた訳ですから、そもそもきっちり分かれていた訳じゃないですよね。要は出版社とレンタルブック店と取次《とりつぎ》と新刊書店と古本屋とが渾然《こんぜん》としていたんですよ。まあ、それが版元と取次と小売りとに徐々に分かれて行く訳ですけど」

「製造、流通、販売と役割分担ができては行ったけれども、その段階では新刊と古書という区分はまだはっきりしていなかった——と」

「そうでしょうね。明治だと貸本屋だって残ってたでしょうしね。昭和に入ってから流行した貸本屋はまるで違うものですけど。吉川弘文館《よしかわこうぶんかん》さんなんかは、今では出版社さんとして活動されてますけども、江戸時代は近江屋《おうみ》さんという屋号の本屋さんで、江戸で本を大量に仕入れて大阪で販売したりしてた訳ですし、その他のお店も、唐本や洋書の取次販売をしたり、まあ様々だったようです」

そうなんだ。

平太郎はまったく知らなかった。

そんな古くから営業している出版社があるのか。

仏教書の出版をされている京都《きようと》の法藏館《ほうぞうかん》さんは慶長《けいちよう》七年の創業ですよと久里は言った。

「創業四百年——以上ですね」

それは老舗とか何とかいう言葉ですら語れなくないか。慶長七年って、関ヶ原《せきがはら》の戦いのすぐ後くらいじゃなかったか。江戸幕府より古いのか。

「本屋や出版の業態が今のような形に整い始めたのは、そうですね、明治後半くらいでしょうかね」

「その頃からあるお店なんですか？　ここが？」

「そうみたいです。尤も、以前は神保町じゃなくてどこか別の場所だったらしいですけど、関東大震災でお店が潰《つぶ》れちゃって、ここで開業し直したみたいな話を聞きました。ですから、このご主人は」

「偏屈な？」

「偏屈な。ご主人はこのお店ができて、その後に生まれたことになるでしょうね。まだ八十ですから」

もう八十である。

「ここはそんなに古いんですかあ」

凄いなあと言うと、流石《さすが》に建て替えてるでしょうと香川が言った。

「だってこれ、多分築三十年くらいですよ。決して新しくはないですけど、見たところそこまで古くはありませんね。窓はサッシですし」

「はあ」

平太郎は感心するばかりである。

「ところで纐纈さん、その絵巻というのはご覧になったんですか？」

覧ました、と久里は言った。

「どうでした？」

「買いたいです。状態も悪くありませんし、何より」

「何より？」

数が多いんですと久里は言った。

「どういう意味でしょう」

「載っている妖怪の数です。他の絵巻と較べると、格段に多いですね。しかも」

「しかも？」

「土佐《とさ》派系統と狩野《かのう》派系統が混在しています」

「はあ？」

香川は眉をハの字に開いた。

妖怪絵巻と呼ばれるものの数は多い。

一番有名なのは大徳寺《だいとくじ》真珠庵《しんじゅあん》蔵のために真珠庵本と呼ばれている『百鬼夜行絵巻《ひやっきやこうえまき》』だろうと思う。ただ、これは本来そう呼ばれていたものなのかどうか、実のところは不明であるらしい。作者は土佐光信《とさみつのぶ》とされるが、これも定かではない。

百鬼夜行という言葉自体は『今昔物語集《こんじゃくものがたりしゅう》』の古《いにしえ》からあるものだが、それは実に見えない亡者――鬼の行進のことであり、多彩な姿形の化け物パレードのことではなかったようである。

この『百鬼夜行絵巻』――真珠庵本は、写本の類《たぐ》いが数知れぬ程ある。写本なのだから上手下手《じょうずへた》の差こそあるものの、内容は大同小異である。

ただ、中にはまるで違うものもある。

何が違うって、描かれているお化けが違う。

一生懸命写したのに下手になっちゃいました――というような差ではない。まるで違うお化けが描かれているものも存在するのだ。これはもう写本ではない訳であるが、ではオリジナルのお化けを勝手に描き足したのかというと、これがどうもそうではないらしい。そのお化けもまた、何かから写したものらしいのだ。

いくつかの系統があり、それが錯綜《さくそう》している。

先年、件《くだん》の小松和彦教授を中心にした国際日本文化研究センター怪異・妖怪文化資料データベース・プロジェクトのメンバーは、それまで印象や口伝《くでん》、知名度など甚だ無根拠なものだけを頼りになんとなく定められていたその諸本の位置付けを見直すという作業をした。

六十種を超える諸本を集め、分類し、整理し、並べ直し、統計学などを援用してどれがより古いのかを推定したのである。

結果、真珠庵本をオリジナルとし、そこからヴァリエーションが派生した訳ではない――という推測がなされた。

細かい比較検討の結果、祖型的な位置付けとなり得る絵巻――つまりそれぞれ被《かぶ》らないお化けが描かれた絵巻――が、四種類特定された。

真珠庵本はその四つの祖型の一つに過ぎない――というのである。沢山ある諸本は、いずれもその四種の部分を組み合わせ、継ぎ接《は》ぎする形で構成されているのであった。

興味のない人にはどうでもいい話なのかもしれないが、好きな者にとっては目から鱗《うろこ》という話である。当時大学生だった平太郎は、公開シンポジウムでの研究発表をわざわざ聞きに行ったものだ。

何だかわくわくしたのを覚えている。

その百鬼夜行絵巻研究プロジェクトが発足する端緒となったのが『百鬼ノ図』と題された百鬼夜行絵巻の異本であり、その異本を発見し、小松に紹介したのが、他ならぬ香川雅信その人なのであった。

いやはやなんとも。

真珠庵本を含むそれら一群の絵巻は、総《すべ》て土佐派の絵師達によって描かれている。

つまり、土佐派系統ということになる。

一方。

狩野派の絵師達も、妖怪絵巻を書いている。

こちらも、有名である。

土佐派同様、百鬼夜行絵巻と呼ばれているものもあるのだが、『妖怪図巻』とか『化け物尽《づ》くし』とか『百怪図』とか、名称はまちまちである。

こちらは、パレードの体裁ではなく、お化けは概《おおむ》ね一体ずつ独立して描かれている。横に名前が書かれているものも多い。絵巻というよりもカタログのような体裁である。要するに妖怪図鑑なのである。

見越し入道から始まるパターンが多いようだが、土佐派のものと違って、形が奇妙だというだけではなく、土地土地に伝承の残るローカルな化け物がラインナップされているあたりが通好みである。河童だのろくろ首だの野狐《のぎつね》だのといったメジャーどころから、ひょうすべ、わいら、うわん、しょうけらなどのマイナーメジャーまで、バラエティ豊かに取り揃えて載せているのである。ただ土佐派の絵巻と較べるに、線やフォルム、色使いなどが何処となく野暮ったい感じがするのが特徴である。

これも、異本が沢山ある。

順番に異同があるだけでなく、名前が変わっていたり、微妙に変梃《へんてこ》な形にされていたり、時に見たことのない奴がこっそり増えていたりもする。油断がならないのだ。

先程話に出たぬりかべも、この狩野派系統の妖怪図巻の異本に描かれていたものである。

ただ、土佐派の絵巻に描かれた連中が切り出されて混じることはない。

なかった——と思う。パレード型の土佐派の絵巻に、狩野派のお化けっぽいのが混じることはごく稀《まれ》にあるらしいが、逆はない。少なくとも平太郎は知らない。

「ええと、その、それはどっちタイプなんです？」

「どっちというと？」

「ですから、その行列してるんでしょうか。単品の羅列タイプでしょうか」

「ああ。単品ですね」

「そうですか」

平太郎は香川の顔色を窺《うかが》った。

実に嬉《うれ》しそうな顔をしている。

「め、珍しいですよね？　香川先生」

「まあ、余りないでしょうね。でも、成立年代に依るんじゃないですかねぇ」

「成立年代？」

「ですから、例えば鳥山石燕なんかは、土佐派、狩野派、両方からのいいとこ取りじゃないですか。で、石燕以降に描かれた類似の絵巻は、混ざって来ますよね。石燕を下敷きにしたりしているし」

「はあ、そういうことですか」

「ボストン美術館所蔵の石燕自身が描いた妖怪絵巻はラインナップこそ狩野派のお化け中心になってますけど、順番はわざと変えているし、行列形式ではないものの、単品というより全体の流れも考えて作られていますね。それに、ラストに日の出のような場面を描いたりして、明らかに土佐派の絵巻の影響を受けてますよね？」

「あ。それも『怪』のバックナンバーで見ました」

石燕といえば、ご存じ『画図百《がずひゃっ》鬼夜行《きやこう》』の作者である。ご存じといったってご存じない人は大勢いるのだろうが、水木大先生の漫画も、京極夏彦の小説も、多田克己の研究も、石燕なくしては今の形になっていたかどうか怪しい。京極の小説は読んでいないのだが。厚いから。

とはいえ、時を隔て、これだけ違う分野に影響を与えた人物というのも珍しいように思う。

その『画図百鬼夜行』は、平たくいえば一頁に一体ずつお化けを描き、名前と、ものによっては簡単な説明を施しているという、もうズバリ妖怪図鑑である。

石燕は狩野派の絵師であるから、狩野派系統の絵巻に描かれたお化けはほぼそのまま載っている。だが、掲載されている化け物はそれに留《とど》まるものではない。香川の言う通り、それまでに描かれた絵巻の〝いいとこ取り〟なのである。

人気があったのだろう。シリーズは巻を重ね、四シリーズ三冊ずつ、計十二冊も出版されている。まあ、巻を重ねればネタもなくなる。狩野派系統のネタが尽きると、石燕はオリジナルのお化けを描き始める。

そして、更には土佐派の絵巻からもお化けを採用し始めるのである。

尤も、土佐派の絵巻は基本的に行列の場面を描いたものなのであり、お化けはモチーフに過ぎないのだから、一体一体の名前などは記されていない。奇妙であればそれでいいというようなものである。

だから正確に言うならば、石燕は土佐派の絵巻に描かれたお化けを行列から一体ずつ切り離し、それを下敷きにしてオリジナルのお化けの絵を描き、更に名付けをした——とすべきなのだろう。そのうえ適当な説明文をそれらしく付している。お化けというのは、その昔からそういうものなのだ。作っているわけである。まあしかし、『画図百鬼夜行』は大ブームとなった狂歌《きょうか》絵本の先駆け的な作品なのであって、お化けは素材に過ぎないらしい。諷刺《ふうし》諧謔《かいぎゃく》が主題なのであって、石燕は別に妖怪図鑑が作りたかった訳ではないものと思われる。

で。

この石燕という人は絵が上手《うま》い。いや、絵師だから当たり前だろうという話なのだが、版本である『画図百鬼夜行』ではその上手さは伝わり難《にく》いのだ。版本というのは要は木版画なのである。巧拙の度合いは構図だとかフォルムだとか、線のタッチなんかで判断するしかない。構図はともかく、線なんかは彫師や摺《すり》師の腕で結構変わってしまう。

ところが、肉筆画の場合は、まあ本人が直接筆で描いた一点ものなのであるから、その辺は能《よ》く判る。

ボストン美術館の絵巻というのは、もちろん石燕の肉筆である。

これが、まあ平太郎のような素人《しろうと》が見ても上手いと感じる。いや、写真でしか見たことはないのだが、他の絵巻と較べても、そりゃあ上手なのだ。

で。

「つまり、後出しジャンケンならアリだと？」

香川は困ったように小首を傾げた。

「いや——まあ、ええ、そういうことですね。一瞬意味が解りませんでしたが、後発なら何でもアリではありますよね。でも、そうでなかったら」

「なかったら？」

大発見ですねと香川は断言した。

「だ、大発見ですか？」

「そりゃあ大発見です。小松先生の妖怪絵巻研究も飛躍的に進んじゃいますね。というか、抜本的に見直しがされるかもしれません。ただ、絵巻は年代測定が難しいんですよね。箱書きやら題簽《だいせん》やら、序《じょ》や跋《ばつ》があるとも限りませんし、あっても本物かどうか――」

ありましたか、と香川は久里に問うた。

「ありましたけど、能く解りませんでした」

「解らないというと？　読めない？」

「いえ、読めます。でも全く知らない名前の絵師でした。年代は――多分信用できない気がします」

「古い年代ですか？」

「ちゃんと見ませんでしたけど長和《ちょうわ》とか長徳《ちょうとく》とか」

「はあ？」

いつですかそれはと平太郎は尋いた。

サッパリ解らない。

「平安時代ですよ。西暦千年凸凹《でこぼこ》ですね」

「って、千年くらい前じゃないですか！」

そうなりますねえと香川は言った。

「事実なら、鳥羽《とば》僧正《そうじょう》より古いですね。国宝指定されちゃうかもしれませんよ」

「こ、国宝！」

まあないと思いますと久里は応じた。

「ただ、少なくとも明治ものじゃないと思います。江戸だとしても、相当初期じゃないかなという風合いでした。あくまで印象ですから何とも断定はできませんけど、真珠庵本に少し似ていましたね」

「え？　行列なんですか？　さっき単品と」

「いえ。何というか、書き振りというか筆致が」

「え？　土佐光信っぽい筆致なんですか？　しかも古げな感じなんですよね？　でも、それでいて、狩野派の絵巻みたいな構成なんですか？」

珍しいですよねと久里が言うと、珍しいというかあり得ない気がしますと香川は答えた。

「あり得ませんよねえ」

「狩野派の妖怪絵巻は、あれ西洋の博物誌かなんかが影響してると思うんですよね」

「博物画ということですか？」

「その、要するにUMA的な扱いなんだと思うんですよ、あれは。ろくろ首とか猫又なんかは室町《むろまち》あたりの風俗絵を参考にしてるんでしょうけど、それも本物っぽさの演出ですよね。しょうけらとかわいらとか河童なんかは、実在する動物っぽい描き方だし——いや、実在すると考えられていたとは言いませんが、そもそも全然有名じゃないものですから、先行する絵もないですし。あれ、今で謂うならフォトショで加工したフェイク写真的なものじゃないですか。地方の伝承に基づくものが多いのも、それっぽく見せるためなんじゃないかと思いますね」

「ははあ。もしや昔はいたかも、今も田舎ならいるんじゃないか的な話ですかね。その、秘境探検モノに通ずるような」

平太郎は川口浩《かわぐちひろし》探検隊のＤＶＤを買った。好きなのだ。

まあそうですねと香川は答えた。

「昭和中期の風俗学なんかにも秘境ネタは多いんですが、あれも博物学をなぞったものでしょうし。何よりも、狩野派の絵巻は物語性が廃されていますでしょ」

まあ、お化けが並んでいるだけだ。

「絵巻にはそもそも物語があるんです。一見行列を描いただけの土佐派の百鬼夜行絵巻にだって、失われてしまっただけで、もしかしたら物語があったのかもしれない。先行する『付喪神《つくもがみ》絵巻《えまき》』にだって、ちゃんとストーリーがあります。筋がなかったとしても時間経過は描かれてますね。横長の風景の中に、時間の経過がちゃんとあるでしょう」

そう言われればそうである。

「始まりと終わりがあってこその巻物です。一体ずつ描いて、名前を添えるというカタログスタイルは、かなり後発のものだと思います」

「つまり、狩野派のスタイルは土佐派よりずっと新しいということですか？」

「いや、絵巻の専門家じゃないので、正式な見解じゃないですけど、ただ、お化けの絵巻以外にこんなカタログみたいなのはないですからね」

まあ、ないだろう。

——それにしても千年前じゃなあ。

平太郎はほんの少し興奮して、急激に醒《さ》めた。まああり得ないだろう。言っちゃ悪いがこんな町の古本屋が国宝級の品物を扱うとは思えない。大屋書房あたりならまだ解るような気もするが、この店は聞いたことがない店だ。店と思っていなかった。古いのは古いのだろうが、まあ商売っ気はまるでなさそうである。

そもそも看板がない。だから店名も判らない。

主《あるじ》の名前は聞いたが、そもそも郡司編集長が疎覚《うろおぼ》えであり、梅沢には電話で教えられたのだが、メモしなかったので忘れた。もう住所ともども忘れた。大屋書房まで行けば案内してくれるという話だったので、完全に頼り切っていた訳である。気が抜けていたのだ。

どっちにしても。

——千年はないだろう。

百年くらいなら、まあ許容範囲という気もするのだが、その十倍である。嘘臭い。

千年はないですよねえと言うと、香川は苦笑いをした。

「ま、今お話ししたように、室町のものだとしても大発見に違いはないですね。江戸初期でも大発見ですよ、妖怪的には」

妖怪的——というのであれば、昭和初期でもそれなりに悦《よろこ》ぶのではなかろうか。喜ぶだろう妖怪の連中は。できさえ良ければ悦ぶと思う。いや、できが悪くたってそれなりに嬉しがるような気さえする。

馬鹿なのだ。妖怪好きは。

「まあ、妖怪馬鹿の人達にとっては、平成ものでも大喜びのもんだと思いますけどね」

平太郎は大喜びする多田やら村上やら京極の顔を思い浮かべた。

それはまあ、至極現実的な想像だった。美術史に残る発見だの国宝級の逸品だの、話が大きくなると途端に現実性が遠退くのだが、馬鹿が悦ぶ程度の想像なら、やけにリアルにできるのである。

まあ、その程度だろう。『怪』なのだし。

香川には申し訳ないのだが、あまり期待はしない方がお互いのためであることよと平太郎は思った。

じゃあ私は失礼しますと久里は言った。

「もう来ると思いますので。現物をご覧になって吟味してください」

にこやかに笑って老舗古書肆《こしょし》は部屋を出て行った。

平太郎は香川の顔色を窺った。

淡々としている。

まあ、これが普通なのだろう。

五分ばかり沈黙した。平太郎は貰ったペットボトルのお茶を半分程一気に飲んだ。

どういう訳か、緊張している。

期待しない方が良いと思ったにも拘《かかわ》らず、どこかで期待してしまっているのだろうか。

「あの」

「遅いですね」

「ええ、その」

ぎい、と音がした。

扉が開いて、今度は――。

老人が立っていた。何処から見ても、誰が見ても紛《まご》う方なき老人である。

お爺《じい》さんが着るような何の変哲もないシャツを着てお爺さんが羽織るような薄めのカーディガンを羽織りお爺さんが穿《は》くような渋めの色のスラックスを穿いてお爺さんが掛けるだろう古臭い黒縁の眼鏡を掛けている。頭髪は白く、禿《は》げてはいないがオールバックに撫《な》で付けているのでシルエットはつるりとしたものであり、顔も頸《くび》も皺々《しわしわ》で、何処も彼処《かしこ》も良い具合に枯れている。もう完全無欠のお爺さんである。

老爺《ろうや》は細長い木箱のようなものを小脇に抱えていた。それこそが千年前なのだろう。

「お待たせしましたな」

老人はそう言った。

「山田《やまだ》書房《しょぼう》の山田《やまだ》五平《ごへい》です」

「あ」

なる程。

平太郎は瞬間的に呑み込んだ。

余りにも凡庸《ぼんよう》なネーミングだったので記憶されなかったのだ。

「か。角川書店の榎木津です」

アルバイトなのだが。

一応、名刺はある。慌《あわ》てて捜す。神戸《こうべ》人形のようなぎこちない動きで差し出す。老人は恭《うやうや》しく受け取ってから眼鏡に指を添え、眼を細めて眺めた。

「え——のきづさん、ですな」

「そ、そうです。こちらは」

「兵庫県立歴史博物館の香川です」

「あ。香川先生。お作は拝読致しました。ええ、『江戸《えど》の妖怪革命《ようかいかくめい》』でしたな。いやいや、興味深く読ませて戴きました」

ありがとうございますと香川は頭を下げた。

「いやいや、こんなにお待たせすることになろうとは思いませんでしたわ。失礼しました。まあ、汚い処《ところ》ですが、その辺にお掛けください。人様をお通しできる部屋はここくらいしかないもんでしてな。座敷といわず廊下といわず本の山だ。もう足の踏み場もないのですわ」

「こ、ここよりも——」

多いのか。ここは別に倉庫という訳ではなかったようである。言われてみれば、玄関からこの部屋までも本だらけだった。

もしかしたら、ここが客間なのか。

「もう整理も何も追い付きませんわ。整理し終わる前に私が終わることは、まず間違いないでしょうなあ」

老人は渇《かわ》いた笑いを発した。

「もう八十だ。まあ、あと十年くらいは生きる気がしますがな、十年じゃあ整理はできませんなあ」

この場合、答えようがない。

はいともいいえとも言い難《にく》い。

古い椅子に座ると、老人も座った。

本の山に隠れているのでそこに椅子があることさえ判らなかった。

「いやいや、何たってあなた、最近の世相の荒《すさ》み方はどうですかな」

老人は座るなり、憤慨したように言った。

「太平洋《たいへいよう》戦争が始まる前もキナ臭くって敵《かな》わなかったがね、ありゃ、まあ国策です。政治家も国民も、国そのものがね、未成熟だったんだなあ。日本だけじゃない、国際社会が、まだまだだったんだ。だから、まあ下々《しもじも》にも判ったですよ」

「な、何がですか」

「こりゃあマズいことになろうということですよ。中には勇ましいこと言うてるのもいましたけどな、そんなものはただの物知らずですよ。戦争は、まあどうであれイカン」

「はい。それは仰《おお》せの通りです」

「国がどんどん悪い方向に傾いて行く。それはな、まあ判るもんです。でも、抗《あらが》えないな、個人は。抗っても詮方《せんかた》ないですわ。いや、正論をきちんと言うのは正しいことだから、謗《そし》られようと罰せられようと言うのは言った方がいいですよ。でも、動かせんものは動かせんように思うねえ。言い訳染《じ》みておるけれども。国民全員が抗っても、ああいう傾きは元には戻せんのでしょうかなあ。みんな、どっかで駄目だイカンと思うとるというのに、結局沈んで行くんだなあ。不甲斐《ふがい》ないとは思うが、実感としてはそんな感じだったですわ」

「はあ」

「私は子供だったからねえ、厭だったですわ。でも親にはこっぴどく叱られた。戦争は厭だとか怖いとか言うと、もう叩《たた》かれた。どんだけ厭でも我慢せにゃならんのかと思うと、無力感に襲われたねえ」

「はあ」

「そんだけ厭だったんです」

「わ――解るような気がしますが」

「それが今はどうですか。多分、この国はあんた、その当時より悪くなりつつあります。それなのに、誰も厭だと思うてない。変だと思わん。私はそこを恐れるんです」

「は、はあ――」

「みんなが厭だ、違うと思うておっても、逆らえないもんには逆らえない。それが、今はマズいとさえ思わんのですわ」

「マズいと思ってない——ですかね？」

あんたも思うとりゃせんねと老人は言った。

「いや、問題意識は、も、持ってます。震災で色々なことが、ろ、露呈しましたから。駄目なもんは駄目だと、そう、あの」

「いや、そういう制度の問題とも違うんですなあ」

「違いますか？」

「国がアテにならんちゅうことは、身に染みておりますからな。国だけじゃあない、あっちもこっちも駄目ですわ。でも、まあそれはいつもそうなんだ。そういうもんは変えればいいんです。変えられましょう」

「はあ。そう——思いますが」

「それはなあ、抗えるもんだと思うんだ私は。どうにでもなることです。ところがあんた。問題は、日常の方ですわ。いいですかな、国が、政治がこんだけイカンことになっとるちゅうのにですな、あんまり厭だと思うもんがおらんのですわ」

「そうですか？　異を唱える人も果敢に闘ってる人も大勢いるように思いますが——」

とというか、何の話をしているんだ自分。

「いやいや、そこです。怖いと思う、だから自衛のため体制に疑義を呈す。虚偽を暴く。そういう人はいるでしょうな。それは立派なことじゃと思う。でも私が問題にしておるのは、その疑義の呈し方です。皆、闘う必要のない処で闘っておりやせんですか」

能《よ》く解らなかった。

「いいですかな。別に米国が攻めて来よるのと違うんですぞ。慥《たし》かに、あの大震災は大ごとでしたわ。原発の問題も、深刻じゃあ思う。でも、闘うこちゃあないと思うんですわ。そういう時は寧《むし》ろ、力を合わせる時なんと違いますかな」

老人はしょぼついた眼を血走らせた。

「世の中莫迦《ばか》もおる。悪人もおる。でもそりゃいつの世にもおる。莫迦だから罵《のの》り悪人だからやっつける、それでいいんですかな。もちろん、罪があるなら償《つぐな》うべきでしょうがな」

「まあ、そうだと思いますが」

「そら、世の中には心得違いの者も多いし、よくよく駄目だと思いますわ。でも、今は互いに罵り合うような状況と違いやせんですかな。敵は何処にもおらんのです。天災も、人災も、それら禍《わざわい》ではあるけれど敵じゃあない。私らは打ち拉《ひし》がれたが、国が終わった訳でもないし、憎み合う謂われもないです。みんなで困ったらみんなで助け合えばいいことですよ。それが、もうまるでイカンでしょう」

「イカンですか？」

「幾ら怖いからって疑心暗鬼になってばかりいても仕様がないですよ。疑えばいいというものではないです。でも、どうです。世相は益々《ますます》殺伐としておる。誰も信用できん。だから締め付ける。取り締まる。罰を与える。それに反発する。反抗する。何処も彼処も、闘う者ばかりですわ。イカンものは正せばいい。でも正すために果たして闘いが必要なんですかな？」

闘いは何かを生みますかと老人は言う。

「いやあ、闘いというのは比喩《ひゆ》ですよ。まあ、そのですね、意見の調整といいますか」

「そこそこ。そこです！」

何処なのか。

「意見の違う相手を〝敵〟と見做《みな》すのが当然という風潮こそを、私は憂慮しておるんです。意見が違うからといって、悪し様に罵ったり、乱暴狼藉《ろうぜき》を働いたりする必要はないでしょう。それもこれも、敵だなどと思うからですよ！　敵というのは、恭順させるか殲滅《せんめつ》するかしかないのですわ。そうじゃあないでしょう」

「はあ」

まあ、そうかもしれない。

考え方が違うから即敵認定というのはおかしい。

相手方に敵認定されたからといって、こっちも敵と思う必要はない訳で。

相手が間違っていたとしても、相手にしてみればこっちが間違っていると考えている訳であり、互いに相手を説得できない正論はどっかに穴があるのだろうし、つまりそれは正論ではないということになるような。いずれ絶対的に正しいなんて立場はないのだ。文化が違えば常識も変わるのだし、人が違えば事情も違う。それなのに話し合いで解決できないから武力行使って、まあ当たり前のようなのだけれども、子供の喧嘩《けんか》と変わらないし。

老人の言う通り、敵とか闘うとかいうモード自体がイカンのだろう。

そうだけど。

いつ——本題に入るものか。

老人はふつふつと何かを滾《たぎ》らせている。

「この国は、元々こんなじゃあなかったはずだと私は思うとる訳です。太平洋戦争の時は、まあ、国策が間違うておった。それを知りつつ、結局抗えなんだ。今は、もちろん国も間違うとるんでしょうけども、先《ま》ず民の方が間違うとりゃせんですか」

「はあ。まあ、仰《おつしや》ることは何となく解ります。で」

「いやいや、だってあんた、こんどの法改正は何ですかな。法というのはそんなに簡単に変えていいもんですかな。まあ、悪法というのはあるですよ。しかしな、悪法だからといって守らなくていいという法は、それこそないですわ。悪法なら変える努力をせにゃならん。変えるなら変えるで慎重な議論が必要でしょう。それがどうですか。法律の専門家でもないような莫迦どもが、勝手に決めたり変えたりしよるのですッ！」

久里が言っていた警察なんとか法のことか。

「注意する前に逮捕ですぞ。話し合う前に訴える。譲り合う前に要求する。話を聞く前に主張する。意見が合わなければ全部敵だ！　我を張って主張し合ってたら辺《あた》り構わず四面楚歌《しめんそか》ですぞ！」

「いや、そうなんでしょうけど」

「おおッ！」

すいません、つい興奮してしもうたと言って、老人は振り上げかけた拳《こぶし》を下ろした。

「どうも、気が短くなっております。齢《とし》の所為ですかなあ」

香川は莞爾《にこにこ》と笑った。

「まあ、障害は正面突破、困難には敢然と立ち向かうのが当然という風潮は、どうかと思いますね。障害をなくす方法は、他にも沢山ありますからねえ」

「そうなんだ。どんな時にも余裕がなくちゃあいかんのです。この国の民は、古《いにしえ》より和の心を持っておったはずですからな——あ、また話が逸《そ》れてしまいますな。わざわざ遥々《はるばる》ご足労戴いて、年寄の愚痴を聞かされたのでは、先生も堪《たま》りますまいなあ」

わっはっは、と山田五平は笑った。

「で、です。こんなご時世ですからな、お化けのような無駄なもんが必要なんじゃなかろうかと、まあこの年寄はそう思うた訳です。こりゃ纈纈さんとこの娘さんの影響もあるんだが、そこで、まあ未整理の山の中からお化けに関係するもんを選んで——いや、上っ面探しただけですがな。それで見付けたもんを、この部屋に集めたんですわい」

「こ。この部屋全部お化け！」

思ってもみなかった。

まあ、言われてみれば慥《たし》かに目に付くものは妖怪資料ばかりのようである。

「で、まあ一段と古い処をごそごそと探しておりましたらば、これが出たんですな。おやと思うて数人に見せたら、大変なものかもしらんというもんで——」

老人は箱の蓋《ふた》を開けた。

「多分、曾祖父《そうそふ》が仕入れたものだと」

「ひいお祖父《じい》さんがですか。すると」

「まあ昔のことで、詳細は解りませんがなあ。この箱には『怪』とのみ記されておりますな」

老人は蓋を平太郎の方に向けた。

慥かに、怪、と読めた。

老人は箱から巻物を取り出し、箱を横の棚の上に置くと、億劫《おっくう》そうに立ち上がって本の山の上に巻物を置いた。

香川が腰を浮かす。

「それが題名ということですか？」

「さあ。箱自体は新しいもんだと思います。箱の文字は、多分曾祖父のものですな」

「すると――箱書きは明治時代ですか」

「江戸の終わりくらいかもしれませんなあ」

老人は、手慣れた手付きで巻物の紐《ひも》を解いた。

ちょっと興奮する。繰り返すが、平太郎も軽い妖怪馬鹿なのだ。

「これが、実に良く描けておるんです。まあ、私はお化けにはそれ程詳しくないのだが――」

するすると巻物が開かれる。

そこには――。

「あああ？　ど、どうなっておるんだ？」

老人は大声を出し、それから眼鏡を額に上げて眼を擦《こす》った。老人が手を放したので巻物は本の山からするすると下に伸びる。古びた紙には間隔を開けて記された文字らしきものが確認できた。

だが絵は——。

絵は、描かれてはいなかった。

玖

恠異《かいい》の学徒、狼狽《ろうばい》す

目の前で呆《あき》れているのは、久禮《くれ》旦雄《あさお》である。それはもう、肚《はら》の底から呆れているように見える。その横には木場《きば》貴俊《たかとし》がいて、こちらは笑っている。まるで信用していないのである。更にその横には松野《まつの》くらがいる。松野は心配そうな顔をしている。いや、明らかに案じているのである。レオの——正気を。

——どういう扱いだろうかしら。

レオ☆若葉は中々言葉を見付けられない。

レオは、馬鹿である。

そして、多分この人達は賢い。

いや、まあ賢いはずなのだが、この人達も馬鹿の仲間ではあるはずである。京極や村上と遊んでいるところを横から見ている分には、まあ立派に馬鹿だ。でも。

やっぱり賢いのだ、この人達は。

三人とも東《ひがし》アジア怪異《かいい》学会《がっかい》のメンバーでもある。

それはまあ、学のある立派な人達なのだろう。

「レオさん、大丈夫ですか？」

松野がやけに優しく言った。

「だ、大丈夫というのは、どういう意味合いで言ったところの大丈夫なのでしょう？」

色んな意味ですよ、と松野は明るく言った。

レオは――馬鹿である。

まあ、一口に馬鹿と言っても色々ある訳で、馬鹿に括《くく》られるからといってみな同じという訳ではない。

賢くないという意味での馬鹿もあれば、調子が外れているという意味の馬鹿もある。好《よ》い馬鹿もあれば悪い馬鹿もあるのだ。学力の高い馬鹿もいれば、人望のある馬鹿もいる。学歴だとか職歴だとか、収入だとか地位だとか、賞罰だとか、正常異常だとか、趣味嗜好《しこう》だとか、この世には人を仕分ける様々な基準や分類がある訳だけれど、思うに馬鹿というのは、他のどの基準とも分類とも関係ない。

馬鹿は馬鹿である。

例えば釣り馬鹿とか役者馬鹿とか妖怪馬鹿とかいうのは、ヲタクとかマニアなんかに近い意味で受け取られることが多いのだけれど、レオは違うと思う。まあ何処かこじらせちゃったというのなら、ヲタクだってマニアだってそうなのだろうが、そのこじらせっぷりが、どうにもその、アレなのだ。

馬鹿は。

馬鹿は、専門家とか愛好家とも違う。いや、全然違いはしないのだろうが、違うのだ。馬鹿でない専門家や馬鹿でない愛好家はいっぱいいるからだ。一方で、立派な人達の中にも馬鹿は相当数いるのだ。だからまあ、ややこしいのである。

レオの目の前にいる人達は、賢い。立派な大学で立派な勉強していたり、立派な大学で立派な勉強教えていたり、立派な施設で立派な研究していたりする人達である。大学生とか大学院生とか研究者とか学芸員とか准教授とか教授とかで構成される集団の一員だ。

賢い。

賢いけれども、馬鹿の仲間ではある。だからレオの尊敬する先輩ライターの村上健司や、その仲間である京極夏彦なんかとも、この人達はとても親しくしている。村上も京極も馬鹿の一種なので、この人達も馬鹿の一味ではあるのだろう。

でも、賢い。いや言い直そう。

レオが賢くないのだ。

レオは賢くない馬鹿なのである。

まあレオは、馬鹿の中の馬鹿、筋金入りの馬鹿なんだろうと、そこのところはしっかり自負している。で、あるからにして。

「ええと、そのですね、ボクわ至って正常なのでありますが、いや、正常値でこんなもんでして、つまりは異常と言いますか——」

「解ってるから。レオさん異常なの」

木場が言った。半笑いである。

「で、それは何？　あの、東映《とうえい》の『河童《かっぱ》の三平妖怪大作戦《さんぺいようかいだいさくせん》』とかの話？」

やまびこ妖怪が出たのは『悪魔《あくま》くん』じゃんと久禮が言う。

「あそうそう。石橋蓮司《いしばしれんじ》が出てるでしょ」

「そりゃ出てるかもしれないですけどね。木場さんさ、そういうとこ間違うから駄目なんやないですか？　ツメが甘いですよ」

「駄目って何だよ。いいじゃん。細かいことだよ」

「細かくないでしょう全然。細かいっていうなら石橋蓮司ネタの方がずっと細かいのと違いますか。大体『河童の三平妖怪大作戦』と『悪魔くん』じゃ、まるで違いますよ」

「いや、同じ東映だし。水木作品だし。モノクロだし。潮健児《うしおけんじ》出てるし」

「メフィスト弟が出てるのは後半だけじゃないですか。そんなんはですね、同じ逸話が載ってるからって『古事記《こじき》』と『日本書紀《にほんしょき》』を間違えるようなもんですよ」

「それは間違えないよー」

怪しいもんですねえと久禮は言う。

「同じ日本だし、古代だし、神話載ってるし、イザナギ出てるしとか言うんじゃないんですか？」

「あたしゃそこまで大雑把《おおざっぱ》じゃないよ」

やはり半笑いでそう言った後、木場は久禮ちん程細かくはないけどね、と言った。

「私は別に細かくないですって。正確なだけですよ。正確であろうと心掛けてるだけやないですか」

「人間誰でも間違いはあるって」

「ありますけどね。でも、だからといって間違っていいところと間違っちゃイカンところはあるでしょうに。基本的なところは間違っちゃ駄目でしょ。木場さんのよく言うような細かいところは間違ってもいいですよ。蜷川幸雄《にながわゆきお》が狼男演《や》ってるのを、吸血鬼と間違ったって大勢に影響はないけども、番組間違って話進めたら論が成り立たん、とゆうてるんです」

「いや、論じゃないし」

「そこは大前提でしょうに。細かいことはその上に乗っかってるんだから。木場さんね、伊邪《いざ》那岐命《なぎのみこと》が『日本書紀』でどうたらとかいう文を見たとして、肚《はら》が立ちませんか？」

「何で。立たんし」

「何でですか。『日本書紀』での表記は、伊弉諾《いざなぎ》神でしょ。まあ神をミコトと詠めば、音は同じだから、そりゃ口頭でのことなら目くじらを立てる程のことはないけども、文にした時は違うんやから」

「でも通じるじゃん。字が違うだけだし」

「通じりゃいいってもんじゃないでしょうが。それなら昔の暴走族みたいな当て字でもいいってことになるでしょうに。威座奈疑参上！　とか書きますか」

「それは極論だって。表記は揺れがあるだろ」

「ありますよ。あるからこそ、ゆう話じゃないですか。古い方が正しいとゆうこともない訳ですよ。そもそも『古事記』の方が古いけど、正史はあくまで『日本書紀』ですよ」

「正史だから正しいとは限らないって」

「そんな話してるんじゃないですって。正史とされているもの、されていないもの、きちっと分けておかなけりゃ正しいも正しくないも判らんちゅう話をしてるんじゃないですか。テキストに忠実でなけりゃ判定はおろか類推だってできんでしょう。例えば『信長公記《しんちょうこうき》』は優れた軍記だし資料性も高いけど正史じゃな」

「あのねー」

「正史じゃない訳でしょ。だから例えば同じ逸話を引いたとしても」

「あのね、久禮さん」

「うるさいなあ。何です？」

レオさんが困ってますよーと、松野がのんびりとした口調で言った。

実際困っていたのだ。

これは、まあ、ほんの入り口でしかない。このまま放っておけば久禮の話はどんどん深く細かくなって行き、その批判の矛先もどんどん鋭く硬くなって行き、口調も厳しく早口になって、学説定説の綻《ほころ》びから学者研究者への指弾糾弾、学林の問題点からアカデミズムの限界にまで広く深く及び、素人は十万光年程後れを取ってしまい、もう十万年前くらいのことしか見えなくなってしまうのである。

十九歳にしてあの多田克己を言い負かしたという伝説を持つ久禮旦雄恐るべし。

というかこれが朝飯前の挨拶《あいさつ》みたいなこの人達恐るべし。

間もなく、東アジア恠異学会の定例会が始まるのである。

レオはそこにのこのこ相談にやって来たという訳である。

「ええとですねえ。山彦《やまびこ》ではなくて」

あ、と木場が言った。

「なななにか」

「そうだよ。『河童の三平』に出たのは山彦妖怪じゃなくて、こだまがえしだよ！」

「いや、木霊《こだま》でもなくてですね、呼ぶ子なんです。ヨブコ。ヨブ記とは違います。テプコでもないです。ヨブコちゃーん好き好きーというぐわいです」

「そゆこと言うから、真面目に聞いて貰《もら》えないんですよレオさん」

「あー」

松野はにこにこしながら、もう一度大丈夫ですかと言った。

一見気遣っているように窺《うかが》える。柔らかい物腰で優しそうな口調なのだが、そこは京都人であるから、一筋縄では行かないのだ。いけずなのだ。ぶぶ漬けなのだ。

というか、もしかしたら一番キツイかもしれない。

「えーとですね。これ、発見したのは村上先輩でありまして。郡司編集長様も、梅沢編集者様も、岡田編集者様も伊知地編集者様も、そして畏《おそ》れ多くも荒俣大明神様もですね。ご見聞を」

「で？」

「いや、ですから、ボクの戯言《たわごと》ではないという」

「呼ぶ子なの？」

「呼ぶ子だと荒俣先生様は宣《のたま》っていらっしゃっておられましたです」

「で？」

　信じてない。

「本気と書いてマジと読む次第です。石を出すと子供が現れ、石をしまうと消えますよ」

「で？」

「ふ、不思議じゃないですか。謎です。怪奇です。ワンダーです。ムーです。神秘です。奇跡です。驚きのびっくりドッキリメカです。いやいや怪異です。怪異といえば、恠異学会であります」

「あのねレオさん」

　久禮が眼鏡の奥の鋭いちっこい眼でちくりと刺す。

　この眼光がレオには痛い。

　賢い光線が出ている。

「まあ、そういうこともあったんでしょうが」

「あ、あったですよ。見て触って感じて体感コース一時間千八百円ですよ」

「子供が出たり消えたりしたんですねえ」

不思議ですねえと松野が心の籠《こも》らない感じで言う。

この柔らかさもレオには痛い。

どうでもいいです死んでください光線が出ている。

「まあ不思議なんでしょうけどね」

久禮が目の前の机に積んであった山のような紙束を鞄《かばん》にしまった。入るのか。というかこの人は何故どこに行くにもこんなに本やら書類やらを持ち歩いているのか。

「とめどなく不思議ですよ。とりとめなく不思議じゃないですか」

「手品師だってものを出したり消したりするじゃないですか？」

「手品師はタネがあります。仕掛けもありますよ。タネも仕掛けもアリゲータ」

「レオさんはね、そのタネや仕掛けが判りはるんですか」

「は？」

「ナポレオンズやプリンセス天功《てんこう》やら――」

少し古いな久禮ちゃんと木場が言った。

「最新のマジック事情なんか、そんなもん知りませんよ。いいじゃないですか何でも。マギー司《し》郎《ろう》ならいいですか」

「マギーならせめて審司《しんじ》でしょう」

「何でもいいですよそんなん。それ、みんな判るんですかレオさん。ああ、こうやってこうしてこうなったと」

「判りませんよ。全く。まるで。東京コミックショウのレッドスネークカモンでさえ判りません。ステッキが花に変わっただけでちびります。チビリアンコントロールできません」

「それは不思議じゃないんですか」

「それは不思議に見えるだけであります。判らなくてもタネがあるのです。あるのですね、木場さん」

　この中では木場が一番レオ寄りだと、レオは勝手に判断している。

　木場が細い眼を更に細めた。

「なに？」

「いえ。その」

「タネがあると言われなかったらどうなんですか。その昔、ハンドパワーとか信じちゃった間抜けが沢山いたじゃないですか。レオさん、Mr.マリックは超能力者だとか思ってた口やないいんですか？」

「え？　ち、違うんですか？」

　応《こた》えはなかった。

　溜《た》め息しか聞こえない。

「まさかレオさん、ユリ・ゲラーも超能力者だと思ってる訳じゃないですよね？」

「ち、ち、違うんですか？」

　はん、と久禮は口を開け、閉めなかった。

塞《ふさ》がらないのか開いた口が。

「素直なんですね、レオさん」

松野が言う。

いや、だから。

「ぼ、ボクは素直でありますよ。真っ直ぐ。直線。ストレート。疑うことをひとつも知らない純真な瞳《ひとみ》」

はいはい純真純真と松野が言った。

「純真さんです」

「それ、要するに何でも信じるバカゆうことじゃないですか。そうでしょ？」

「バ――」

「で、その呼ぶ子？　呼ぶ子が何？」

「呼ぶ子はモノホンですよ。不思議ですよ。この世には不思議なこともあるもんだレオ君ですよ。これを怪異と言わんで何を怪異とゆうちゅーぶ」

「あのね」

久禮が何故かのけ反った。そこは前のめりになるところではないのか。

「レオさんさー、さっきから言ってるけどね、タネがあったってなくたって、レオさんに判らないもんはレオさんはみな不思議に思う訳でしょ？」

「ええ――まあ」

「まあ、それはいいですよ。ＵＦＯでもパワースポットでもオーブでも好きなだけ信じればいいんですよ。でもって不思議だー不思議だーって言ってくださいよ。でもですね、そりゃ単にあんたが知らんだけのことと違いますか？」

「まあ、ボクはもの知らずでありますよ」

賢くないんだし。

「ならもっと謙虚になりましょうよ。ボクには判らない頭悪いですーと言いましょうよ」

「はあ。頭はしこたま悪いと思いますよ。頭悪い王です。何も入ってないのかと思う時があります。ここに」

レオは顳顬《こめかみ》を突《つつ》く。久禮が苦笑する。

「それはいいんですって。私だって知らんことは知らんし、そこは誰だって同じですよ。知らんもんは知らんのですよあなた。だからこそ勉強するんだから。何でもかんでも知ってると思う方が驕《おご》りでしょ？　違いますか？　だからね、不思議だ不思議だと言い回るのは、俺はバカだーもの知らねーって吹聴《ふいちょう》してるようなもんとちゃいますか？」

「そうかもしれません」

「それだけならいいですよ。でも、俺が知らんことはお前も知らんはずだ、それはみんなの共通項や、世間一般の意見やとするのはどうなんですか？　己の物知らずを棚に上げて、剰《あまつさ》えそれを世間一般に敷衍《ふえん》することで無知を正当化してるだけやないですか。あなたが不思議と思うのは勝手ですけどね、怪異だとかほざくというのはそういうことでしょ？」

「そうかもしれません、とレオは言った。

「いいですか、古代に於《お》いて怪異は認定されるもんやったんです。偉い人、賢い人が色々協議して、これは怪異や、と決めたもんだけが怪異やった訳ですよ。そこすっ飛ばして怪異怪異ゆうたったら」

死刑ですよと久禮は言った。

「し」

死刑、と言ってレオは両手の人差指を伸ばし右に向け、尻《しり》を突き出した。

まあ、オールドファンにしか判らない、有名なポーズである。

反応はなかった。若いのに古いことを何でも知ってるくせに。

「まあそれは冗談ですけどね、罰せられたことは事実ですよ。だからものの言い方には気を付けなあかん、ゆう話ですよ」

「そうだねえ。レオさん、どっかの超常現象研究会かなんかに行った方がいいんじゃない？」

木場が言う。

「場違いでありますか？　帰れコール？　ホーム？」

「いいんですよ、折角ですから発表聞いて行ってください。東京で開催するのは久し振りなんですから」

松野が微笑《ほほえ》む。

そのとろんとした微笑みが、お前が聞いたって解らないだろという風にレオには見える。

どんだけコンプレックス人間なんだという話だが。

「はあ。まあモノが呼ぶ子なもんですから、超能力とか心霊とかとは違うかなーとか思った訳であり」

「いや、呼ぶ子なのが不思議なんじゃなくて、出たり消えたりするのが不思議だっていう話でしょ？　そもそもそれは呼ぶ子なの？　一つ目でいないないいたりする？　それともダイヤモンドでも持ってて、中に八岐大蛇《やまたのおろち》がいたりする訳？」

それはいずれも水木先生の漫画である。というかレオも最初、ほぼ同じことを言ったのだ。

「はあ。ただの女の子であります」

「じゃあなあ。呼ぶ子じゃないんじゃないの？」

「そ、そうでしょうか」

「なになに？」

呼ぶ子がどうしたって——と言いながら近付いて来たのは、作家の化野燐である。

「それ、村上ちゃんが見付けたとかいう、アレか？」

「そうであります」

「何かさ、多田さんも何か見付けたとか言ってなかったっけ？」

「あ。多田さんは一つ目小僧に出逢《であ》ったのでありますが、そっちは詳しく知りません」

「まあ多田さんだからねえ」

どういう意味だ。納得してるし。

及川さんは殺されかけたんですよー、と松野が言った。

「それはテレビで見た。何だか物騒だよねえ。岡山《おかやま》は平和だわ。で、何？　それは呼ぶ子石か何かの精とかそういうもの？」

「はあ、オウム石の脇の祠《ほこら》に収めてあった小石から出現する子供ですよ。不思議ミラクルですけど怪異じゃないです。死刑になるので」

「はあん」

化野ならもっと喰《く》い付いて来るかとレオは思ったのだが、どうもリアクションが薄い気がする。

「でも、鸚鵡岩《おうむ》といえば志摩《しま》だよね。あれは——磯部町《いそべちょう》だったっけ。三重《みえ》にはもうひとつ鸚鵡石があるけども。それは何処の石？　福島《ふくしま》？」

「い、いえ。信州ですよ。長野。お蕎麦《そば》が美味《おい》しい長野の廃村です」

廃村で蕎麦喰えないだろと化野は言った。

やっぱり反応が冷たい。

レオのことが嫌いなのだろうか。そうなのか。そうなんだ。ちぇー。

「えー、でも村上先輩も言ってましたけど、オウムの石はそんなに全国にあるんですねえ。日本全国オウムだらけの水泳大会みたいです」

「まあ、あるね。じゃあ、それは呼ぶ子という訳でもないのね？　不思議な女の子？」

「メルモちゃんみたいでありますよそれ。あるいはリミットちゃん」

それはミラクル少女でしょと久禮が言った。

「不思議少女はナイルなトトメスでしょうに」

「いや、命名は荒俣大明神様であります。何を言っても鸚鵡返しなのでまあ呼ぶ子ちゃんだよねーと。妖怪の呼ぶ子ではなくてヨブ子ちゃんという名前を付けたのかもしれませんが」

「呼ぶ子ねえ――」

化野は髪の毛を掻《か》き上げた。

「あの、石燕が描いた犬だか猿だか判らんような動物ではない訳ね？」

「ないです。びこたんの仲間には見えません」

「水木スタイルでもない、と。荒俣さんがそう呼んだというだけのことか」

「そうであります」

「名前というのは属性なんだよね。同じものが別の名前で呼ばれることもあれば、別のものが同じ名前で呼ばれることもある。民俗学は語彙《ごい》分類が基本だから混乱があるんだよ。呼ぶ子という項目に、全然違うものが入れられて、その結果混じっちゃったり、同じものなのに呼び方が違うから項目が分けられて、別物扱いされちゃったりするんだよう」

「いけませんか」

「いけなくはないけどさ、お化けなんだし。でもお化けは実体があるものじゃないからな。簡単に混じったり変わったりしちゃうんだよな」

「じ」

実体はありますとレオは言った。

「ここに石があればお見せしたいくらいですよ」

見たいけどと木場が言った。

「まあ、俺も見たいけどさあ。でも、実体があるとなると、まあ扱うのは民俗学や歴史学じゃなくて、そうねえ。まあ」

出たり消えたりするなら超科学ですねえと木場は言う。

「生きてるなら生物学かもしれないけど」

生物なんですか、と松野が問うた。

「生きてるか死んでるか知りません。というか死んでませんが、生き物じゃないです。ホログラムとかじゃなくて実体があるのです。あるある大事典です」

「すると──まあ」

「石だってちゃんとあります。ポッケに入ります」

石もあるんだなと化野は呟《つぶや》いた。

「どんな石?」

「こんな丸い、ちっさい石です。手頃な石であります。手作りクッキーというか温泉饅頭《まんじゅう》というかです。色は石色」

「それは鸚鵡石そのものじゃないのね」

「はあ。鸜鵒石の横ちょの小《ち》っさい祠のご神体なのでありますよ。まあ、ボクが持ち出したんです。泥棒ではないですよ。連れてってと石が言ったので石の意志です。連れてってと小石がこっそり言ったので、今日が私の泥棒記念日」

　泥棒じゃんかと木場が言う。

「いやいや、泥棒でも泥田坊《どろたぼう》でもないですから僕わ。ルパン三世《さんせい》だってキャッツ・アイだってあんなものは盗みませんですから。ねずみ小僧次郎吉《こぞうじろきち》だって石川五右衛門《いしかわごえもん》だって見向きもしない粗品なのです。つまり石の意志なのでありますよ」

　わかったわかったと化野が言う。

「荒俣さんは博物学に造詣《ぞうけい》が深いですからね。博物学だとそういうもんは取《と》り敢《あ》えず命名しなくちゃならんのじゃないですか」

　久禮がそう言うと、化野は女の子は陳列できないから博物なのかなあと答えた。

「で、それは今どうなってるの？」

「はあ。荒俣さんが大学かどっかの研究室に持ち込んだらしいですが。ボクのような箸棒《はしぼう》ライターにはわからんちんであります」

「テレビとかじゃないのね？」

「テレビで特番という話はあったようですが、まずは確認だと」

「まあ、そうなんだろうけども」

　でもどうやって確認するんだと化野は言った。

「レオちゃんを疑う訳じゃないけどさ、本当だったらこりゃスゲーことでしょう。そんなん解明できねーよ」

「確認というのは解明ではない訳ですよ」

久禮が言う。

「ある程度権威のある研究機関で調査して、まあその通りの事象が確認できればですね」

「怪異――でもいいということデスか！」

「いや、いいってことはないですけどね。別に認定制じゃないですからね、現代は。でも、まあ偉い学者も判らんかったと、そういうことにはなるでしょうね」

「偉い学者も判らんですか！　す、すると」

ボクのバカが少し軽くなりますかとレオが勇んで尋《き》くと、いやそれは未来永劫《えいごう》変わらないでしょうと四人は異口同音に答えた。

「相対評価じゃないからさ」

「まあバカはバカだしねえ」

「いいんですよ、バカでも」

ばかだねえと化野が謡《うた》うように結んだ。

「まあ、みんな馬鹿だし。しかし、それはどういうんだろ。というか、今日は随分《ずいぶん》と集まりが悪いんじゃないかい？」

会議室のような部屋にはレオ達五人しかいない。

「始まっちゃうんじゃないか？」

「発表者がおらんので始められんでしょう」

「ん――電車が遅れてるとか？」

遅れてるんでぇす、と入り口の方から声が聞こえた。

若手会員の久留島元《くるしまはじめ》が、困ったような顔を覗《のぞ》かせていた。廊下の受付にいたのである。

「そうなの？」

「新幹線止まってるんです」

「止まってるって――幾ら何でも、もうみんな東京には入ってるでしょうに。皆さん、遅れないように朝早めの新幹線に乗ってるんでしょ？」

「その、朝のが止まってるんです」

「は？」

「ワタシ、夜行バスで来たんです。大江《おおえ》先生達は七時台の新幹線に乗ったはずなんですけど」

「それが止まってるの？」

化野が不審そうに尋く。

「俺はさ、昨日から入ってたんだけど――」

「あたしも歴博《れきはく》関係の調整があったので昨日から関東にいます」

「私は久留島君と一緒に来たんですが――」

東アジア恠異学会の主要メンバーの多くは、関西方面在住なのである。

東アジア恠異学会は元々、初代代表である関西学院大学《かんせいがくいんだいがく》の西山克《にしやままさる》先生を中心に自然発生的に形成された有志の研究グループだったらしい。

当初はお茶会のような、喫茶店での雑談だった——と、レオは聞いている。

お茶だけならレオも飲むのだが、まあレオの場合は雑談の内容たるや他人に聴かせられるようなものではない。

賢い人は雑談からも研究が生まれるのだなあとレオは思う。オナラの話だけで三時間以上粘るレオには考えられない。縦《よし》んばオナラでいいとしても、レオにはオナラ学会すら立ち上げられまい。

そんなレオの雑談事情はどうでもいいのだが、そうして形成された学徒の集団は、やがて研究団体として正式に旗揚げすることになる。東アジア恠異学会という名称になってから、もう十年以上経つのだそうである。十年前レオはまだライターではなく、社会人でもなかったのだから、これは凄《すご》いことである。

その間に代表は園田学園女子大学《そのだがくえんじょしだいがく》の大江篤《あつし》先生に引き継がれ、会員も増えた。定例会などに参加するゲストスピーカーも含めれば、既に全国規模になっている。最近では年に数回、東京で研究会を開催するようにもなっている。しかし、主要メンバーはやはり西に固まっているのである。

「うちも昨日からいましたよ」

松野がにこやかに言う。

「ということは、今日入りの人は一人も来てないということ？　榎村《えむら》さんも？　というか発表者は来ないと拙《まず》いだろうに」

「発表者もまだですね。今、高谷《たかたに》さんから早口で電話がありました」

京都《きょうと》大学大学院《だいがくだいがくいん》の高谷知佳《ちか》准教授のことだろう。

「みなさん新幹線に閉じ込められているそうです」

「閉じ込め？」

化野は窓の外に眼を向けた。

「別に天気悪くないよね？　まさか、地震？」

「いや、地震があったら――そりゃ新幹線は止まるでしょうけど、こんなに長くは止まってないですよ。振り替えとかあるでしょうし」

「というか――それならニュースになってるんじゃない？」

なってると思いますと久留島は言った。

「なってるの？」

「高谷さんの話だと、何でも路線上に車両があって進めない的なアナウンスだったとか」

「はあ？」

意味がわからんと木場が言った。

「踏み切りに車が停まってるとかいうこと？」

「ワタシは知りませんよ。高谷さんは怒ってます」

「まあ怒るだろうけど——だってもう」

午後二時ですよ、と松野が言う。

「どこで停まってるの？」

「聞き取れませんでした。准教授は怒ってます」

「それは判ったけどさあ。意味が判らよんなあ。何があったというのさ」

化野が首を傾げたその時、携帯の着信音がやけに力強く響き渡った。

あ、榎村さんだと化野は言った。

斎宮歴史博物館《さいぐうれきしはくぶつかん》の榎村寛之《ひろゆき》学芸員からの電話なのだろう。化野と榎村は、大阪で妖怪講座と題したトークイヴェントを定期的に開催する間柄である。

「へ？」

化野は奇妙な声を上げた。

「はあ？」

更に声が大きくなる。

「ぶはははは。マジですか」

笑うようなことなのか。

「は？　ああ、いやまあ、そうですね」

眼がマジになっている。やはり笑っちゃいけないところだったのではないのか。

「でもなあ。はい。ええ。まあ。うはははは」

って、笑うし。

深刻なのか愉快なのか、どっちなんだよ。

「いやまあ、でも。はい。まあ、こっちもね、五人ですよ。松野さんと、木場君に久禮君、久留島君の五人だけ。あ。それからほら、あの『怪』のライターやってる。村上君の弟子の」

「弟子すか」

「弟子だろ？　まあ何でもいいや。あのアホな子です。その六人しかいないんですわ。ですから——ええ、聴講の人は来るだろうから、もう少し待ってみますけども、でもねえ」

と言ったあと、化野は眼だけマジの感じでうはははと奇妙な笑い声を発した。

「何なんすか」

久禮が問う。

「いやー」

「勿体《もったい》つけないで言ったらええやないですか」

「どうだろ」

「何ですよ化野さん」

「うー」

「何唸《うな》ってるんですか？」

「いやね、下手なこと言うとレオの仲間だと思われちまうからねえ。言葉を選ばないとさ」

「ど。どういう意味でありましょう」

うーんともう一度唸り、かなり考え込んで、それから化野は対向車が来たらしいんだよねと言った。

「あ?」

「対向車というべきなのかどうかな」

「それ、レオレヴェルやと思います」

久禮に言われて化野はうー屈辱だと言った。

どういう意味なんだ。

「榎村さんは新幹線と違うんですか?」

「だから、難しいんだよねえ。つまり新幹線が走っているでしょ」

化野は手振りが大きい。

「その、レールの上をだね、向こうから」

やって来はったんですか、と松野が尋く。

「そう。走ってる同じレールの上を、反対側から」

「んなアホな」

「アホ——だよな」

「大惨事やないですかそんなもん。どんだけダイヤ間違ったってそんな事態は起きようがないですよ。上りと下りが正面衝突という話ですか」

「衝突は——してないみたい」

「まあ、してたらＪＲ始まって以来、いや国鉄開通以来最悪の事故でしょう。前代未聞の不祥事ですよ。世界一安全な鉄道じゃないですか新幹線。その新幹線同士の正面衝突なんて、考えられんでしょう」

「新幹線――ではなかったようだよ。相手は」

「じゃあ何ですか？　在来線ですか？」

「それが、まあ電車的なものではない――ということらしいんだよね」

「は？」

「じゃあ何ですか。００７《ダブルオーセブン》とかルパン三世みたいな感じで、車が線路をこう――」

「あり得へんて」

木場の舌鋒《ぜっぽう》を久禮が止める。

「走れないでしょう。アニメじゃないんだから線路の上をタイヤで走るのは無理じゃないですか。できないことはないんだろうけど大変ですって」

それが自動車でもないんだと化野は言った。

「じゃあ何ですか。大八車ですか。猫車ですか。対向車というからには、車輪はついてるんでしょ？」

「車輪は――あったんだろうね」

「本気で勿体つけますねえ、化野さんも。榎村先生はいったい何と言ったんですか？　そのまま言えばいいじゃないですか」

「まあねえ」

ぼそぼそと化野は聞き取り難《にく》く何かを言った。

「お」

オンドル小屋と言いましたかとレオが言うと言ってねーよと瞬殺で却下された。雄鶏《おんどり》小屋って養鶏場ですかと松野が問う。そうじゃないよつげ義春だよと木場が言った。

「何か温泉でしたよね」

「いずれにしろ何であっても関係ないやないか。というか化野さんがはっきり言わへんから」

解った解ったと化野は両手を広げた。

「もういい。あのね、榎村さんはこう言った。線路の上に——」

——朧車《おぼろぐるま》が出た。

「もう一辺言うてください」

「だからさ。お・ぼ・ろ・ぐ・る・ま」

「って」

ブリガドオン！　とレオは叫んだ。

「怪気象ですよ！　妖気定着装置ですよ！　ぴかぴかぴかーって石にされちゃいますよ！　おフランス帰りのカロリーヌちゃんですよ！　蛇骨婆《じやこつばばあ》大臣どうぞですよ！　奥さんこんにちわ人魂プロパンでーす！」

しんとした。

やっぱりバカでは敵《かな》わないなあと口々に言って、五人はがっかりしたような呆れたような顔をした。

「俺が悪かった。どんなにバカっぽくてもレオ☆若葉には敵わないわ。何か吹っ切れちゃったぞおじさんは」

「ど、どうしてそんなにバカバカ言うですか。朧車といえば、調布を包んだブリガドーンですよ。お化けの国の総理大臣ぐわごぜですよ。チベットから高僧――」

名前は言わないと木場が止めた。

「それは大先生の漫画だから」

「マンガじゃないですか朧車は」

「いや、鬼太郎がオリジナルじゃないでしょ。元は石燕なんだから。慥《たし》か、そう、車争いがどうとか」

「車争いとは何でありますか？」

平安時代の花見の場所取りみたいなもんですよと久禮が言った。

「花見！」

「花見というか、祭礼見物する貴族が、見物し易い場所に牛車《ぎつしや》を止めようとして喧嘩《けんか》したんですわ」

「そのケンカと妖気定着装置とがどんなおしゃれ関係にあるんですか？」

レオは漫画から離れろよと言って、化野はバッグから文庫本を出してページを繰った。

「えーと、これ。むかし賀茂《かも》の大路をおぼろ夜に車のきしる音しけり。出てみれば異形のもの也。車争の遺恨にや——と石燕が書いてるから、と。まあそういう話」

「どういう話ですか」

「だからさ。朧車なんてものは、石燕の創作なんですよ」

「う、嘘!」

「嘘じゃないから。まあ嘘なんだけど。ややこしいなあ。まあ、何か近い逸話なり元になった何かはあったんだろうけど、そういう化け物は民俗社会には伝わってないの」

「んじゃあやっぱツクリじゃないですか。ヤラセですよ。ウソキャラです」

「妖怪は」

全部ウソキャラだろうと、化野木場久禮の三人が声を揃えて言った。

「ひええ」

「ひええじゃないだろ。水木さんの妖怪だってそうだよ。あの形は、©水木しげるじゃないかよ。水木さんが創ってるんだよ」

「ひええ」

「何でひええなんだよ。妖怪は目に見えないもんだって大先生も言ってるじゃん。見えないもん絵にするんだから創らなきゃ描けないじゃん」

「で、でも昔の絵が」

「それは昔の人が創ったんだろ」

「で、でも伝承が」

「その伝承だって誰かが創ったんだよ、最初は」

「ひえぇえ」

「だから何でひえぇえなんだよ」

「比叡山《ひえいざん》的な」

レオさん意味が判りませんよと松野が言った。レオ自身にも判らないから当然だ。

「何かはあったんだろうし、個人が創った訳でもないんだろうけどさ」

「石燕は半分くらい創作ですかね」

木場の言を受けて、化野は民間伝承と符合するものはもっと少ないねえと言った。

「話として伝わってるのは二割くらいじゃない？　名前だけとか形だけとか」

「そ、そんなに！」

伝わってないですかとレオが問うと、久禮が冷ややかな口調で続けた。

「伝わってる伝わってると言いますけどね、いったいいつから伝わってるかゆう話ですよ。まあ民間伝承ゆうてもですね、採集されたのは明治以降、ほとんど昭和になってからでしょ。古い古いゆうても石燕の方がまだ古い訳やないですか。もっと遡《さかのぼ》ると絵しかないでしょ。だから文献中心に考えるならば、妖怪なんてものはおらんに等しいゆうことになる訳ですよ。怪しいこと、おかしなものはあるんだけれども」

「よ、妖怪がない！」

「ないってことはないけどさー」

妖怪と呼ばれてないでしょと木場が言う。

「――鬼は鬼だし天狗《てんぐ》は天狗でしょ。文献で見るなら怪異と書かれてる場合の方がずっと多いよね」

「多いというか、妖怪いうのは、ある部分で民俗学の操作概念ですからね。他のジャンルでは使わない言葉ちゅうだけでしょ。御霊《ごりょう》だの怨霊《おんりょう》だのはありますけどね」

「まー、歴史学とそれ以外でも違うだろうけど」

「というかさあ。民俗学にしても文化人類学にしても現在の文化習俗が研究対象でしょ。国文学はテキストそのものが研究対象やし、そこはみなそれぞれ違う訳ですよ。民俗学の人は歴史学者は何でもかんでも王権持ち出せばいいかと思ってるとか言うやないですか。でも逆の立場から言わせて貰えば」

「あの」

「なに」

「何でなくてですね。妖怪はいない――ですか」

いないじゃんと木場と久禮が同時に言った。

「いたんでしょ?」

「いた――んですか?」

久禮が化野に問うた。

「やー。だからね、たぶん、その」

化野は腕を組んで忙《せわ》しなく身体《からだ》を揺《ゆ》らした。

「そうねえ。だから、御所車的なものが線路を走っていた——という幻覚が見えたんじゃないかと思うんだけどねえ、運転手さんに。機関士というのか？」

「まあ、それが妥当なとこでしょうけどねえ」

「御所車だけがカタカタ走ってたら、まあ吃驚《びっくり》しますわ。動力なしですからね」

「牛に牽《ひ》かれることもなく？　線路の上を？」

それは怪異ですねとレオは言った。

「怪異でしょ。いいですね怪異で」

「幻覚だと思うよ。あり得ないでしょ」

「うー。でも、あのエムラ先生が仰せなんでしょ？」

「榎村さんは、だから俺達に判り易く言っただけだと思うよ。御所車が向かって来て新幹線を止めちゃうなんてアホらしい話、説明がしづらいだろ。朧車と言っちゃえば、妖怪好きには一発で判るじゃんか」

「はあ」

「でも」

そんな幻覚を何人もが見るもんですかねえと松野が呟いた。

「何人もってどういうこと？」

「だって、もし榎村先生が乗ってはる新幹線の運転手さんがその幻覚を見たとして、それで停まったとしますよね。それ、どうして榎村先生が知ってはるんですか？　アナウンスしはったんですか？」

「アナウンス？　ただいま朧車がいたので緊急停止しましたーって？」

「ないでしょ」

「ない――な」

「朧車って言わなくても、御所車とか牛車でもないいんじゃないですか？　車内アナウンス」

「ないな」

「それに、大江先生や高谷さんが乗ってはるのは違う新幹線だと思いますよ？」

「うーむ」

正確には何と言ってたんですか化野さん、と久禮が尋いた。

「賢く言おうとするからイカンのと違いますか。カッコつけたって始まらんやないですか。その通り言えばええやないですか」

「べ、別にそんなつもりはないって。俺は自慢する程賢くないし。まあ、カッコは多少はつけるけどもさあ。こんな処《とこ》でつけたって始まらんし。ただこう、咀嚼《そしゃく》して一般化する努力をしたんだって。だって、どう考えたって幻覚――」

幻覚ではありませんねと久留島が言った。

「あん？」

「現在、東海道線《とうかいどうせん》、東海道新幹線ともに上下線とも不通です。不通の理由は線路上に複数の異物が確認されているため。復旧の見通しはまったく立っていません。これがネットニュースの概要です。が――」

久留島はタブレットＰＣをテーブルの上に置いた。

「こんな画像が上がってます」

全員が覗き込んだ。

「関ヶ原あたりだと思います」

「動画？」

「ですなあ。停車中の列車の車内から撮影したもんだと思われます。窓が開いてるし、新幹線じゃないようですね。ほら、もうすぐです」

画面の左端、線路上の奥に何かが現れた。

そんなにスピードは出ていない。

慥《たし》かに御所車のようだった。

それはどんどんカメラに近付いて来た。

引き手はあるが、牽く牛も馬も、何もいない。

自走だ。

画面中央を過《よぎ》る。

車の後ろには――。

「か、顔だ」

「お、朧車やないですか、ホントに！」

御所車の御簾《みす》が上がっており、巨大な、恨めしそうな顔面が覗いていた。

それも二メートル近くあるでっかい顔である。顔しか乗っていないみたいだ。男か女かは判らないが、食《は》み出た髪の毛が棚引《たなび》いている。

ど——と言って化野は一度言葉を呑《の》んだ。

「ど、どんだけ手の込んだ悪戯《いたずら》だこれ！」

「って、合成じゃないの？　特撮でしょ」

「いやー、悪戯ですかねえ。ＣＧとかでもないようですよ。だってこれ、今朝ですよ。八時にはもう出現してて、ツイッターなんかで情報が出て、ネットで騒ぎになったのが九時。その時にはもうこの画像が上がってます。ウケ狙いで慌てて創ったのだとして、一時間やそこらでこんな画像が捏造《ねつぞう》できますかねえ」

「ツイートされてる訳？」

「もう纏《まと》められてます。思うに数百人が——」

目視してますねと久留島は言った。

「どうやら正面から突っ込んで来て、衝突寸前で消えるらしいですね。消えるところ見た人も沢山いますなあ。嘘か本当かわかりませんが。九時の段階で朧車の名前は出てますね。榎村先生はこの纏めサイトを見たんじゃないですかねえ」

「消える？　消えるのかよ」

「まあ、ただの幻覚じゃないということですね。集団幻覚だとしても――撮影するのは無理ですからな」

「しかも一回じゃないのか出たの」

「ええ。何度も。悪戯というか、人為的なものならですね、テロですよこれは」

「人為的でないなら」

妖怪でしょうねと久禮が言った。

「いないっていったじゃないデスかー」

「いないですよ。いないけどさ。これは、だって」

妖怪だわなあ、と化野も言う。

「キャラそのまんまだもんなあ。他に言いようがないわなあ、コレ――」

「勝ちです」

「は？」

「ボクの勝ちですね？　それでイイデスネ？」

いや勝ち負けじゃないだろと化野が言った。

「ま、百歩譲って勝ち負けだとしてもさ、何でレオが勝つ側なのか判らんし」

「うひょひょひょ。頭悪い人間代表ですよボクわ」

「いや、それは認めるけど、いや、代表というより君一人だろうに、一人チームだろう」

「うー」

「それに妖怪は別にレオ一人のもんじゃないから。あのね、UFOだとかUMAだとか、それから心霊現象なんかはさ、あるとかないとかいまだに議論される訳だし、存在を信じてる人もいるんだろうさ。でも、朧車の存在を信じていた人間は、天地開闢《てんちかいびやく》以来、ただの一人もいないし。だから、勝ち負けでいうなら」

「人類の敗北ですね！」

嬉《うれ》しそうですねえレオさんと松野が言う。

まあ、実のところそんなに嬉しいということもない。

「まあ、私も木場さんも、松野さんもね、恠異学会の活動とは別に、学会始める前から妖怪好きですよ」

「俺なんか今でもどっぷり妖怪馬鹿だしな」

化野は本来考古学が専門であり、民俗学とも歴史学ともある程度の距離を置いている。つまり、元々妖怪が好きで、しかもそれをこじらせた馬鹿――妖怪馬鹿なのであった。そんな化野はまた、作家デビューする前から、白澤楼《はくたくろう》というサイトをベースに妖怪の属性分類に関する研究を行ってもいる。志《こころざし》半ばではあるようだが、属性ごとにクロスリファレンスできるデータベースは、完成すれば相当に凄いことになるのだと、京極や村上も言っていた。

まあ凄いことと言っても、それは妖怪馬鹿の人達にとって凄いという程度のことなのだろうとレオは思っていたのだが、どうもそうではないらしい。

　小松和彦先生が所長を務める国際日本文化研究センターが作成した妖怪・怪異伝承のデータベースが完成した時は、かなり話題になったし、それは現在も便利で画期的なツールとして研究者や愛好家に活用されているのであるが、化野のデータベースはそれよりも早く構想・着手されており、しかも、こと妖怪に関して言えば――それはあくまで妖怪という概念に固執すれば、という意味であるようだし、もちろん完成すればということでもあるのだろうが――化野の構築したデータベースの方が優れているという見方もあるらしい。

　まあ、久留島のことは知らないが、久禮も木場も松野も学生時代から妖怪馬鹿の一種ではあるのだ。

　松野なんかは全日本妖怪推進委員会の活動までしているくらいである。まあ、レオも推進委員会の一員ではあるのだが、どうにも複雑な事情で遅刻したりしてしまうので、あまり参加はできないのだが。

　まあみんな賢いけど馬鹿なのだ。

　――良かった。

「じゃあ、みんな勝ちですね」

「何に」

「人類にです。あッ。ボクらも人類でした」

　この人、話をややこしくするために生まれて来たんでしょうかねと久禮が言い、いやあただの馬鹿だよねと化野がレオ本人に確認した。

「まあそれはいいとして」

「いいんですかね」

「いいんだよ。問題は――」

化野はＰＣを覗き込む。

「うーむ。まあ、確実なことが一つだけあるな」

「な、何ですか」

「今日の定例会は――延期ということだ」

「そうですねえ。発表者は名古屋《なごや》と大阪ですし」

「でも東京周辺の聴講者が来たらどうします？　もうそろそろ来ちゃいますよ？」

「まあ中止だと言うよりないでしょう。緊急事態ですからねえ」

ワタシが受付でスタンバってますと言って、久留島が部屋を出ようとした、その時だった。

おんおんおん――という音が鳴った。

巨大な鐘を叩《たた》いた後の残響音だけ――みたいな音だとレオは思った。

「あら。何の音ですか。誰かの声？　オナラ？」

「こォんな屁《へ》はないでしょう。村上ちゃんだってこんなのしないだろうよォ。いや、でも何だろうね？　サイレンかぁ？」

化野が首を傾げる。

木場が久留島を追い越して廊下を覗いた。

「別に何もないですけどね」

いや――。

「ななな何かびりびり振動してませんか？　このビル、バイブレーション機能があるですか？」

「ねーよそんなもん。というか、本当になんか振動してるような気がするけどな」

「じ」

地震ですかと松野が言った。次の瞬間ひゃあと言って木場が机の下に潜り込んだ。

「じじじじ地震速報とか鳴らなかったですけどね。というか、ななな長くないですか地震としては」

音はまだ鳴っていた。

机の下の方が音がでかく聞こえるよと木場が言う。

「じ、地震じゃあないぞ」

「まあ――外は平和っぽいです」

松野が窓の外を確認する。振動しているのはこのビルだけなのだろう。

「なんか音が大きくなってないですかね？」

「なってる。確実に大きくなってる」

廊下は振動してませんと久留島が言った。

「何だって？」

「この——部屋が鳴ってるように思いますが」

「あ？」

「これ——」

所謂《いわゆる》鳴動じゃないですかと久禮が言った。

「め、鳴動？」

「そうとしか思えんでしょう。これ、鳴動ですよ」

「朧車が出るんですから鳴動くらいするかもです！」

「じゃあ何かの予兆なのかこれは」

「私は判断する立場にはないですけどね——」

凶兆でしょうという久禮の声は、ひと際大きくなった鳴動によって掻き消されてしまった。

拾

妖怪専門誌編集者、紛糾《ふんきゅう》す

妖怪ですね、と及川は言った。

「他に考えられません」

「まあ、そうなんだろ」

腕を組んで仏頂面《ぶっちょうづら》をしているのは『怪』編集長の郡司聡である。

「このままだと、『怪』の立場が危うくなりますよ？」

「もう悪くなってるから」

既に苦情が来ていますねと岡田が言った。

「苦情？　来てるの？」

「殺到とまではいきませんが」

「まあクレーマーは何処にでもいるよ」

「そうなんですけどね――」

岡田はｉＰａｄを繰る。

「でもちょっと――深刻ですね」

「まあさ、俺はこの商売も長いから、こう見えても命狙われたこともある訳よ。翻訳本やってた時だって危なかったたし、ノンフィクション系でもヤバい感じでしたよ。みんな乗り越えて来ましたよ」

「郡司さんの人生はデンジャラスですからねえ」

「よし。じゃあ今ここで及川をクレーム処理係に任命する」

「は？」

「今から及川が苦情処理担当な」

「ま、待ってくださいよ」

そんな馬鹿な話はない。

「ワタシに何ができると」

謝るんだよと郡司は言った。

「謝るの下手です。見た目がこんななので、不貞腐《ふてくさ》れているように見えるんですよ。ワタシ的には精一杯謝罪してるんですけども」

「まあお前は謝意を表せない人間だよな。余計に怒らせるからなあ、謝ると。何なんだろうなあ。先《ま》ずその面《つら》がいけないんだよ。態度も悪い。身体《からだ》も弱い頭も弱い心も弱いのに、何でそんなに強そうなんだよ及川。そんなだから――」

それ以上言わないでくださいと及川は言った。及川の人生の中でも筆頭に挙げられるだろう黒歴史を語られてしまいそうになったからである。

何だか、世の中がおかしい。

あちこちで妖怪騒ぎが起きているのである。

半月前の朧車事件は、その日のうちに大々的に報道された。ＪＲ及び警察の公式発表ではいまだに異物とされているし、引き続き調査中ということになってはいるのだが、目撃者も無数にいたし、何より動画が撮影されてしまったのだから、もうどうしようもなかった。鬼太郎のアニメがニュース映像に使われ、ワイドショーも妖怪朧車で持ち切りになった。

だが——それはすぐに止《や》んだ。

否、止んだのではない。拡散した、拡大したと言うべきだろうか。

他の話題に埋もれてしまったのである。

撮影された妖怪映像は——朧車だけではなかったのだ。

空を飛ぶ一反木綿の映像がネットに流れたのは朧車事件の翌日のことだった。鬼太郎のキャラクターとは微妙に違っていて、手も眼もなかったのだけれど、長くて白い布のようなものがひらひらと宙を飛んでいる画像だった。

風で飛ばされたフンドシなどではない。

それは、くるくると巻き上がったり、ぺろんと伸びたり、自発的に運動を繰り返して西へ東へ自在に飛んでいた。未確認飛行物体ではあったけれども、誰一人ＵＦＯとは思わなかったし言わなかった。まあＵＦＯというのは未確認飛行物体のことなんだけれども。

撮影されたのは九州《きゅうしゅう》大隅《おおすみ》地方で、伝承とも符合するものだった。

瀬戸内《せとうち》の海上には海座頭《うみざとう》が出た。

海坊主だとかあやかしだとか、そういうUMA系の怪物ではなかった。着物を着て琵琶《びわ》を背負った禿頭《とくとう》の老人が、海の上に浮かんでいたのだ。しかも真っ昼間である。

大騒ぎになった。まあなるだろう。海原に爺《じい》さん、しかも立ち泳ぎじゃなく立ち浮かびなのだ。地元のテレビ局が取材のためボートで漕《こ》ぎ出てインタビューを試みたのだが、近付くと消えてしまったらしい。

海座頭にインタビューってさ。何という馬鹿な展開だろう。

ただ、海岸からの撮影は成功し、それは全国に放映された。

こうなると、もう歯止めは利かなくなり、私も見た僕も見たという目撃情報が飛び交うことになった。

私は袖《そで》を引かれました、私はほっぺを撫《な》でられました、お尻《しり》を齧《かじ》られましたと、まあ次から次へと出るわ出るわ。撮られた映像の数も、あからさまな偽物を含めると数十に上った。

マスコミはこぞって妖怪特集を組んだ。

これはイケると——及川は最初そう思ったのだ。

何といっても『怪』は世界で唯一の妖怪マガジンである。創刊二十年になんなんとする老舗《しにせ》である。水木しげる大先生もついている。そしてオカルトでも超科学でも心霊でも怪談でもなく、騒がれているのは妖怪だ。

妖怪なのだ。

ブームだブームだと謂《い》われ続けて数十年。

何となく盛り上がったりだらだらと萎《しぼ》んだりを繰り返して、鯔《とど》の詰《つ》まり決定的なブームにはならなかった妖怪が、この期に及んでやっとキタ－、と思ったのである。

実際、『怪』の執筆者にも次々に声が掛かった。

何と、いの一番にあの多田克己がテレビでコメントをした。

緊張したのか、いつものことか、何を言っているのかイマイチ判らなかったが、とにかく地デジに高画質で多田が映し出された。微笑《ほほえ》ましいと及川は思った。録画までした。

「朧車はオンボロ車でもあって――」

というフレーズと、

「一つ目、一つ目」

という最後のセリフしか及川は覚えていない。

短い時間の中で朧車の解釈と自分が目撃した一つ目小僧の話を詰め込もうとしたようなのだが、詰め過ぎたようである。

そもそも、生放送は危険なのである。

村上健司や京極夏彦にも声は掛かっていたようだが、全《すべ》て断ったらしい。

まあ、これまでのテレビの妖怪番組といえば、主旨がぐだぐだだったり、勘違いも多く思い込みも激しく、またかなり一方的で、色んな意味でレヴェルが低過ぎたから、『怪』としても凡《およ》そ協力し兼ねるようなものが大半だったことは確かである。

ディレクターやらプロデューサーの意図に反する発言はカットされたり撮り直されたりしてしまい、そのディレクターやらプロデューサーが妖怪に関しては無関心だったり無知だったりする訳で、やってられないというケースが多かったのである。

だから二人とも、その手のテレビにはかなり辟易《へきえき》していたものと思われる。特に京極はオカルトと混ぜられると途端に遣《や》る気を失うのである。今回は特にそうなってしまう可能性が高かった。

何といっても京極は不思議なことなど何もないと言う人なのである。言い切るのである。そのうえ、この期に及んでまだ不思議なことなどないと言っているらしい。何を考えているのか知らないが、妖怪がはっきり映っている映像を見て、不思議じゃないですなどと言ったりしたらお前の頭が不思議だということになりはしないか。かと言ってこの場合、肯定的な発言をしたならば、それがどのような意図の下に発せられた言葉であっても、誤解されることは必定である。

世間的にはオカルトのビリーバーと大差なくなってしまうのだ。地球には既にカニ座のカニ星人がやって来ているんですという発言と、あれは妖怪の朧車です間違いないですという発言は、一般人にとっては同質のものとして受け取られてしまうことだろう。

そもそも民俗学的にはこうです、文献にはこうあります、それに酷似したものが撮影されているようですが、だからといってそうだと言い切ることはできませんなどというまどろっこしい意見は、テレビ的にはたぶん全然求められていないのである。

実のところ、どれもこれも妖怪の形をしているから妖怪だ妖怪だと謂われているだけなのであって、もし全く別の形状であったなら、凡《すべ》ては超常現象でしかないのである。本質的にはオカルトなのだ。

京極も村上も、だから沈黙した。

同じように、妖怪の総本山である水木大先生も、ほとんど露出はしなかった。オファーは驚く程沢山来たようなのだが、やはり全てお断りになったようである。

朧車事件の際に、某局のニュース番組で一言だけ、

「こりゃあんた、妖怪デスよ」

というコメントが流されただけであった。

アナウンサーがやはり妖怪なんですねえと受け、何が専門なのか判らないコメンテーターがミズキさんが言うならそうなんでしょうねと続けただけである。

無意味だ。

ただ――実を言えばこのコメントには続きがあったのである。

水木大先生は、その発言の後、次のように語っていたのだと、同席していた梅沢は証言している。

「しかしね、妖怪ちゅうのはあんた、目に見えないもんデスからね。こんな、映像に映るなんてことはあってはならナイんですよ！　おッかしいですよ」

そこで大先生は眼を剝《む》き、膝《ひざ》を拳固《げんこ》で叩《たた》いたらしい。

「これはあんた、狂ってますよ。キ印《じるし》染みてるじゃないデスか。こんなことはあってはイカンのです。南方の土人達だって、その昔は妖怪に囲まれて暮らしてたけどもね、こんな風に出て来ることなんかナイですよ！　電気がなくって、暗がりだけどもね、だからこそ感じるワケじゃないデスか。真っ昼間からねえ、こんなにはっきり出たりしないデスよ！　こりゃ、あんたオカシイ！　あり得ないことじゃないデスかッ！」

　そこで大先生はテーブルを叩いたらしい。

「妖怪というのは、気配デスよ、気配。それに相応《ふさわ》しい気配があって、その中にいて、漸《よう》くこう、うっすらと感じるもんデスよ。そこで、ハっ、と思うワケです。見えないんです！　だからバッカみたいに努力して、無理矢理《むりやり》に見るンです。そうしなきゃ見えないもんなンです。いや、そうでなくてはイカンのです！」

　ここで大先生はぐいっとのけ反ったのだと梅沢は言う。完全にフレームアウトしていたようである。

「だからこんなのは変ですよ。これは妖怪だけどもねえ、本来の妖怪じゃないですよ。末世だねえ。末世。あんた、こんなもんは駄目ですよ。目に見えないもんは写真に写るワケがないンです。当たり前じゃないデスか。写ったらもう、ソレは違うもんだからねえ。あんた達も大間違いだ。テレビはもう駄目なんじゃないデスか。テレビの人はナニ、みんな頭が――」

　この後、大先生は現在のテレビ事情をメッタ斬りにしたという。

　もう全部カットされてしまった訳である。

まあ、放送に適していないフレーズをいくつも宣《のたま》われていたようなので、カットされるのは仕方がないという見方もあるのだろうが、本意がまるで伝わらない編集方針であることは間違いがない。

大先生はオンエアをご覧になり、いたくご立腹なさって、以降、如何《いか》なる取材もお受けにならず、ノーコメントを通されたのであった。

一方、テレビ慣れしているといえば荒俣宏ご意見番ということになる。

しかし意外なことに荒俣御大もまた沈黙していたのだった。

荒俣御大は押さえられていたのである。

そう、あの呼ぶ子石と一緒に――である。

妖怪騒ぎが炎上する以前から、本物の妖怪テレビ生出演の企画は水面下で粛々《しゅくしゅく》と進行していたのであった。

何といってもあの呼ぶ子は、スタジオで出る。

生で出る。自由自在に出る。

みんなの前にきっと出る。

映像出演ではない。

ナマものである。

メディアがこれを放っておく訳がなかった。

発表こそしていなかったのだが、別に隠していた訳ではない。

荒俣御大は公式発表はきちんと検証してからすべきだと主張していただけである。

だから、呼ぶ子の噂はわりと早い時期に出版業界内部には広がっていたのだ。それを聞き付けた某テレビ局の人間が御大にコンタクトを取って来たのであった。

独占生放送の申し込みだった。

しかし、荒俣御大は慎重だった。かの博学の巨人は何でもかんでもほいほい引き受けてしまうような軽率なことはしないのであった。初志貫徹、一応それなりの研究機関で精査をし、その結果を待ってからなら——ということになったのである。

とはいえ、できることといえば石の成分分析と、呼ぶ子の身体測定くらいしかないようだったのだが——。

しかし、検査の結果がどうであれ、摩訶《まか》不思議な現象であることは疑いようがない。判らないなら判らないで二十一世紀最大の謎、ということになる。これは早めに唾《つば》をつけておくに越したことはないと、テレビ局側は功を焦った。放映の暁《あかつき》には発見者である村上も生出演するということになっていたらしい。

村上も荒俣御大の口利きとあれば断ることもできなかったらしく、それだけは引き受けることにしていたらしい。因《ちな》みに同じ発見者であるはずのレオ☆若葉は、無視された。

ところが。

そう日をおかず、二十一世紀最大の謎は、取り分け最大という訳でも——なくなってしまったのだった。

様々なお化けが日本中にぞろぞろぞろぞろ涌《わ》いて出てしまったのであるから、これは仕方がない。そんなに珍しくなくなってしまったのだ。

それでも、自由に出したり消したりできる呼ぶ子が、ある意味でおいしいネタであることに間違いはない。スタジオで放送中にどろんと出現させられる便利な妖怪など、他にはいなかったのである。

ただ、番組の企画は少々練り直さなければならなくなってしまった。

今更、朧車や一反木綿を無視した構成にはできない。そこで荒俣宏及び妖怪呼ぶ子は目玉として某局に押さえられたまま、塩漬《しおづ》けにされる恰好《かっこう》になってしまったのだ。

そんな訳で『怪』の主要メンバーはあまりメディアには露出しなかった訳だが――マスコミはどうであれ専門家の意見を欲しがった。

専門家といっても、オカルト系の人間ではない方が良かった。

メディア側の姿勢は根本的にオカルト番組と何も変わっていない――というか変わっていないこと自体理解していなかった――ようなのだが、そうであっても装いだけを変えるというのが彼らの常套《じょうとう》である。流行を後追いする形で皮相だけを塗り替えるというのが、テレビの遣り方であるらしい。

こうした風潮に一番迷惑したのは小松和彦国際日本文化研究センター所長だっただろう。

小松和彦は別に妖怪の専門家ではない。いや、妖怪文化を対象とする研究者ではあるのだけれど、この度の騒動に関していうならばまるで無関係といっていいだろう。

世間を騒がせているのは妖怪のような形をとって視覚化される超常現象なのであって、妖怪ではない。それは小松先生の研究対象である妖怪とは何の――何のとも言い切れないのだけれども――関わりもないものなのである。

小松先生は妖怪という操作概念によって理解される文化や、人間そのものを研究されているのであって、超常現象なんぞとは無縁の人である。

コメントのしようがないだろうと及川も思う。それでも依頼は殺到したらしい。

小松先生はＮＨＫの報道特番に一度だけ出演し、次のように語った。

「日本人の――感性というんですかね、何というんですかね、そういうものはやはり、私達が培って来た文化の上に成り立っているんですね。何か、訳の解らないものを目撃した、体験したというような時にですね、それをどう解釈するかというね、そこに、文化的資質といいますかね、そういうものは出てきてしまうんですね。同じ色を見ても、アメリカの人はブルーだと言い、日本人は碧《みどり》だと言う。これが文化の差ですね。例えば、その新幹線に向かって行ったという何か――何かと言うよりないと思うんですけれども、それをですね、外国の人が見たら何と思うのか、私なんかはそちらの方に興味がありますね。日本人は、朧車ですか？　これは江戸時代の絵師が創作したものですが、それに見えた訳ですね。それだけその絵が今の社会に浸透していたということですね。これは、もちろん水木しげるさんなんかの影響もあるんでしょうけれど、私達にとって、妖怪というものがとても親しみ易い、ある意味でそう思うことが楽な――と言いますかね、そういうものであるんだということだと思いますね」

このコメントは切り刻まれて色々な場面で流されることになる。

及川は少なくとも五回観た。主に後半部分、妖怪は日本人にとって親しみ易いものなのだというところが使われていたようである。

ＮＨＫはこの路線で纏《まと》める方針のようだった。

しかし民放各社は違っていた。

小松先生は民放には出演されなかったのだが、『怪』執筆者である香川雅信や、妖怪コレクターとして知られる湯本豪一、黄表紙研究で知られるアダム・カバット、東アジア恠異学会の代表大江篤などにはオファーがあったようである。それぞれ一二度は応じたようだが、やはり研究者に愉快な面白コメントを求めるのは難しいのだった。それは当たり前のことで、学者というのは誰もが真剣に研究に取り組んでいる訳であるから、適当なことは発言しないし、できないのである。

しかし、テレビ局は真摯《しんし》で真っ当な研究成果を求めている訳ではないようだった。連中は面白くない小難しい話など要らないと考えている。そもそも視聴者に難しい話は通じないと思い込んでいるらしい。本当ならどう考えても視聴者を小馬鹿にしていると思う。本当に難解だったのだとしても、伝えるべきものは伝えるべきで、伝え易いものだけ流せばいいというのはどうか。解り難《にく》いものを解り易く伝えるのが仕事だと思うのだがどうなのか。

そもそもいまだにテレビに出してやる的な上から目線なのはどうなのか。今日日《きょうび》、テレビにそんな権威はないだろうに。一般人だってテレビに出てやると思っているくらいなのに。

ズレまくっている。いま、一番時代に乗れていないのはテレビかもしれない。時代を牽引《けんいん》していたのは遥《はる》か昔のことなのに、まだその頃の尻尾《しっぽ》を引き摺《ず》っているのだろう。

要するにテレビ局は立派な肩書きの人にただ妖怪だ妖怪だと騒いで欲しかったのだろう。しかし面白リアクションを求めるならそれ専門の芸人さんに頼むべきなのである。専門家は専門分野で騒ぐことはないし、また専門外の分野に関して言及はしないものである。

当ては外れたことになる。

結果、オカルト系の文化人もどきが多く抜擢《ばってき》されることになり、彼らの露出だけは格段に増えた。テレビに出ると偉い、凄《すご》い的な前世紀的価値観を以《もっ》てステイタスとしているような輩《やから》は率先して自らを売り込み、またそういう人間の方がテレビ的に歓迎されたのである。

及川は何だかどうでもよくなってしまった。

そんな中、及川が唯一面白いと感じたのが、国立歴史民俗博物館《こくりつれきしみんぞくはくぶつかん》の常光徹《つねみつとおる》学芸員が出演した特別番組であった。常光は『学校の怪談《がっこうのかいだん》』などで有名な民俗学者で、魔除《まよ》けやまじないに造詣《ぞうけい》が深い。常光は、全国に古くから伝わるお化けを避ける作法を紹介し、その遣り方を解説したのであった。

河童《かっぱ》に出遭《であ》った時の呪文《じゅもん》、化け物を見抜く方法、見越し入道の消し方――そうした謂《い》い伝えや習俗を、こんなに真面目かつ詳細に取り上げ、公共の電波に乗せたことがいまだ嘗《かつ》てあっただろうか。常光先生の真面目な人柄と相俟《あいま》って、とても好感の持てる番組であった。

ただ。

ラスト近くに魔除けグッズの紹介が始まり、それが実は通販なのだと知って、及川は愕然《がくぜん》とした。

全国有名寺社魔除けお札セット十枚組お祓《はら》い保証今なら破魔矢《はまや》と線香付き三万五千円のところ特別ご奉仕価格二万八千円三十分以内にご注文のお客様にはお坊さんスタイルの配達員が心を込めてお届けします――で、及川は噴《ふ》いた。

軒《のき》に提げる目籠《めかご》フック・チェーン付き、柊《ひいらぎ》の枝ディスプレイ用フォルダ付き、フリーズドライ鰯《いわし》の頭、数珠《じゅず》繋《つな》ぎ生ニンニク無臭タイプ、クリスマスにも使える棘《いばら》リース詰め合わせ今なら金運アップの道教のお札五枚付きで一万五千円のところ鰯とニンニク増量で一万円ポッキリでご提供いたします――で、及川は転《こ》けた。

どうですこれなら妖怪は一撃で退散しますねなどと振られて、常光先生も苦笑していた。

妖怪はゴキブリじゃないだろうに。

そして――妖怪は、もう心霊と区別なく扱われるようになってしまった。『日本列島除霊スペシャル』という番組で、これらは日本が国として堕落したため、古代の霊が警鐘を鳴らしているのであると真顔で語る心霊研究家を観て、及川は心底落胆した。司会のタレントが神妙な顔で全くその通りですねなどと言ったので、及川はテレビを消した。

慥《たし》かに、一連の騒ぎで妖怪は脚光を浴びた。しかしそのお蔭《かげ》で妖怪は、すっかり心霊現象や超常現象の仲間入りをしてしまい、もう両者の間に区別はなくなってしまったのであった。

その一方で、妖怪は出現し続けた。

及川の周りにも出た。

京極・多田・村上の三馬鹿をセットにして『妖怪馬鹿』という鼎談集《ていだん》を世に送り出した、妖怪馬鹿ユニット最後の一人である新潮社《しんちょうしゃ》の青木大輔《あおきだいすけ》も、妖怪に遭遇している。

青木が出逢ったのは、猪口暮露《ちょくぼろん》という妖怪だったようである。

これは、お猪口《ちょこ》を被《かぶ》ったミニサイズの虚無僧《こむそう》である。

それがぞろぞろと歩くらしい。変だ。

青木というのも複雑な男で、及川は能《よ》く知らないのだけれど、まあ悪い人間ではない。知識も教養もある。仕事もできる大先輩である。ただ、京極に言わせると芸人としては腰が引けているのだそうだ。というか、青木は編集者であって芸人ではないと思うのだが。

青木は面白いことが好きらしく、面白いものを見抜く目もあり、面白いことも考えつくらしい。ただいざ面白いことをしようとすると、スベるのだそうだ。

それらしいところは何度か目撃している。

知識や教養が邪魔するのだろうか。どこかでカッコつけてしまうのかもしれない。踏み込みが足りないというか、思い切りに欠けるというか、最終的にはカッコもつかず、もっと恥ずかしいことになってしまうのである。なら面白キャラなんか捨てて、地道に、地味に、真面目にやればいいと思うのだけれど、どうやらそれはそれで厭《いや》であるらしい。真面目な局面で真面目にしている分にはとても有能な編集者のようなのだが、馬鹿な局面で馬鹿なことをしようとすると途端にいけなくなる。照れるのかもしれない。

及川などはカッコつけたくともつかないことを承知しているから、そこいら辺は放棄しているのだが、青木は放棄していないのだ。だから馬鹿を剝《む》き出しにできないのだろう。無理しているというか、反対方向に背伸びしているというか。

そこまでして馬鹿の仲間入りしなくてもいいと思うのだがどうか。及川なんぞは素で馬鹿である。馬鹿から離脱したくたってできない。離脱して生きて行けるというのは羨《うらや》ましい限りなのだけれども。

で、まあ本人はどう思っているのか知りようもないのだが、青木は馬鹿になるために酒の力を借りる。京極あたりはそこが駄目だと言う。

酒は愉《たの》しく飲むものだろうと、京極は飲めもしないのに言う。酔って馬鹿を装うのは馬鹿に対する冒瀆《ぼうとく》だとも言う。馬鹿は、馬鹿なのだから冒瀆してもいいもののように及川は思うのだが、そこは違うらしい。馬鹿が酔うのは大歓迎だが、酔って馬鹿のフリをするなと京極は言うのである。それは馬鹿として不真面目だ——ということらしい。

能《よ》く解らない。

いずれにしろ、青木は酒を飲む。馬鹿なことをしない日も飲む。まあ、だからただ酒が好きなのだろうと思うのだが。独りでも飲む。旅先でも飲む。しかし青木は毎晩のように飲んでいた酒を——止《や》めた。

目の前を十五センチ程の虚無僧が行列していたからである。

眼を擦《こす》っても頭を振っても水を飲んでもそれは消えなかった。

消えなかっただけではなく、虚無僧は青木の真ん前、グラスの横に一列に並び、ぷうぷうと尺八を吹き鳴らし始めたという。尺八というよりチャルメラのような音だったらしい。そのぷうぷういう音色が、どういう訳かイモ欽《きん》トリオの『ハイスクールララバイ』のメロディになった時、青木は絶望した。

もう俺は駄目だと思ったらしい。

及川はその曲をあんまり能く知らないからどの程度駄目なのかは解らないのだけれども。断酒して三日後、しかし青木はそれが酩酊《めいてい》故の幻覚でないことを知った。

青木はその日、まるで遣る気が出なかった。

仕事が思ったより早く切り上がり、ゲラは持ち帰って自宅で読もうと決めて社を出たのだったが、真っ直ぐ帰る気にもならず、腹も空《す》いていたので軽く食事を摂《と》ろうと考えた。

鶏の唐揚げに目がなくて、目の前に唐揚げがあると無意識に貪《むさぼ》り喰《く》ってしまうため、カラオケボックスで自分が歌っている最中であるにも拘《かかわ》らず、届いた唐揚げを歌いながらつい喰ってしまい唄《うた》が止まったという伝説もある『小説新潮』編集部の照山朋代《てるやまともよ》と、縄文人の血が流れているという噂もあり、言語とボディランゲージがシンクロしないため無駄な動きが多いと評判の、出版業界一頭髪と髭《ひげ》が濃い男、大庭大作《おおばだいさく》とともに、青木は居酒屋に入った。

この二人を選んだのは偶々《たまたま》近くにいたからであって、正直青木は独りになりたかったらしいのだが、まあ成り行きであったらしい。

青木は酒を飲まなかった。

でも、虚無僧は出た。

ああ、やっぱり俺は駄目なんだと思った次の瞬間。

照山が虚無僧を叩いて、潰《つぶ》した。

「あ――！」

「これ、最近出るんですよね。でも潰すと消えるんですよ。面白いですよ」

「お、面白いってお前さ」

「面白いじゃないですか。この触感というか、感覚が堪《たま》らないんですよ」

「え？　どんな感じなの？」

大庭が問うた。青木は、己の正気を疑う以前に、この若い同僚二人の神経を疑った。

「どんなって、こうポン、ですよ。ポン。なんかこれうざったいじゃないですか。だってこれぷーってラッパ吹いたりするんですよ」

「こう？」

大庭も潰した。

ああ、ホントだ途中で何か、ぱっと消えるねなどと言っている。

「青木さんも潰してくださいよ」

「お前ら、これさ、何だと思うの？」

「さあ。知りませんけど、青木さんの好きな妖怪とかなんじゃないですか」

照山はまるで動じていなかったという。

青木の断酒は、三日目にして終わりを告げた。

その日青木はしたたかに酔い、ゲラを読む作業は翌日の午後まで延期されたという。

編集者で妖怪被害に遭っている者は多い。

文藝春秋《ぶんげいしゅんじゅう》の吉安章《よしやすあきら》は唐傘《からかさ》お化けに顔を嘗《な》められたという。東京に住んでいて、果たしてどんなシチュエーションなら唐傘と遭遇するものなのか想像は難しいのだが、傘の舌は猫の舌のようにザラザラしていたという。

同じく文藝春秋の羽鳥好之《はとりよしゆき》と、講談社の唐木厚《からきあつし》は城巡りの同好会を結成しているのだが、その二人はある城の天守閣で長壁姫《おさかべひめ》に出逢って、腰を抜かしたという。長壁って姫路城《ひめじじょう》じゃないんですかと言ったところウルサイと叱られたらしい。

やはり講談社の西川大基《にしかわたいき》は塗壁に打ち当たって瘤《こぶ》を出し、集英社の野村武士《のむらたけし》は便所でかんばり入道に襲われた。野村は最初、何故だか昔担当していた荒俣宏が悪戯しているのだと思ったらしい。イヤだなあトイレなんか覗かないでくださいよう荒俣さぁんと気安く言って振り向くと、全然荒俣ではなかった。どちらかというと大滝秀治《おおたきひでじ》似で、返事は鳥の啼《な》き声だった。

野村の感想は、水洗にも出るんだ、である。

徳間書店《とくましょてん》の村山昌子《むらやままさこ》は砂《すな》かけ婆《ばばあ》に砂を浴びせられ、光文社《こうぶんしゃ》の鈴木一人《すずきかずと》は天狗《てんぐ》に攫《さら》われた。鈴木は衆人の目の前で天狗に捕まえられ、空高く飛んで行ったのだそうである。天狗の発する野太い高笑いと、鈴木の二オクターブくらい高い悲鳴が、護国寺《ごこくじ》界隈《かいわい》に鳴り響いたと伝え聞く。

鈴木は今も行方不明のままである。

中央公論新社《ちゆうおうこうろんしんしや》の名倉宏美《なぐらひろみ》は——何とスネコスリを拾った。

拾って、そのまま家で飼っているという。相当おかしいと思う。困ったものである。

コンビニでベビースターラーメンを買おうとしたら、脛《すね》を擦られたのだそうである。この場合何を買おうとしたのかは全く不必要な情報なのだが、どうやらそこが大事らしい。とにかくベビースターラーメン数袋をレジで購入し、ご満悦な感じで店を出ようとしたところ擦られたのだという。ところが名倉は、驚くどころか身体を擦り付けてくるそいつを拾って持ち帰ったのだそうである。スリミちゃんという名前を付けたようだが、何度呼んでも反応は示さず、脛ばかり擦る。当たり前である。スネコスリなんだから。

マヨネーズを喰わせてみたが食べなかったらしい。

何なんだ。

編集者ばかりではない。

作家も妖怪に出逢っている。

中でも『怪』に関わる作家さんは軒並み遭遇しているという。

畠中恵《はたけなかめぐみ》さんの仕事場には、道具のお化けが出るらしい。別に『怪』に連載していた小説に合わせて出ている訳ではないらしいのだが、鍋《なべ》や下駄《げた》が踊るのだそうだ。怖くはないが煩瑣《うるさ》いという。文房具が化けると本気で迷惑だという話である。家鳴《やな》りはするらしいが、屏風《びようぶ》を置いていないので屏風のぞきなんかは出ないらしい。どうせ出るなら白沢《はくたく》に出て欲しいのだそうだが、そう巧《うま》くは行かないようだ。いずれにしても騒々《そうぞう》しいのだそうである。

恩田陸《おんだりく》さんは狸惑《たぬきまど》わしに遭い、同じ場所を半日ぐるぐる歩かされた揚げ句、のっぺらぼうに威《おど》されたそうである。その時素面《しらふ》だったか問うと、当然素面ですと胸を張って答えたそうだが、何度か問い詰めると酔っていたことを白状した。しかも相当飲んでいたようなので、これは怪しいと専《もっぱ》らの評判である。迷っている間、スマホのGPSもまったく役に立たなかったようで、本人曰《いわ》く『失われた地図』ですよということであった。

誰がそんな上手《うま》いことを言えと。

及川は漫画の部署だから直接聞いた訳ではないのだが、『怪』に関係のない作家さんも結構遭遇しているということである。もちろん、漫画家さんだってご多分に漏れず妖怪被害を受けているのだが、及川の感触ではどうも妖怪に関わる作品を描いている人のところに出易いという傾向があるようだ。

やはり『怪』関係では、京極の小説のコミカライズを担当している志水《しみず》アキさんのところに鉄鼠《てっそ》が涌いた。選《よ》りに選って鉄鼠である。しかも沢山鼠を連れて涌く。志水さんの家には亀が何匹もいらっしゃるのだが、結構楽しく遊んでいるらしい。カメとネズミが。まだ鉄鼠描いてないのにというのが本人の談である。

今井美穂《いまいみほ》さんの処にはやまびこが涌くのが順当だと思うが、何故か川獺《かわうそ》が出た。

唐沢《からさわ》なをきさんの家には、何と驚いたことに、日本の妖怪ではなく世界の妖怪、しかもたぶん佐藤有文が『いちばんくわしい世界妖怪図鑑《せかいようかいずかん》』で適当な絵に勝手に命名したらしい、影《かげ》なしドッグが出たという。ただ影がないだけで、別に犬ですということだった。

作家さんに関しては大した被害は出ていない。でも。

何かが——変わってしまったのだ。

だが、それだけならばまだ良かったのである。愉快な妖怪大行進的な展開であるならば別に問題はなかったのかもしれない。そんな世の中もいいように思う。

でも、そうはならなかった。

心霊やオカルトと混同され、祟《たた》りだの何だのというネガティブな報道がなされるようになってから、様相は一変したのだ。

契機《きっかけ》は、やはり朧車騒動だった。まあ、当初は朧車の部分だけがエキセントリックにクローズアップされてしまっていたのだが、その陰に隠れて、別の事件が発生していたことが発覚したのである。

朧車のお蔭で東海道線は運休した。新幹線も止まった。

お蔭でダイヤは乱れに乱れ、足止めを喰った人の数は結局数万人に上った。

線路自体が使えないので、振替輸送もバスなどが中心となってしまう。在来線はまだ対処のしようがあったようだが、新幹線の場合は長距離になるため対応ができず、苦情は殺到、被害総額は計り知れないものになった。何といっても線路に妖怪が出た時の対処マニュアルをＪＲは持っていない。安全が確保されるまで運転再開はできない訳だが、果たして安全が確保できたのかどうかが誰にも判らない。どうしたら良いのか、どうなっているのかまるで確認できない状態なのであるから、二進《にっち》も三進《さっち》もいかない。

新幹線の中に閉じ込められた人間だけでもかなりの数だったそうである。緊急停止したまま、乗客の拘束時間は五時間以上に及んだ。

そして、複数の車内で――暴動が起きた。

いずれも苛《いら》ついた客が怒鳴り始め、やがて暴れ出し喧嘩《けんか》になって――というお定まりのコースではあったようなのだが、累計すると六十三人もの怪我人が出ていたということが後日発覚したのだ。

のみならず。

その時の怪我が元で入院した人のうち、三人が亡くなった。

笑いごとではなくなってしまったのだ。

いや、最初から笑いごとではなかったのである。

ほんの一時、妖怪騒ぎに紛れていたというだけなのだ。妖怪騒ぎが起きるまでこの国は暗澹《あんたん》たる空気に包まれていたのである。全国各地で同時多発的に暴行傷害事件が発生していた。それは正に多発というよりなかった。些細《ささい》なことが暴力沙汰《ざた》に発展し、到るところで怒号が飛び交った。法律が改正され、警察が民事に介入できる運びになったこともあり、街にサイレンの響かぬ日はなかった。

まるで集団ヒステリーのようだと評論家は言い、モラルの低下だの教育の荒廃だの政治不信に対するフラストレーションの発露だの、いちいち尤《もっと》もらしい説明が付与されたのだが、どれもまあそうですかというようなものでしかなかった。

加えて、所謂《いわゆる》猟奇事件も増えた。僅《わず》か数箇月のうちに犠牲者の数は二桁《ふたけた》を超え、しかも全部別の事件だった。

かく言う及川でさえ殺されかけたのである。

何だか知らないけれど、ぎすぎすしていた。

だからこそ、そこに起きた妖怪騒ぎは注目されたのだ。それは暗く荒《すさ》んだ世相の、恰好のカムフラージュとなるはずだった――のである。

だが。

隠したところでどうなるものでもないのだ。不安は取り除かぬ限りは消えない。覆い隠すだけでは何も解決しないのである。いや、隠蔽《いんぺい》した方が不安はいや増す。それは寧《むし》ろ、狂騒的な被膜の下で、むくむくと増大して行ったのであった。

事件は減らなかった。妖怪も出続けた。

そして――その二つは、最終的に結び付けられてしまったのであった。

この国で起きている忌まわしい事件は、普《あまね》く妖怪の所為《せい》なのだ――と。

それは、妙な説得力を持っていた。

どんな尤もらしい理屈よりも解り易かった。

人々は冷静さを欠き、それに就いては思考停止を決め込んだ。そして妖怪を目の敵にし始めたのであった。その矛先は妖怪ではなく、妖怪を愛好する人々に向けられた。筆頭は――言うまでもなく、『怪』ということになる。

しかし謝罪するというのはどうなんでしょうかと岡田が言った。

「まあ、真相はともかく、我々は別に罪を犯している訳でも妖怪を生み出している訳でもないですし」

「まあそうなんだけどな」

郡司は腕を組み、仁王のような顔をしている。

「煽動《せんどう》した――ということになるのかな」

「煽動してますか？」

「煽動はしてるさ。もちろん、人殺しや暴力を煽動してる訳じゃないよ。でもね、俺達は妖怪を守《も》り立てている訳さ。ずっと、お化けを世の中に広めようと活動して来た訳だから。それはまあ、煽動だろうよ」

「まあ妖怪専門誌で、妖怪推進委員会ですしねぇ」

「推進してるだろ」

「してます」

率先して推進している。

「その推進してるものがだな、不始末を犯したということになる訳ですよ。世間的にはね。ほら、子供が悪いことをすると親が謝罪させられるだろ。もう成人していて、監督責任も何もなくたって有名人だと記者会見とか開かされて。訳もなく糾弾《きゅうだん》されるじゃないか」

「うーむ」

「未成年ならまあ仕方ないけども、いい大人でもさ、責めるじゃん。育て方がどうの子供の人格がどうのって。それは親を責めることじゃないと思うよ。思うけども、責めるのが普通だと思ってる愚劣な奴らが多いのよ、この国。それとおんなじだって」

「でも、この場合、すべて妖怪の仕業——というのは何だか納得が行きませんよね。直接的に関係はないと思いますけど」

「そんなことは知ったこっちゃないというのが世間だからな」

　原発事故の時と同じですかねと及川が言うと、それはかなり違うけどねと郡司は答えた。

「そうですか。まあ原発推進派の人なんかは散々罵《ののし》られたじゃないですか」

「それはまあ、仕方がないよ。原発の場合は、原発自体に大いなる不備があった訳だし、問題だって山積みで、それに関わる諸々《もろもろ》も全然駄目だった訳だから。莫大《ばくだい》な利権があるから危ないの承知で推進してたというんなら、そりゃ犯罪的でしょう。指弾されて然《しか》るべきだし責任追及は当然のことですよ。いずれ人災なんだからさ」

「そうか」

「でも、一方でその危なさを理解してた人間がどんだけいたかというのも、考えてみれば問題なんだけどね。隠してた隠してたというんだけどもさ、そんなに上手に隠蔽できるもんじゃないし、実はダダ漏れで、漏れる以前に危険性は各方面から何度も指摘されていた訳だろ。それなのに思考停止で安全だと思っていたなら、そりゃイカンですよ。騙《だま》されたというより知らなかっただけで、それなら勉強不足だし、やはり問題だろうさ」

「はあ」

「世相が脱原発、反原発に流れるのは、まあ当然のことだと思うよ。なら攻撃だってされるだろ。あんだけの事故が起きたんだから。推進してた奴らに責任はあるさ。ま、その攻撃してる民衆の多くも、それまでは勉強不足だった訳で、推進こそしてなかったけど黙認してたことになるんだけどね。だけれども、もう知ってしまった訳だから。バレちゃった訳だよ。そのうえで今まで通り推進しようというのなら、それなりの理論構築が必要だろうし、それをしないでさ、今まで通りの遣り方でただごりごり推進しようというのは、まあ駄目だろうな。それまでの理屈はひとつも通らない訳だから」

「まあそうでしょうが」

「妖怪はさ、別に不備も不具合も最初からないから」

「まあ、そうです」

「喧嘩はよせ腹が空《す》くぞの名言通り、妖怪はまるで弱い訳だよ。非力だ非力。弱者。マイノリティですよ。元より反暴力、脱暴力、まるで逆を向いてる訳だよ。そもそも何の役にも立たないのが売りなんだから。それが今や、猟奇犯罪の旗頭《はたがしら》になっちゃったんだものよ」

でもそれ、誤解ですよと岡田は言った。

「そうだけどさ。でもさ、考えてもみろよ。妖怪はそんな恐ろしいもんじゃありません、暴力反対と叫んで、だ。いったい誰が耳を貸す？　それに、そういう強い運動というのも、妖怪っぽくないもんだろ」

「しかし我々が謝罪したってどうにもなりませんよね。いったい何と言うんですか？　いままで妖怪を推進して来てすいませんでしたと言う訳ですか」

「いや、よく考えろよ岡田」

郡司は切れ長の眼で睨《にら》む。

「水木さんや荒俣さんを矢面《やおもて》に立たせられるか？」

「そう——ですね」

「京極さんや村上さんだってそうだろ。『怪』には宮部さんや恩田さんも書いてるんだし。作家に批判の矛先が向くのはイカンのですよ。だから、我々が率先して批判に甘んじるしかないだろうよ」

「謝罪会見ですか」

「そうするしかないだろうなあ。会見したってクレームはどんどん来るぞ。及川が受けることになるが」

「いや待ってくださいよ」

仕方がないだろうと郡司は言った。

「だから、謝って、『怪』は休刊。『コミック怪』は廃刊だよ」

「えー」

それはどうなのか。

「仕方がないって」

「そうなんですか」

「俺はもう異動が決まってるしな」

「い、異動って」

「角川は一時的にブランドカンパニー制を導入するんだよ。メディアファクトリーとか富士見《ふじみ》とかを併合するから。だから、人事異動もあるんだ。ワタクシはね、角川書店ではなくて、角川学芸出版だそうだ」

「えええ！」

及川は驚いた。本気で驚いた。

「って、『怪』はそもそも編集部がなくて、ただ郡司さんだけで保《も》ってたような雑誌なのにだからお終《しま》いなんだってと郡司は言った。

「ま――表向きはな」

「う、裏がある？」

当たり前だろうと郡司は低い声で言った。本当に悪人面《づら》だと思う。

「実は秘策がある。『コミック怪』は廃刊も已《や》むを得ないだろうが、『怪』の方を休刊と言ったのは、その秘策があるからだ」

「秘策ですか」

「取締役やら社長やら会長には、もう謝罪してお終いにすることで話が通ってるんだよ。つうか通したんだややこしいから」

「はあ」

「そんなくだらないことで会議が長引くのは正に時間の無駄だろ。会長は『怪』を止めるのにやや難色を示したが、井上《いのうえ》社長は納得したよ。代わりに特撮雑誌でも出してくれと言っておいた。ま、こういうことは潔くすぱっとした方が通りが良いんだよ」

「でも、そうじゃない――と？」

「そのための密談じゃないか。まあ、実務的にはもう一号、終刊号を出すことになる。まあ謝罪号だな。その前に俺は異動になるんだけど、まあ編集長は誰かに引き継いで貰《もら》って、俺は編集顧問という無責任な立場になる。だからまあ、適当に一冊作れ」

「次の編集長って誰です？」

「吉良《きら》あたりでいいんじゃないか」

吉良さんですかと岡田が微妙な顔をした。

吉良浩一《こういち》は、ベテラン編集者である。文芸誌の編集長も務めていたくらいだから、仕事はできる人なのだろう。ただ、まあ何というか、人としては、その。

ヘタレで有名なのだった。

いや、その噂は主に、彼が以前担当していた作家の岩井志麻子《いわいしまこ》がヘタレヘタレ吹聴《ふいちょう》し回っている所為でそう思われているだけ――なのかもしれないのだが。岩井に依《よ》れば、吉良はヘタレという概念を形にしたらこんなかなーという、ヘタレを具現化した生物だそうである。

思うに、きっと良い人なんだろう。

「取《と》り敢《あ》えず吉良で継いで、雑誌ができる前に盛り返してだな、廃刊できないようにするという、まあそういう作戦をね、考えた訳ですよ」

郡司はやっと、不敵に笑った。

「ど、どんな秘策があるんですか」

「それは京極さん達が到着したら言う」

この秘密会合には京極と村上、それから梅沢も呼んでいるのである。

「荒俣さんとは昨日話した。いけると思う」

「いけますかねえ」

岡田が不安そうにする。及川もどきどきして来た。

考えるだに絶体絶命なのに、いったいどんな奇手があるというのだろう。

「京極さん、遅いですね」

あまりにも落ち着かないので、及川は見て来ますと言って会議室を出た。

取り敢えずロビーまで行ってみようと思ったのである。エレヴェーターの前に立つと、いい具合に扉が開いた。ラッキーと思って踏み出すと、中から女性が飛び出して来た。

「わわ」

「あ、あのね、ええと郡ちゃんは何処？」

「グンちゃん？　あ、い、岩井さんじゃないですか」

それは岩井志麻子だった。

「いいから。私あなたを能《よ》く知らないし。それより郡ちゃんは？」

「そこの会議室ですけど。三番目のドアっす」

どうしたんですと尋《き》くと、岩井はもう命が幾つあったって足りないわいと言った。

「い、命すか」

「そこに居《お》るのね。ちょっと匿《かくま》って貰いますから秘密で宜《よろ》しく」

そう早口で言うと、岩井は会議室の扉に向けて走り出した。

いったいどうしたというのだろう。

エレヴェーターから降りた及川は、我と我が目を疑った。ロビーは大騒ぎになっていた。エレヴェーターの前にも人垣ができている。

玄関に——。

警官隊がいる。

——映画の撮影？

そんな話は聞いていない。

受付の周りに人が倒れたり蹲《うずくま》ったりしている。

受付の上には、血走った眼の男が立っていて、何かを大声で叫んでいた。

「何処だあ。何処にいるう！」

そんなことを叫んでいる。

「な、何ですか？」

及川は誰にともなく尋ねた。

「ストーカーですよ及川さん」

答えたのは人垣の中にいた伊知地だった。

「ストーカー？」

それって、さっきの。

「い、岩井さんの」

「そうそう。何でも、岩井さんが書いた作品の主人公は自分だから、一部書き直して欲しいとか主張しているようです」

「は？」

それって。

「まあ妄想なんでしょうけど。しかも、要求してる書き直しも、ストーリーを直せとかいうのじゃないんですよ。俺は男なのに、どうして女に書くんだと」

「は？」

それは──まあモデルでも何でもないからじゃないのか。

「しかも、自分はモデルじゃなくて主人公だから性別は換えられないはずだと言うんです」

「あ？」

モデルじゃなく主人公だというその理屈がまず解らない。

「で、岩井さんを追って来たと？」

「ずっと入り口で張ってたらしいですねえ。版元がうちなんで」

「ずっと！」

「そこに岩井さんが来たと。まあ当然同行してた担当者がブロックしたんですが、そしたら」

指を差されたので背伸びして見た。

床に血溜《ちだ》まりが広がっていた。

「えええ！」

倒れているのは――。

「ししし、死んでるの？」

「判らないんです。近寄れないんです。進めもしないし、エレヴェーターで降りて来た人が次々ここに溜まっちゃって、たった今、警官隊が到着したところです」

「って、何か凶器を持っているってことだよね」

「何かは持ってるんでしょうね。私が来た時はもう何人か倒れてましたけど、受付の女性が叫んでて――」

「ぴぴぴぴピストルじゃないの？」

「かもしれませんね」

「って、のんびりし過ぎだって。けけけ拳銃《けんじゅう》ならこっちに撃つかも。撃たれちゃうかもじゃないか。撃たれたら血が出るよ。痛いですよ。命もないかもだよ」

きゃあ。

というか、岩井さんは何故あそこで自分を止めてくれなかったのかと及川は思う。まあ及川がロビーに行くかどうかは岩井さんには判らないことなのだろうが。

「でも、戻るに戻れなくて、この混雑で岩井さんが何処にいるのかも判らないし」

「岩井さんは上に行った」

及川は天井を指差す。

「じゃあ脱出されたんですか」

「郡司さんに匿って貰うとか言ってたけども。何で郡司さんなのか解らないけど」

証拠を見せようかアッと男が雄叫《おたけ》びを上げた。

「俺はな、男なんだよ男。どうして女みたいに書くんだよ。信じらんねえ。折角読んでやってるのによ、俺だけ女かよ。ほら、シマコ出せよシマコ！」

「ひゃあああああ」

絹を裂くような——男の悲鳴だった。

「誰か捕まってるの？」

「そうなんですよ。吉良さんが」

「き、吉良さんだって！」

そりゃ次期『怪』編集長じゃないか。

「吉良さん、岩井さんを迎えに出てたんですよ、きっと。それで多分——」

「やめ。やめてッ」

人質は襟首を摑《つか》まれてじたばた踠《もが》いている。

慥《たし》かに吉良のようだった。

吉良の声がする。

「お。お前なあ、警察来たじゃん。やめろよ放せよ。マジかよう」

「うるさい。お前は——生きてないだろ」

「は？　生きてるよ。生きてるから。別に俺はお前と関係ないだろ？　な。放してくれれば岩井さんに言うから。絶対言うって。書き直させるからさ」

「嘘吐《つ》けよ。お前、だって、生まれてないだろ」

「ええ？」

背伸びした及川には、その時の吉良の硬直した文楽《ぶんらく》人形のような顔がはっきりと見えた。

というか、生まれてないだろという言い様はどうなのか。意味が不明である。

「お前、水子だろ」

あ。そういうことか。

吉良は、ぱっかり口を開けた。

「ち、違うよ！　い、いや違います。違いますのです。あ、いや、いいです、いいんですその通りです。僕は水子でした。生まれてませんでした。ハイごめんなさい何でも言う通りにします。許してください」

吉良の態度は甚《はなは》だしく見苦しいのだが、ここまで見苦しいと清々《すがすが》しく思える。

「岩井め、こんな水子を俺に押し付けやがって。俺が男だって判ってるくせによ。何なんだよあの女は。俺は岡山桃子《おかやまももこ》時代からずっとオマエの本ヲ読ンデイルンダゾ。フザケルナヨ。オレハ絶対ニ許サナイカラナ」

「ななな、何か声が変で──いいえ、違います聞き違いです佳《よ》いお声です。ああ、やだー。やだやめてー。マジでやめてー」

警官隊が一斉に──。

銃を構えた。

──こんなのアリか？

最初は、普通なら説得するんじゃないですか。

人質を放しなさいお母さんも泣いている的な。

その後は犯人と何か交渉するんじゃないのか。

ネゴシエーター的な人がいるのじゃないのか。

狙うとしても、犯人に見えないところから狙うもんじゃないのか。ＳＷＡＴとかはそうじゃなかったかしら。サットだかシットだか知らないけども、こんな正々堂々拳銃を向けたら犯人を刺激するだけじゃないのか？　人質がいるのにこんな無謀な──。

──いや。

何かが変だ。

この男も変だが、警察も変だ。

世界が変になってしまったのだ。この間のワイン女もそうだったけれど、何かボタンが掛け違えられてしまったかのように、世界がズレてしまったのではないのか。いるはずのない妖怪が涌くのも、人の心が荒《すさ》むのも、きっと同じ理由なのだ。これは、妖怪の所為《せい》じゃない。でも根っこは同じなんだ。だから——。

耳を劈《つんざ》くような乾いた轟音《ごうおん》がフロアに響き渡った。それは、大きな音ではあったのだけれども、パンパン、という簡単な音でもあった。

人垣になっていた者は皆、耳を押さえて屈《かが》んだ。

続いて、同じような音が連続して鳴った。

眼を瞑《つむ》っていた及川が恐る恐る瞼《まぶた》を開けてみると。

一面の血の海の中に、蜂《はち》の巣にされた犯人の男と。

額を撃ち抜かれた吉良の死体が——転がっていた。

虚実妖怪百物語・つづく

カバー絵　佐脇嵩之筆『百怪図巻』より（福岡市博物館 所蔵）
カバー写真　©MICHIO YAMAUCHI/SEBUN PHOTO/amanaimages
装幀　片岡忠彦（ニジソラ）

初出　「怪」vol.0032（二〇一一年三月刊）～vol.0036（二〇一二年七月刊）
単行本化にあたり加筆・修正いたしました。

京極夏彦（きょうごく　なつひこ）
小説家・意匠家。1963年北海道生まれ。94年、妖怪小説『姑獲鳥の夏』で小説家デビュー。『魍魎の匣』で第49回日本推理作家協会賞、『嗤う伊右衛門』で第25回泉鏡花文学賞、『覘き小平次』で第16回山本周五郎賞、『後巷説百物語』で第130回直木賞、『西巷説百物語』で第24回柴田錬三郎賞を受賞、『遠野物語 remix』「えほん遠野物語」シリーズなどにより平成28年 遠野文化賞を受賞。他著に『死ねばいいのに』『豆腐小僧双六道中ふりだし』『虚言少年』『ヒトでなし 金剛界の章』『眩談』、怪談えほん『いるの　いないの』など多数。様々なジャンルで読者を魅了しつづけている。お化け大学校教授、全日本妖怪推進委員会肝煎。

虚実妖怪百物語《うそまことようかいひゃくものがたり》　序《じょ》

2016年10月22日　初版発行

著者／京極夏彦《きょうごくなつひこ》

発行者／郡司 聡

発行／株式会社KADOKAWA
東京都千代田区富士見2-13-3　〒102-8177
電話 0570-002-301（カスタマーサポート・ナビダイヤル）
受付時間 9:00〜17:00（土日 祝日 年末年始を除く）
http://www.kadokawa.co.jp/

印刷所／旭印刷株式会社

製本所／本間製本株式会社

ISBN 978-4-04-104776-7　C0093